Sabine Giebken

WOLKENHERZ

Die Spur des weißen Pferdes

magellan

Geisterstunde

Der volle Mond hing genau über dem mächtigen Hoftor. Obwohl, wie ein Hof sah das Gebäude gar nicht aus – eher wie ein altes, verwunschenes Schloss. Der Mann hatte es Hof genannt: Ginsterhof. Der Mann, der sie abgeholt hatte, mit einem Geländeauto voller Zebrastreifen.

»Wir sind da«, verkündete er und zwinkerte ihr im Rückspiegel zu.

Kies spritzte hoch, als er durch den Torbogen fuhr und vor einem riesigen Haus anhielt. Der Mond schüttete milchiges Licht auf die Steinwände, die zugeklappten Fensterläden und die zweiflügelige Haustür, die oben gewölbt war und so breit, dass ein ganzer Elefant hindurchgepasst hätte. Breite Kieswege schlängelten sich zwischen Raseninseln und niedrigen Büschen vom Haus zu den anderen Gebäuden. Direkt am Haus klebte ein runder Turm mit hohem, spitzem Dach, der aussah wie Rapunzels Schlafzimmer.

Sie parkten unter einem Kastanienbaum, wo ein Autoreifen an einem langen Seil baumelte.

»Das ist ja der Wahnsinn!«, rief ihr Vater. Er breitete die Arme aus und drehte sich im Kreis. »Hier wohnt ihr?«

»Bei Tageslicht ist es ein gewöhnlicher, alter Bauernhof.« Der Mann, der Stefan hieß, holte ihre Rucksäcke aus dem Kofferraum. »Aber jetzt kommt erst mal rein.«

»Ganz kurz noch.« Sie wollte nicht reingehen. Das war zu irre. Seitlich des Hofs konnte sie die anderen Gebäude im Mondlicht erkennen, eine Garage mit Dachzimmer, auf der irgendwas geschrieben stand, eine Art Unterstand, dann ein langes Haus mit lauter vergitterten Fenstern, das wie ein L ums Eck gebaut war. Oben im Dach waren runde Luken wie bei einem Schiff. Und in allen Ecken und Winkeln lauerten Schatten wie die Geister aus längst vergessenen Zeiten.

Schritte knirschten im Kies, dann dröhnte ein heiseres Bellen los. Sie wirbelte herum und sah gerade noch, wie ihr Vater von einem monströsen Hund umgerannt wurde.

»Lass das, Minnie, was soll denn der Blödsinn?« Stefan packte den Hund am Ohr und zog ihn von ihrem Vater weg, aber der lachte nur.

»Sie riecht den Fisch. Mein Sitznachbar im Flieger hat sein Menü netterweise mit meiner Hose geteilt.«

Stefan schickte den Hund zurück ins Haus und stellte sich so, dass sie gefahrlos an ihm vorbeigehen konnten. Der Hund war wirklich unglaublich riesig, viel größer als die Hirtenhunde, sogar größer als die größten Schafe, die sie getroffen hatte. Und hässlich war der, am ganzen Körper schrumpelig, dazu ein faltiges Maul mit einer Stummelnase, das Fell raspelkurz in der Farbe vergammelter Bananen. Eine blaue Zunge hing zwischen seinen Zähnen aus dem Maul. Sie drückte sich vorsichtshalber dicht an der Mauer an ihm vorbei, bevor der Hund noch auf die Idee kam, ihr ins Gesicht zu atmen.

»Da seid ihr ja endlich!« Eine Frau kam den Gang entlang, im Bademantel, die Hände um ein Geschirrtuch geschlungen. Sie hatte kurze blonde Locken und war einen halben Kopf kleiner als sie. Ein Duft zog durch den Gang, der ihr das Wasser im Mund zusammentrieb. »Hallo, ich bin Helen Weber.«

Sie schüttelte ihre Hand, die erstaunlich kräftig war.

Ihr Vater trat vor und umarmte die Frau. »Hallo, Helen, schön, dich wiederzusehen. Es ist wirklich sehr freundlich, dass wir hier bei euch unterkriechen dürfen.«

»Ist doch selbstverständlich. Immerhin gehört ihr quasi zur Familie.« Sie warf sich das Geschirrtuch über die Schulter. »Wir haben euch im Anbau einquartiert. Dort habt ihr zwei Zimmer zur Verfügung. Ich hoffe, das ist in Ordnung für euch.«

»Ach, keine Umstände. Jola und ich haben das letzte Jahr im Bulli gewohnt, für uns ist ein Zimmer schon der pure Luxus.«

Solange es sich nicht bewegt, dachte Jola.

»In so einem alten VW-Bus?« Stefan klopfte sich die Schuhe ab und stellte sie sorgfältig ins Regal. »Das musst du mir erzählen. Ich kann gar nicht glauben, dass ihr direkt aus Neuseeland kommt. Ist das nicht ein Traum?« Er lächelte seine Frau an. »Unsere längste Reise ging an die Ostsee.«

Die Frau zwickte ihn in den Arm. »Wer sagt denn immer, dass es daheim am schönsten ist? Aber kommt doch rein. Ich habe eben Muffins gebacken – Katie hat auch Übernachtungsgäste mitgebracht.«

Jola zog ihre Sneakers aus und tappte hinter den anderen den Gang hinunter. Roter, kühler Steinboden. Zu allen Seiten schwere Holztüren mit Schnörkeln darauf. Eine stand offen, dahinter sah sie eine babyblaue Küche mit einem riesigen gusseisernen Ofen in der Mitte, in dem ein echtes Feuer brannte. Die Wärme und der Duft nach Kuchen brachten sie beinah um den Verstand.

Helen lotste sie in den geräumigen Wohnraum. Das Turmzimmer. Eine gemütliche Holzbank mit gelben und grünen Kissen war in die Rundung hineingebaut und auf dem Esstisch stand eine herbstlich dekorierte Schale voller Trauben und Äpfel. Hier hätten locker drei Familien Platz gehabt.

Der Hund drückte sich an ihr vorbei und legte sich ganz selbstverständlich auf den Flusenteppich unter dem Tisch.

Okay, keine drei Familien – dafür eine mit Riesenhund.

»Setzt euch, dann könnt ihr erzählen«, sagte Helen. »Ich bin gleich wieder da.«

Stefan stellte ein Bier vor ihren Vater, und Jola wusste, dass die Nacht lang werden würde. Ob sie sich nach draußen schleichen konnte? Den Hof erkunden? Im Mondlicht war das bestimmt spannender als am Tag.

Plötzlich polterte es über ihren Köpfen und kurz darauf stürmten drei Mädchen in die Stube. Das erste von ihnen hatte blonde Locken und graublaue Augen, genau wie Helen.

»Sind die Muffins fertig?«

»Du könntest wenigstens Hallo sagen, Katie. Wir haben Gäste.« Stefan deutete mit dem Kopf auf Jola und ihren Vater.

»Hallo.« Katie winkte in die Runde. »Also, sind sie fertig?«

»Setzt euch hin, ich kriege euch alle satt.« Helen balancierte ein Tablett herein, auf dem eine Teekanne schaukelte und ein Teller mit gestapelten Schokoladenmuffins.

»Och nee, Mama, wir wollten die doch mitnehmen!« Katie tauschte einen Blick mit ihren Freundinnen, die nur stumm grinsten. »Ihr könnt euch doch viel besser ohne uns unterhalten.«

Helen seufzte. »Na, von mir aus. Dann hol schnell eine Tupperbox.«

»Danke, Ma!« Katie verschwand in der Küche und kam kurz

darauf mit einer Plastikschale zurück, die ihre Mutter bis über den Rand mit Schokomuffins füllte. »Bis morgen dann!«

»Katie, warte mal!«

Missmutig stoppten die drei Mädchen in der Tür und drehten sich um.

Stefan deutete auf Jola. »Ich glaube, Jola hat auch keine Lust auf Erwachsenengespräche. Nehmt sie doch mit!«

Jola konnte sehen, was Katie davon hielt. Sie schaute ihre Freundinnen an, aber die trauten sich nicht, den Mund aufzumachen. Dann guckte sie Jola an und hoffte wohl, sie würde Nein sagen.

»Was macht ihr denn?«, fragte sie.

»Wir schlafen im Heu«, sagte Katie, und es klang, als wäre das die langweiligste Sache auf der Welt.

»Katie …«, setzte Helen an, aber Jola war schon aufgesprungen und hatte sich einen Muffin vom Teller genommen. Im Heu schlafen war allemal spannender, als die halbe Nacht Geschichten zu hören, die sie selbst erlebt hatte. Diese Mädchen waren ihr egal, sie konnte sich auch allein den Hof angucken!

Im Flur schnappte sie sich ihren Schlafsack, den Stefan an ihren Rucksack gelehnt hatte. Die Mädchen warteten nicht auf sie, sondern stapften laut schwatzend über den Kies und steuerten das L-Haus mit den vergitterten Fenstern an. Erst an der Tür blieb Katie stehen, als wäre ihr eben wieder eingefallen, dass sie auch dabei war.

»Wie heißt du noch mal? Lola?«

»Jola. Eigentlich Jolanda, aber das … war zu lang. Jola.«

»Aha. Ich bin Katie. Eigentlich Katharina, aber das war zu blöd.« Katie zeigte auf ihre Freundinnen, die nur leise kicherten. »Das ist Lea und das Sanne.«

»Seid ihr irgendwie verwandt oder so?« Lea pustete sich eine kurze dunkle Haarsträhne aus dem Gesicht.

»Nicht richtig«, sagten Jola und Katie gleichzeitig.

Katie schüttelte ihren Lockenkopf. »Unsere Papas sind so was wie Brüder. Also keine Blutsbrüder. Ihr Dad hat als Kind bei meinem Dad gewohnt.«

»Und jetzt wohnt ihr hier?« Sanne legte den Kopf schräg und musterte sie neugierig.

»Ja. Na ja.« Jola kaute auf ihrer Lippe. »Bis wir was Eigenes gefunden haben.«

»Übrigens wird das keine normale Nacht«, informierte Lea sie. »Du hast doch keine Angst vor Gespenstern, oder?«

»Du meinst Geister?« Jola versuchte, an Katie vorbei ins Dunkel zu schielen. Was war das für ein Haus, in dem sie da schlafen wollten?

»Oh ja. Es spukt nämlich auf dem Ginsterhof!«

»Und bei Vollmond kann man das Gespenst hören«, raunte Sanne. Sie machte große Kugelaugen, aber ihre Stimme bebte dabei. »Wie es durch die Gänge schleicht und im Stroh wühlt.«

»Oder Wassereimer umschmeißt. Und Äpfel durch die Gegend wirft.«

»Psst«, machte Katie und legte den Finger an die Lippen. »Seid still, er kann euch doch hören!«

»Ihr veräppelt mich, oder?« Jola schaute sich um. Der dunkle Hof verschwamm im nächtlichen Dunst und sie konnte gerade noch die Umrisse des Hauses erkennen.

»Du kannst ja wieder reingehen, wenn du Schiss hast«, meinte Lea.

»Vor Geistern hab ich keine Angst.« Jola beugte sich vor und senkte die Stimme. »In Kaikoura haben wir eine Frau getroffen, die mit ihrem toten Sohn sprechen konnte. Der hat jeden Abend an ihr Fenster geklopft, bis sie ihn endlich hereingelassen hat. Er wollte sie warnen, dass ein Tsunami kommt und ihr Haus zerstört.«

Die Mädchen starrten sie an.

»Das ist doch Blödsinn«, platzte Lea heraus. »Das denkst du dir gerade aus!«

»Das mit dem Tsunami hat wirklich gestimmt. Er hat alles verwüstet. Sie konnte sich nur retten, weil sie auf ihn gehört hat.«

Sanne drückte sich dicht an Katies Schulter. »Okay, das reicht echt. Können wir bitte wieder über was Normales reden?«

»Wir können auch endlich mal reingehen.« Katie wackelte mit der Tupperbox und verdrehte die Augen. Sie drückte mit dem Hintern die Tür auf und trat rückwärts in das dunkle Gebäude.

Mondlicht fiel durch die vergitterten Fenster und leuchtete ihnen den Weg. Das Haus war ein Stall mit hohen Wänden und einer langen Reihe von Boxen. Jolas Herz klopfte schneller und ihre Hände wurden feucht. Pferde! Es gab Pferde hier? Wobei … schwere Eisenriegel hingen an den Türen, aber sie alle standen offen. Keine Pferde. Der Stall war leer.

»Da lang«, flüsterte Katie. »Die Leiter hoch!«

Während die anderen hinaufkletterten, blieb Jola stehen, die freie Hand an der untersten Sprosse. Es roch nach Heu, nach feuchter Streu, nach Staub und alten Geschichten. Das Gebälk knarzte, und sie hörte ein Rascheln im Stroh, dann war alles still. Kurz glaubte sie, in einer der Boxen doch etwas zu sehen, einen Schatten – oder war es nur ein Spiel des Mondlichts? Sie nahm den Muffin zwischen die Lippen, packte die Sprosse fester und zog sich auf den Heuboden hinauf.

»Buh!«, machte Katie und sprang hinter einem Heuballen hervor. Lea gackerte und Sanne grub ihre Hände ins lose Heu. »Wir dachten schon, du hast doch kalte Füße gekriegt.«

»Sehr lustig.« Jola ließ ihren Schlafsack fallen und rollte ihn aus. Die anderen Mädchen hatten sich schon Schlafplätze gebaut und dicke Decken auf dem Heubett ausgebreitet. Katie stellte die Tupperbox darauf ab und alle stürzten sich auf die Muffins. Lea fing an, von einem Jungen aus ihrer Klasse zu erzählen, den sie zufällig getroffen hatte. Sie lachten über einen Witz, den Jola nicht verstand, und dann fing Katie an, von den Pferden zu reden, von ihren Ferien und Plänen für ein Turnier.

Sie hatten vergessen, dass sie Jola mitgenommen hatten.

Sie hatten vergessen, dass es Jola gab.

Der Muffin schmolz in ihrer Hand, also verdrückte sie ihn schnell und kroch in ihren Schlafsack. Sie wollte nicht schlafen, jetzt noch nicht, aber in Neuseeland war es schon wieder mitten am Tag, und sie hatte seit – wie vielen? – Stunden kein Auge zugemacht, sodass der Schlaf sie einfach mit sich riss.

Irgendwann in der Nacht wurde sie wach. Es passierte so schnell, dass sie zuerst gar nicht wusste, wo sie war.

Etwas pikste sie in den Arm und sie hörte ein Rascheln und leises Schnaufen.

Ginsterhof. Schokomuffins. Heuboden. Pferde. Pferde?

Jola setzte sich auf und spähte in das Zwielicht. Die anderen Mädchen schliefen tief und fest. Katie hatte sich in ihre Decke gewickelt und benutzte einen dicken Pulli als Kopfkissen. Lea schnarchte leise und Sannes blonder Pferdeschwanz lag wie ein Fächer im Heu. Wie spät es wohl war? Und warum war sie aufgewacht – wegen des Jetlags?

Wieder raschelte es im Stroh, aber die Umrisse der Mädchen bewegten sich nicht. Jola schälte sich aus ihrer warmen Hülle und kroch zum Rand der Luke, um nach unten zu sehen.

Milchiges Mondlicht schwamm über den Gang. Gab es hier Katzen? Mäuse? Igitt, oder Ratten? Etwas bewegte sich da unten, drängte das Mondlicht beiseite. Kein Schatten, eher eine Art Licht. Eine der Boxentüren quietschte und sie hörte – Schritte? Eine Wolke schob sich vor den Mond und im selben Moment wurde es stockfinster im Stall. Die Schritte waren nun deutlich zu hören, hohl, dumpf, laut. Ihr Herz klopfte genauso laut, aber sie wagte nicht, sich zu rühren. Wieder quietschte eine Türangel. Die Schritte verstummten. Dafür hörte sie jetzt etwas anderes von unten: tiefe, rasselnde Atemzüge.

»Katie!« Sie robbte rückwärts, rüttelte an der ersten Gestalt, über die sie stolperte. »Katie, wach auf!«

»Hmmmichlafen«, kam es brummelig aus dem Heu.

»Was ist denn los?« Jemand richtete sich auf, zu schnell, und knallte gegen Jolas Kopf. »Au, verdammt!«

»Ssscht, seid mal leise!« Jola tastete nach der Person und bekam einen Arm zu fassen. »Da unten ist jemand.«

»Oh no«, murmelte es unter ihr. »Du bist echt auf die Geisternummer reingefallen.«

»Also, ich höre nichts.« Katie machte sich von Jola los und kurz darauf blinkte eine Taschenlampe auf. »Du hast geträumt.«

»Hab ich nicht!« Jola griff nach der Taschenlampe und leuchtete damit nach unten. In die meisten Boxen konnte sie von hier aus nicht hineinsehen, nur in die zwei direkt unter ihr und in die daneben so halb.

»Huuu-huu!«, machte Lea und kicherte glucksend.

»Hört doch mal auf mit euren Gespenstern«, piepste Sanne von hinten. »Da muss jemand im Stall sein.«

»Ich geh nachschauen.« Jola schob ihre Füße über den Rand und tastete nach der Leiter, aber Katie hielt sie am Ärmel fest.

»Nicht! Bleib hier!«

»Warum?«

»Weil ... du die Leiter runterfallen könntest. Bei der Dunkelheit.«

»Sollen wir nicht lieber deine Mama anrufen?« Sanne klang ängstlich.

»Bist du verrückt? Die lässt uns nie wieder im Heu schlafen, wenn wir sie jetzt wach machen und heulen wie die Babys.«

»Und was, wenn das ein Einbrecher ist?«

»Das ist ein leerer Stall, was will der denn hier klauen? Futtereimer? Einen Sack Hafer?«

Lea zog sich den Schlafsack über die Ohren. »Also, ich bin müde. Weckt mich, wenn der Geist zurückkommt.«

»Kein Problem.« Katie kicherte. »Sanne wird vor Angst so laut schreien, dass sogar mein Opa aus dem Bett fällt.«

»Haha.« Sanne streckte die Hand aus und legte die Taschenlampe neben sich. Eingeschaltet. »Ihr findet das auch noch komisch. Ich mach bestimmt die ganze Nacht kein Auge mehr zu.«

Jola blinzelte hinunter in den Stall, aber weil es hier oben jetzt hell war, konnte sie in der Dunkelheit erst recht nichts mehr erkennen. Sie lauschte auf das Atmen, auf Schritte, auf irgendwas. Aber aus dem schwarzen Loch im Heuboden drang nur Stille zu ihnen herauf.

Nicht einschlafen, sagte sie sich in Gedanken vor, immer wieder. Nicht einschlafen, nicht einschlafen. Nicht ...

Sternschnuppenmorgen

Jola blinzelte in staubige Sonnenstrahlen, die durch das runde Fenster genau auf ihr Gesicht fielen. Was war los? Ach, richtig – Geisterstunde im Stall. Aber wo waren die anderen? Mühsam rappelte sie sich hoch.

Sanne und Katie schliefen noch tief und fest. Lea hatte die Augen offen und Stöpsel in den Ohren, sie summte leise vor sich hin. Als sie sah, dass Jola sie anschaute, runzelte sie nur die Stirn und summte weiter.

Blöde Gans, dachte Jola und beschloss, endlich das zu tun, worauf sie die ganze Nacht aus gewesen war – den Gutshof zu erkunden.

Sie zog die Füße aus dem Schlafsack, rollte ihn zusammen, so gut es ging, und warf das Bündel nach unten. Dann kletterte sie rasch hinterher.

Im hellen Tageslicht wirkte der Stall gar nicht gespenstisch, sondern aufgeräumt und gemütlich. Dunkle Holzbalken stützten die Decke und die Pferdeboxen waren hell und sauber gestrichen. Alle Böden hatte man dick mit Stroh ausgepolstert und nirgendwo lagen Pferdeäpfel herum. Am Ende des Ganges stand eine Schubkarre quer, und irgendwie sah das seltsam aus – es passte nicht zum übrigen ordentlichen Stall.

Jola ging hin, um die Schubkarre gerade zu rücken. Als sie hinfassen wollte, seilte sich eine fette schwarze Spinne vom Griff ab.

Jola zog schnell die Hand zurück und stolperte fast in eine leere Pferdebox –

Bloß war diese Box nicht leer. Ihr Herz machte einen Satz, heftiger noch als eben bei der Spinne, als zwei große dunkle Augen sie anstarrten. Dann schrie sie. So laut sie konnte.

»He, was ist los?«

»Ich … da …« Jola presste sich an die kalte Wand und wusste nicht, vor wem sie sich mehr fürchten sollte – vor der Spinne oder dem Pferd. Aber seit Neuseeland besaßen Spinnen eindeutig den größten Ekelfaktor. Und das Pferd sah eigentlich nicht gefährlich aus. Das Problem war, dass es frei im Stall herumlief und jederzeit aus der Box heraus auf den Gang treten konnte. Genau auf sie zu.

»Was ist denn?« Katie klang genervt. Die Leiter knarrte, und Jola war froh, dass sich gleich jemand wenigstens um das Pferd kümmern würde.

»Da steht ein Pferd. In der Box. Ohne – also, die Tür ist offen.«

»Ach, das ist nur Colorado. Der läuft immer frei herum. Ist unser ältestes Pony, das hat hier Sonderrechte.«

Wie ein Pony sieht der nicht aus, dachte Jola, aber da riss Katie schon erstaunt die Augen auf und blieb wie angewurzelt stehen.

»Das ist nicht Colorado«, vermutete Jola kühl.

»Nein«, gab Katie zurück.

Ihr schien das Pferd null Angst zu machen. Besorgt äugte Jola zu der Schubkarre, aber von der Spinne fehlte jede Spur. Trotzdem lief sie in einem sicheren Bogen drum herum und flüchtete in die nächste Box.

Durch das Gitter beobachtete sie, wie Katie langsam auf das Pferd zuging.

Eigentlich ein schönes Tier, dachte sie. So weiß wie frischer

Pulverschnee. Groß und schlank, mit einem geraden Kopf und langer, wallender Mähne. In ihrer Brust zog sich etwas zusammen. Sie war keinem Pferd mehr so nah gewesen, seit …

»Na, Junge«, murmelte Katie, »wer bist du denn?«

»Kennst du es nicht?« Jola stellte sich auf die Zehenspitzen, um besser durch die Gitterstäbe sehen zu können.

»Nein«, flüsterte Katie. »Das ist keines von unseren Pferden.«

»Aber wie kommt es dann in euren Stall?«

»Ssscht«, machte sie und streckte die Hand aus.

Das Pferd riss den Kopf hoch und starrte sie mit erschrockenen Augen an. Es sah aus, als würde es Katie erst in diesem Moment wahrnehmen, als hätte es bis jetzt geschlafen oder so fest geträumt, dass es nichts um sich herum mitbekommen hatte. Plötzlich machte es einen Satz und knallte gegen die Boxenwand, und Jola dachte schon, dass es Katie über den Haufen rennen würde, aber Katie reagierte blitzschnell und ließ die Hand wieder sinken. Kopfschüttelnd trat sie zurück und zog schnell die Tür zwischen sich und dem Pferd zu.

»Das glaub ich einfach nicht.« Ihre Augen funkelten, als sie Jola anschaute. »Von genau so einem Pferd hab ich als Kind immer geträumt! Und jetzt steht es in unserem Stall, einfach so! Bei jeder Sternschnuppe, die ich sehe, wünsche ich mir so ein Pferd. Krass, oder?«

»Das mit den Sternschnuppen funktioniert aber nicht wirklich.«

»Weiß ich doch.« Katie rieb sich die Nase. Dann presste sie das Gesicht zwischen die Stäbe und seufzte. »Oje, am liebsten würde ich niemandem davon erzählen, sondern es einfach hier verstecken.«

»Was willst du verstecken?« Lea und Sanne tauchten hinter Katie auf, und Sanne stieß einen überraschten Schrei aus, als sie das Pferd entdeckte. Sofort klebten zwei weitere Nasen an den Gitterstäben.

»Wow, das ist ja ein Prachtkerl!« Lea schob ihre Hand durch die Gitter und wollte das Pferd anlocken, aber es wich zurück, so weit es die Box zuließ.

»Er hat Angst«, flüsterte Katie. »Bestimmt ist ihm was Schlimmes passiert.«

»Wie kommt er hier rein?« Sanne sah zu Jola und legte den Kopf schief. »Du hast doch was gehört heute Nacht, stimmt's? Das war kein Traum.«

Jola schüttelte langsam den Kopf. »Ich habe Schritte gehört. Als ob … jemand … durch den Stall gelaufen wäre.«

»Hast du auch die Tür gehört? Ist jemand reingekommen, der das Pferd geführt haben könnte?«

»Was weiß denn ich!« Jola verdrehte die Augen. »Ihr habt mir ja nicht mal geglaubt, dass ich überhaupt was gehört habe.«

»Hm«, machte Katie. »Hm, hm, hm.«

»Vielleicht gehört es ja niemandem«, quiekte Sanne. »Dann können wir es behalten!«

»Wir müssen das auf jeden Fall meinem Vater erzählen«, sagte Lea bestimmt. »Vielleicht ist es gestohlen worden und jemand hat es in der Eile hier versteckt.«

»Oder es ist weggelaufen«, vermutete Sanne.

»Und wie ist es dann reingekommen? In den verschlossenen Stall? Es hat wohl kaum allein das Tor aufgemacht.«

Das Pferd sah aus, als würde es sich am liebsten die Ohren zuhalten. Sein Kopf zuckte immer wieder hin und her, und seine

Nüstern hatte es so weit aufgerissen, dass eine ganze Spinnenfamilie darin Platz gehabt hätte.

»Seid doch mal still.« Jola trat vom Gitter zurück. »Seht ihr denn nicht, dass es sich vor euren lauten Stimmen fürchtet?«

»Ach, du hast doch …«, setzte Lea an, aber Katie griff nach ihrem Ärmel und zog sie und Sanne ebenfalls ein Stück rückwärts.

»Los, Leute, lasst uns gehen. Wir müssen es meiner Ma ja doch sagen.«

Eine Stimme hallte durch den Stall, laut und bestimmend. Das Pferd zuckte zusammen und Jola fuhr herum.

»Was müsst ihr mir sagen?«

Bleiberechte

Die Mädchen traten von einem Fuß auf den anderen, als Helen energisch auf sie zumarschierte. Sie stockte und genau wie Katie vorhin riss sie überrascht die Augen auf.

»Was ist das für ein Pferd?« Helen sah sie der Reihe nach an.

Lea zuckte mit den Schultern. »Wissen wir nicht. Es stand plötzlich da.«

»Habt ihr das Tor gestern nicht verschlossen?« Helen runzelte die Stirn und schob den Riegel zurück. Sie trat in die Box und sofort riss das Pferd wieder den Kopf hoch und stampfte nervös auf der Stelle. Helen streckte die Hand aus, genau wie Katie es gemacht hatte, aber das Pferd kam nicht zu ihr.

Es sucht einen Fluchtweg, dachte Jola. Instinktiv wollte sie Helen zurückreißen, aber sie rührte sich nicht vom Fleck.

»Jola hat was gehört, mitten in der Nacht. So komische Geräusche.«

Helen machte noch einen Schritt, aber bevor sie das Pferd berühren konnte, raste es los und knallte mit voller Wucht gegen die Tür. Sanne keuchte und floh in die nächste freie Box, und Jola war froh, dass feste Eisenstäbe zwischen ihr und dem Pferd hingen. Helen war nun eingekesselt, das Pferd blockierte die Tür und starrte aus weit aufgerissenen Augen auf die kleine Frau hinunter. Aber die blieb ganz ruhig. Jola hielt den Atem an, als Helen mit langsamen Schritten zur Tür ging.

»Wann war das?«, fragte sie mit leiser Stimme. »Und was genau hast du gehört?«

»Ich weiß nicht«, murmelte Jola. »Als alle geschlafen haben. Irgendwas hat mich aufgeweckt. Es war so dunkel und da waren Schritte und … dieses Atmen.«

Das Pferd wich zurück und gab den Weg frei. Als ob Helen eine gefährliche Krankheit hätte.

»Hast du das Tor gehört?«

»Vielleicht. Es klang so … nah.«

Helen zog die Boxentür einen Spalt auf und zwängte sich hinaus auf den Gang. Schnell schob Katie den Riegel wieder vor.

»Also, Mädels, folgende Regel: Keine von euch geht zu dem Pferd. Wir wissen weder, ob es krank ist, noch, was mit ihm passiert sein könnte. Es ist völlig verstört. Vielleicht hat es schlimme Erfahrungen gemacht. Bei solchen Pferden weiß man nie, wie sie reagieren.« Sie sah ihre Tochter scharf an. »Verstanden, Katie?«

»Jaja«, brummelte Katie und guckte auf ihre Füße.

»Wasser kriegt es aus der Selbsttränke, aber wir wissen nicht, ob es das System kennt. Sanne, kannst du schnell einen Eimer vollmachen? Wir füllen vorsichtshalber den Futtertrog auf. Katie, hol einen Armvoll Heu. Vielleicht ist es hungrig.«

Jola sah stumm zu, wie die anderen vorsichtig Wasser und Heu in der Box verteilten. Das Pferd kümmerte sich nicht darum, es rührte weder Futter noch Wasser an. Es lief an der Wand entlang und schlug mit den Hufen dagegen. Sein Blick glitt immer wieder zum Fenster, zu den Gitterstäben davor, durch die es auf den Hof sehen konnte. Als würde es auf etwas warten.

»Lea, ruf bitte deinen Vater an. Ich glaube, das ist ein Fall für die Polizei.«

Sanne hopste hinter Lea her, um ihre Sachen vom Heuboden zu holen. Helen legte eine Hand auf Katies Schulter und schob sie Richtung Stalltor. Sie flüsterte ihrer Tochter etwas zu und Katie lächelte ganz leicht und nickte dann.

»Jola, kommst du auch?« Helen drehte sich zu ihr um, und sie wusste, dass sie nicht länger gucken durfte.

»Bleibt das Pferd hier?«

»Willst du es etwa mitnehmen zum Frühstück?« Katie lachte sie aus. »Das ist ein Pferdestall. Natürlich bleibt es hier.«

Jola ließ das Gitter los und trat aus der Box. Etwas passte nicht, fühlte sich falsch an. Das Pferd stapfte in der Box herum wie ein eingesperrter weißer Tiger. Am liebsten hätte sie den Riegel einfach wieder aufgemacht und das Pferd rausgelassen, aber unter den Blicken der Webers wagte sie das nicht.

»Es hat hier alles, was es braucht«, versicherte Helen ruhig und deutete mit dem Kopf zur Tür. »Und jetzt komm. Das Frühstück wartet.«

Der Polizist sah überhaupt nicht aus wie ein Polizist, als er sich neben Jola an den runden Esstisch setzte und einen Kaffee einschenken ließ. Eher wie ein Mann, den man zu früh aus dem Bett geschmissen hatte.

»Ihr habt also ein Pferd zu viel im Stall?«

»Die Mädchen haben es heute früh entdeckt. Das Tor war verriegelt, also muss es jemand reingebracht haben.« Helen sah streng in die Runde. »Und ihr könnt uns wirklich nicht mehr dazu sagen?«

Katie, Sanne und Lea schüttelten nacheinander den Kopf. Dann musste Jola noch einmal erzählen, was sie in der Nacht gehört hatte. Der Polizist schrieb sich alles genau auf, aber dann runzelte er die Stirn.

»In den letzten Wochen hat es hier in der Gegend eine Reihe von Einbrüchen in Reitställe gegeben. Die Diebe waren auf teure Sättel aus, auf Wertgegenstände in Sattelkammern. Pferde sind allerdings nicht gestohlen worden – bis jetzt jedenfalls.«

Jola sah zu ihrem Vater, der gedankenverloren mit dem Löffel in seiner leeren Kaffeetasse rührte. Er war mit seinem Kopf mal wieder ganz woanders.

»Aber könnten die Diebe nicht Schiss gekriegt und das Pferd schnell versteckt haben?« Lea beugte sich vor. »Um es später zu holen oder so?«

»Bei dem Pferd könnte es sich um Diebesgut handeln, da habt ihr recht. Aber dem Dieb muss klar sein, dass es sofort entdeckt wird, also warum bringt er es nicht irgendwohin, wo man es nicht so schnell findet? Wahrscheinlicher ist, dass es aus seinem Stall ausgebrochen ist. In dem Fall muss es von selbst in euren Stall gelangt sein, durch eine Tür vielleicht, die nur angelehnt war. Und dann gibt es noch eine Möglichkeit.« Der Polizist sah Helen ernst an. »Es könnte krank sein. Stell dir vor, jemand stellt euch heimlich ein Pferd in den Stall, das mit einer gefährlichen Seuche infiziert ist. Es würde alle anderen Pferde anstecken, sobald sie mit ihm in Kontakt kommen.«

Katie keuchte erschrocken auf. »Oh Gott, und wir haben es ausgerechnet in Keiras Box gesperrt!«

»Das muss der Tierarzt klären.« Helen runzelte die Stirn. »Besser, wir lassen die Pferde vorerst nicht in den Stall.«

»Habt ihr Feinde? Gibt es jemanden, der euch schaden will?«, fragte der Polizist.

Die Webers schauten sich an und sahen mit einem Mal sehr besorgt aus.

Jolas Vater räusperte sich und stand auf. »Ähm, Helen, Stefan – wir lassen euch mal allein. Ihr habt genug zu tun mit eurem Findelkind. Komm, Jola.«

Jola kaute auf ihrer Lippe herum und rutschte umständlich von der Bank. Sie wollte jetzt nicht gehen, sie wollte wissen, was mit dem Pferd los war, ob es ihm gut ging und …

»Moment mal.« Der Polizist erhob sich ebenfalls und zückte seinen Block. »Ich brauche eure Personalien und eine Adresse, wo ich euch erreichen kann. Jola ist schließlich die einzige Zeugin, die Angaben zu dem Vorfall machen konnte.«

Jola und ihr Vater wechselten einen Blick. »Ja, also … das ist schwierig.«

»Wieso?« Der Polizist runzelte die Stirn. »Habt ihr kein Telefon? Dann reicht mir auch die Anschrift.«

»Genau da liegt das Problem. Wir haben zurzeit weder noch.« Ihr Vater lächelte unter seinem Bart. »Wir sind zwei Jahre mit dem Bulli durch Neuseeland gereist und erst gestern wieder in Deutschland gelandet.«

»Oh.« Der Polizist schaute fragend zu Helen.

»Sie wohnen bei uns«, erklärte Helen knapp. »Jedenfalls zunächst. Wenn sich daran was ändert, sage ich dir Bescheid.«

»Ihr müsst nicht gehen, Jan.« Stefan legte ihrem Vater die Hand auf den Arm. »Bleibt hier, solange ihr wollt.« Er zwinkerte Jola zu. »Und unsere Zeugin hier will bestimmt lieber mit in den Stall kommen und selbst nach dem Findelkind sehen, was?«

Helen stand auf und klopfte dem Polizisten auf die Schulter. »Jetzt komm, du musst dir endlich das Pferd ansehen.«

»Also, krank sieht der nicht aus. Eher ziemlich gesund«, flüsterte Lea, als sie wieder vor der Box standen. Das riesige Pferd tanzte darin herum und warf den Kopf hin und her.

Es will raus, dachte Jola. Nicht hier eingesperrt sein. Es war ruhig, solange die Tür offen stand und es gehen konnte, wenn es wollte.

»Die vielen Menschen machen ihm Angst«, vermutete Katie und sah Jola an. »Geht doch alle mal ein paar Schritte zurück.«

»Oooh«, machte der Polizist und schrieb eifrig auf seinen Block. »Das ist aber ein schönes Tier.«

»Schimmel ohne Abzeichen«, sagte Helen. »Kein junges Pferd, mindestens zehn Jahre, eher älter. Ein Hengst. Schräge Schulter, ausgeprägter Widerrist, lange Kruppe. Edler Kopf, das lässt auf einen Vollblutanteil schließen, obwohl ich ihn als Warmblut einstufen würde. Ziemlich sicher ein Rassepferd.«

»Welche Rasse?«, fragte der Polizist.

»Schwer zu sagen.« Helen legte den Kopf schräg. »Ich kann kein Brandzeichen erkennen … aber das könnte daran liegen, dass er schon einige Fellwechsel mitgemacht hat. Er ist gut bemuskelt und sieht aus, als hätte man ihn trainiert. Ich tippe auf Springsport, vielleicht auch Vielseitigkeit.«

Katie bekam glänzende Augen. »Oh, Mama, darf ich …«

»Nein«, sagte Helen scharf. »Auf keinen Fall.«

Der Polizist räusperte sich. »Also ein wertvolles Pferd?«

»Das musst du herausfinden. Ich kann nur sagen, was ich sehe.«

»Also schön.« Der Polizist klappte seinen Block zu. »Ich melde mich bei euch, sobald ich mehr weiß. Dürfte nicht allzu schwer sein, den Besitzer zu finden. Ein Rassepferd verschwindet wohl kaum unbemerkt aus seinem Stall.«

»Moment mal.« Stefan stemmte die Hände in die Hüften. »Wir haben noch nicht geklärt, ob es hierbleiben kann.«

»Aber ...« Katie schnaufte.

Der Polizist sah ebenfalls ratlos aus. »Also, auf der Wache kann ich es nicht unterbringen. Und im Tierheim nehmen sie nur herrenlose Hunde und Katzen und Kaninchen.«

»Wir haben hier doch Platz genug!« Katie stemmte ebenfalls die Hände in die Seiten. »Dein Besuch darf schließlich auch bleiben.«

»Katie«, zischte Helen streng.

Plötzlich wieherte das Pferd. Sein Ruf hallte laut und klagend durch den großen, leeren Stall und alle zuckten zusammen. Auch das Pferd selbst.

»Also schön«, sagte Helen in die Stille, die folgte. »Du kannst hierbleiben. Bis wir deinen Besitzer gefunden haben.«

Jola sah, wie Katie einen schnellen Blick mit ihren Freundinnen tauschte und in sich hineingrinste. Und auf einmal erinnerte sie sich wieder: Katie hatte sie davon abgehalten, nachts hinunter in den Stall zu steigen, um nachzusehen, wer die Geräusche machte. Sie hatte echt überrascht ausgesehen, als das Pferd so plötzlich dastand. Bestimmt hatte sie nichts von ihm gewusst. Aber etwas war seltsam an der ganzen Sache.

Ganz und gar seltsam.

Pferdebilder

Als der Polizist mit Lea und Sanne weggefahren war, ging ein Wandel mit den Ginsterhof-Leuten vor sich. Auf einmal schien jeder genau zu wissen, was zu tun war, sie alle folgten einer exakt einstudierten Routine, und Jola fühlte sich wie in einem Theater, bei dem sie kein Mitspieler, sondern nur Zuschauer war.

Stefan drückte seiner Frau einen Kuss auf die Wange, so als würde er sich verabschieden, um zur Arbeit zu gehen. Dann verließ er den Stall. Helen lief in eine angrenzende Kammer und kam mit einem großen Klemmbrett wieder heraus, von dem sie stumm etwas ablas. Dann drückte sie Katie das Klemmbrett in die Hand und ging zurück in die Kammer, um kurz darauf mit Sätteln und Zaumzeugen beladen wieder aufzutauchen.

»Ich will nicht, dass heute jemand von den Schülern den Stall betritt«, sagte sie warnend und kritzelte etwas auf das Klemmbrett. Katie nickte und lud sich ein buntes Bündel Halfter auf beide Schultern. Helen schnappte sich die Schubkarre und scheuchte Jola und Katie aus dem Stall.

Jola setzte sich auf die breiten Steinstufen vor dem Haus und beobachtete, wie Katie Stricke an den langen Ständer vor dem Stall knotete. Sie hätte gern etwas getan, aber es schien nichts zu geben, wobei sie helfen konnte. Also schloss sie die Augen und dachte an das Pferd. Sie hatte ganz vergessen, wie groß Pferde waren, wenn man direkt vor ihnen stand. Bilder strömten durch ihren Kopf, Bilder, die sie seit Jahren nicht mehr gesehen hatte. Wie ein Fernseher, den man einschaltet und in dem man plötzlich einen alten Film von früher sieht. Einen fast vergessenen, heiß geliebten Kinderfilm.

»Jola?«

Jola machte die Augen wieder auf. Ihr Vater setzte sich neben sie auf die oberste Stufe und Jola lehnte den Kopf an seine Schulter.

»Mama hatte auch so ein Pferd«, sagte sie.

Ihr Vater versteifte sich. Sie wusste, warum er allen Pferden aus dem Weg ging. Aber sie konnte den Fernseher in ihrem Kopf nicht abschalten.

»Wie das Pferd im Stall?«, fragte er mit belegter Stimme.

»Nicht genau so. Ihr Pferd war schwarz. Das hier ist weiß. Aber … es war genauso groß und genauso schön und genauso … besonders.«

Ihr Vater seufzte leise. »Ich habe es geahnt. Sobald du die Pferde siehst, wirst du nicht mehr wegwollen. Wir können aber nicht hierbleiben, Jola.«

»Warum nicht? Helen hat doch gesagt …«

»Sie hat gemeint, bis wir eine Bleibe gefunden haben.« Sein Bart kitzelte sie an der Stirn, aber sie blieb so sitzen. »Stefan nimmt kein Geld von mir. Ich will den Webers nicht auf der Tasche liegen.«

Jola hob den Kopf und schaute ihn an. »Können wir nicht was in der Gegend suchen? Ist doch egal, wo wir bleiben. Du kannst überall arbeiten.«

Er strich ihr eine Strähne aus dem Gesicht. »Ach, Jola. Was wollen wir denn in Steinbach? Hier gibt es doch nichts.«

Ein Windhauch blies durch die Blumenkästen und trug den Duft blauer Gewitterblümchen die Steinstufen hinauf. Jola sah sich um. Der Kastanienbaum raschelte leise und ein paar goldgelbe Blätter rieselten zu Boden. Aufgeplatzte Schalen lagen herum und ein Eimer mit Kastanien stand neben dem Stamm. Ein Stück weiter neben dem Zaun sah sie einen Freisitz, der von dunkelroten Weinranken überwuchert war, daneben, zwischen breiten Holzbänken, einen gemauerten Kreis, fast wie ein Brunnen, in dem verkohlte Holzstücke lagen. Eine Lagerfeuerstelle.

Sie dachte wieder an das Pferd. Das seltsame, herrenlose Pferd, das wie sie hier gestrandet war. Das Pferd, das Erinnerungen an ihre Mutter geweckt hatte. Sie konnte nicht gehen, bis sein Geheimnis gelöst war. Sie wollte nicht eher gehen.

»Wir haben zwei Jahre gemacht, was du willst. Jetzt bin ich mal dran. Und ich will hierbleiben!«

Ihr Vater blickte gedankenverloren in die Ferne. Dann zog er sie wieder an sich und grub sein stacheliges Kinn in ihre Haare. »Also gut. Ich frage Stefan nach einer Tageszeitung. Da stehen immer Wohnungsanzeigen drin.«

Sie drehte sich herum und schlang ihm stürmisch die Arme um den Hals. »Danke, Papa! Danke, danke!«

»Aber nur vorübergehend, hörst du?«

Ein Keuchen ließ Jola herumfahren, und sie sprang erschrocken auf, als der faltige Riesenhund auf sie zuwankte. Er kaute auf etwas herum, was wie eine halb verdaute Hand aussah.

Ihr Vater legte ihr die Hände auf die Schultern und drückte sie zurück auf die Treppe. »Cool bleiben! Er tut dir nichts. Webers haben ihn schon, seit er ein Welpe war. Er ist mit ihren Kindern aufgewachsen und der liebste Hund weit und breit.«

»Er sieht nicht so aus.«

»Und das ist auch gut so. Schließlich soll er Einbrecher fernhalten.«

»Die laufen bestimmt davon, weil sie sich vor ihm ekeln.« Jola schüttelte sich. »Das ist der hässlichste Hund, den ich je gesehen habe.«

»Na und?« Ihr Vater streckte die Hand aus und sofort kam das Hundemonster angewackelt. Es kuschelte sich in seine Armbeuge und spuckte ihm einen angesabberten Handschuh in den Schoß. »Ihr Name ist übrigens Minnie.«

»Super, total passend.«

Ihr Vater begann, das struppige Fell zwischen den wulstigen Falten zu kraulen, und Minnie schleckte mit ihrer blauen Hundezunge seine Finger ab. Ein wohliges Grunzen drang aus ihrer Kehle.

»Siehst du? Von ihr aus kann ich das jetzt den restlichen Tag machen.«

»Und wer durchsucht dann die Zeitung?«

Ihr Vater grinste sie an. Dann stand er auf und wischte sich fahrig die Finger an der Hose ab. Minnie ließ sich auf die oberste Stufe plumpsen und streckte ihre kräftigen Pfoten aus. Jola rutschte ein Stück von ihr weg.

Vor dem Stall wurde es nun hektisch. Ein Motorrad hielt unter dem Kastanienbaum, und Katie stürmte dem Fahrer entgegen, bevor er auch nur den Helm abgesetzt hatte. Jola sah noch, dass es sich dabei um einen Jungen handelte, der groß und schlank war und halblange keksblonde Zausellocken besaß, dann hatte Katie ihn auch schon in den Stall gezerrt und das Tor wieder geschlossen. Zwei Fahrräder kamen auf den Hof gefahren und kurz nacheinander drei Autos. Überall wimmelte es plötzlich von Mädchen, manche jünger, manche nicht viel älter als Jola. Alle trugen Reithosen und dazu glänzende schwarze Stiefel oder lederne Chaps an den Waden.

»Wohin gehst du?«, fragte Jola abwesend.

»Zu Stefan. Dann kann ich ihm gleich sagen, was wir vorhaben.«

»Ist der nicht vorhin zur Arbeit gefahren?«

»Nein. Er ist doch Sattler. Er hat seine Werkstatt hier auf dem Hof.« Ihr Vater stieg die Treppe hinab und lief auf das holzverkleidete Gebäude zu, das links an den Anbau grenzte. »SteWe« stand in verschlungenen Buchstaben auf einem Schild an der Wand. Er klopfte an die Tür und ein ziemlich alter Mann öffnete ihm und ließ ihn herein. Das musste Katies Opa sein – der wohnte auch im Anbau, direkt neben ihnen. Er hörte nicht mehr so gut, deshalb mussten sie nicht extra leise sein. Das hatte Stefan ihr zugeflüstert, als sie am Morgen ihren Schlafsack ins Zimmer geräumt hatte.

Auf einmal erklang hektisches Wiehern und ein lautes Poltern aus dem Stall. Minnie hob den Kopf und wuffte träge. Die Mädchen auf dem Hof erstarrten in ihren Bewegungen und deuteten aufgeregt zum Stall. Sie verrenkten den Hals, um das fremde Pferd besser hinter dem Gitterfenster erkennen zu können. Aber gerade als das erste Mädchen den Riegel am Stalltor zurückschieben wollte, kam Helen mit der voll beladenen Mistkarre um die Ecke.

Katie und der blonde Junge traten wieder auf den Hof. Helen runzelte die Stirn, aber Katie grinste nur entschuldigend.

»Mach dich lieber nützlich und hilf Niko, die Pferde zu holen«, rief Helen ihrer Tochter zu. »Wir brauchen Billy, Stups, Miley, Taylor, Justin, Bonnie und Clyde!«

Der Junge sah sich suchend um. Als er Jola entdeckte, legte er den Kopf schief und pfiff durch die Zähne. Jola dachte erst, sie wäre gemeint, aber da sprang Minnie neben ihr auf die Füße und wackelte eilig auf ihn zu. Der Junge drehte sich um und rannte hinter Katie her zwischen dem Stall und dem Schuppen durch, und Jola hatte das Gefühl, unsichtbar zu sein. Ohne Minnie fühlte sie sich auf einmal ziemlich allein auf den breiten Stufen, aber gerade als sie aufstand und reingehen wollte, begann die Erde, unter ihren Füßen zu beben.

In einer Staubwolke schossen Pferde ums Eck und auf den Hof, vier, fünf, sechs, dann sieben. Auf dem letzten saß Katie, ohne Sattel, nur einen Strick in der Hand, und trieb sie mit lauten »Heyas« an. Sie waren alle nicht groß, kleiner als das weiße Pferd im Stall, aber sie stampften und dampften und prusteten, dass sogar die Reitschülerinnen zurückwichen. Ein Mädchen versuchte, ein blondes Pferd aus der Gruppe herauszulocken, und sofort rannten die anderen ebenfalls zu ihr und kreisten sie ein.

»Bleibt zurück, bis die Pferde eingefangen sind«, befahl Helen, und die Mädchen gehorchten anstandslos.

Minnie trottete neben dem Jungen, der laut mit Katie lachte. Er quetschte sich völlig furchtlos durch die Pferdeleiber, schob Hinterteile zur Seite und griff nach den Halftern. Jedes Mädchen bekam ein Pferd zugeteilt und band es an die lange Stange vor dem Stall. Dann machten sie sich eifrig daran, das Fell mit runden Gummiteilen zu bearbeiten, bis Staub und Koppeldreck nur so um ihre Köpfe wirbelte.

»Satteln in fünf Minuten«, rief der Junge, und sofort wurden die Mädchen wieder hektisch und wühlten neue Putzwerkzeuge hervor.

Jola hopste die Stufen hinunter und besah sich die ihr zugewandten Pferdehinterteile. Eine bunte Mischung war das: ein grau-schwarz geflecktes Pferd mit Stachelschweinhaaren, das nicht still stehen wollte und immer nach dem Hals seines Nachbarn schnappte, ein kleines rostrotes Pony mit Schlappohren, drei blonde, massige Kumpel, die sich ständig gegenseitig anrempelten, und zwei dicke Ponys mit Wuschelmähnen, eines eierschalenfarben, eines dunkelbraun. Und plötzlich verstand sie, warum Katie beim Anblick des Schimmels so ausgeflippt war – das weiße Pferd war ganz anders als die hier. Stolzer. Edler.

Jola sah zu, wie alle ihre Pferde sattelten und dann mit Katie und dem Jungen über den Hof führten. Hinter dem Freisitz ging es auf einen schmalen Kiesweg, der ums Haus herumführte. Offenbar befand sich irgendwo dort oben ein Reitplatz.

»Kommst du heute noch?«

Jola fuhr zusammen, als Helen plötzlich vor ihr stand. Aber Helen hatte gar nicht mit ihr geredet, sie hielt ein Handy am Ohr und stapfte an ihr vorbei ins Haus, ohne sie anzusehen.

Vielleicht bin ich tatsächlich unsichtbar, dachte Jola. Auch gut – denn dann sieht niemand, was ich jetzt mache!

Im Stall war es duster, als hätte jemand das Licht ausgesperrt. Wie in der Nacht standen alle Boxentüren offen, und Jola hatte das seltsame Gefühl, allein zu sein. Kein Geräusch störte die Stille, kein Rascheln im Stroh, kein leises Schnaufen. Sie hielt den Atem an, trat an die Box – die Box, die als einzige verschlossen war – und stieß erleichtert die Luft aus.

Der Schimmel drückte sich in die Ecke und starrte durch das vergitterte Fenster nach draußen.

»Hallo, du.« Jola schob sich in die Nachbarbox und legte ihre Hände um die kalten Streben. Sie hätte ihn gern berührt, aber er stand zu weit weg, und sie traute sich nicht, die Box zu betreten. Fliegen schwirrten um ihren Kopf, bis es in ihren Ohren summte.

Der Schimmel drehte den Kopf und schaute sie an. Er stand völlig ruhig, als hätte man ihn ausgeknipst.

Eine neue Erinnerung regte sich in ihrem Kopf, lang vergessen, wie im Nebel verborgen … Sie selbst, als kleines Mädchen, auf dem Arm ihrer Mutter … »Du musst ihm verraten, wer du bist«, sagte sie und hauchte dem großen schwarzen Pferd vor ihr sanft in die Nüstern …

Jola schüttelte heftig den Kopf, um die Fliegen zu verscheuchen, die noch immer in ihren Ohren nisten wollten. Sie konnte sich so gut wie gar nicht an ihre Mutter erinnern. Warum musste sie gerade jetzt an sie denken?

Das weiße Pferd sah sie immer noch an. Vorsichtig und sehr langsam drückte Jola ihr Gesicht zwischen die Gitterstäbe und blies dem Pferd ihren Atem entgegen. Sie schloss die Augen und wartete darauf, dass es ihr antworten würde, dass auch sie seinen Atem spüren –

»Was machst du hier?«

Jola fuhr zusammen und stieß sich das Kinn an einer Gitterstrebe. Sie riss die Augen auf und schaute dem Motorradjungen genau ins Gesicht. Er war einen Kopf größer als sie und roch nach Leder und Pferdestaub.

»Ich …«

»Kein Kontakt mit dem Pferd, wer später noch reiten will«, sagte er und machte eine eindeutige Kopfbewegung. »Los, verschwinde schnell, ich hab nichts gesehen.«

»Ich will ja gar nicht reiten.«

Er hob die Augenbrauen und guckte an ihr vorbei zu dem Schimmel, der jetzt wieder hoch aufgerichtet dastand und auf den Hof starrte. »Ein Wahnsinnspferd, was? Das bleibt hier eh nicht lang. Du brauchst dich gar nicht groß mit ihm anzufreunden.«

»Einer muss sich aber mit ihm anfreunden, solange er hier ist«, sagte sie und drückte sich an ihm vorbei.

Hoffentlich würden sich die Fliegen nun auf ihn stürzen.

Lotte
1943

Sie wachte auf, als ein Donnerschlag das Haus erzittern ließ. Panisch sprang sie aus dem Bett und kroch zum Fenster. Dichter Regen sprenkelte die Scheibe und Wetterblitze zuckten über den Nachthimmel.

Ein Gewitter, nur ein Gewitter. Sie fürchtete sich vor dem unheimlichen Leuchten, seit sie denken konnte, aber heute Nacht war sie froh darum. Auch wenn es die Bäume und Büsche in Gespenster verwandelte.

Wieder flackerte der Himmel, kurz darauf krachte es. Sie rieb sich die Augen. Hatte sie sich getäuscht? Bestimmt. Sie dachte, sie hätte ein Pferd gesehen, mitten im Haselstrauch, aber das konnte gar nicht sein. Alle Pferde standen sicher im Stall. Sie hatten gewiss keines da draußen vergessen.

Beim nächsten Blitz war sie sicher, ein Pferd zu sehen. Groß und schwarz wie die Nacht. Vater schlief tief und fest, also schlich sie allein zur Tür und schlüpfte in ihre viel zu großen Stiefel. Sie musste einfach nachsehen! Was, wenn eines der Pferde ausgebrochen war und sich auf dem glitschigen Untergrund verletzte? Was würde Herr von Weyke sagen?

Sie lief die schmale Treppe nach unten, ließ die Tür angelehnt und drückte sich an der Stallmauer entlang. Der Wind blies ihr den Regen in die Augen, und sie musste blinzeln, um etwas zu erkennen. Tatsächlich – im Haselstrauch steckte ein Pferd! Es hing fest, die Zügel mit den Zweigen verstrickt, und konnte weder vor noch zurück.

»Heeee, du!« Sie näherte sich dem Pferd seitwärts, damit es sie sehen konnte, und breitete ganz leicht die Arme aus. Sofort riss es den Kopf hoch. Nein, dieses Pferd kannte sie nicht. Es hatte eine seltsame Farbe, silberschwarz. Langsam, ohne hastige Bewegungen, trat sie auf das Pferd zu. Es war zu angespannt, der Zügel zu straff, der Haselstrauch zu dicht. Sie kam nicht nah genug heran.

Wieder flackerte ein Blitz am Himmel, sie konnte sein Spiegelbild in den Augen des Pferdes sehen. Der Donner krachte beinah im selben Moment. Das Gewitter stand jetzt genau über ihnen, das Pferd spürte es auch – sie mussten hier verschwinden, sie beide, jetzt gleich!

»Halt still, ja?« Sie stieg mit großen Schritten mitten in den Strauch. Ihr Stiefel verfing sich im Geäst und rutschte ihr vom Fuß, aber dafür bekam sie jetzt das Reithalfter zu fassen. Die Augen des Silberschwarzen waren aufgerissen, doch er blieb ruhig, als sie mit zitternden Fingern nach den Schnallen tastete.

Warum gingen diese blöden Dinger nicht auf? Da, endlich – der Kehlriemen löste sich, fiel herunter. Sie griff nach dem Genickstück und zog es ihm über die Ohren. Ein Ruckeln, ein Reißen und das Pferd war frei.

Sie kämpfte sich rückwärts aus dem Haselstrauch heraus, stolperte und fiel auf den Hintern. Das Pferd stieg vor ihr in die Luft und sprang mit einem Satz über die Zweige. Es floh nicht – es sah sie an.

Ohne die Augen von ihm zu lassen, rappelte sie sich hoch. Ihren kalten, nassen Fuß spürte sie kaum. Mensch, war der groß! Am liebsten hätte sie ihn in den Stall geführt, um sich seine seltsame Farbe bei Licht ansehen zu können. Zwischen seinen Augen leuchtete ein heller Fleck, ein Stern, der aussah wie ein schiefes Herz. Sie streckte die Hand aus …

Genau in dem Moment krachte ein neues Blitz-Donner-Gemisch aus den Wolken und das Pferd wirbelte herum und galoppierte in die Dunkelheit davon.

Sie blieb stehen, bis sie das Trommeln seiner Hufe unter ihrem nackten Fuß nicht mehr spürte, und starrte in die Nacht. Das musste sie Max erzählen, gleich am Morgen, unbedingt!

Mistgeschicke

Jola schlief gut in dieser zweiten Nacht. Tief und fest und ohne störende Träume und Geräusche. Sie hatte sich für die Schlafcouch entschieden, weil sie so nicht das Zimmer mit ihrem Vater teilen musste, der oft bis spät in der Nacht an seinem Laptop hockte und Fotos bearbeitete. Außerdem stand die Couch genau unter dem großen Fenster, und das ging nach hinten raus, zum Obstgarten, hinter dem man die Koppel sehen konnte.

Eine Koppel voller Pferde!

Sie hatte am Nachmittag noch einen Spaziergang gemacht, den Kiesweg entlang, der bis zum Wald hochführte. Von hier aus kam man auch zur Koppel, zumindest zum unteren Teil. Die Koppel war nämlich riesig, so groß, dass der Zaun hinter einer Hügelkuppe verschwand, wo ein mächtiger Eichenbaum stand. Von der Holzhütte, die sich in eine Senke schmiegte, sah man nur das Dach. Überall grasten Pferde, allein oder in Grüppchen, bunt gemischt, die meisten von ihnen Ponys mit großen Kulleraugen und dicken, wuscheligen Mähnen. Ein paar größere Pferde waren auch darunter, aber keines konnte es mit dem Weißen aufnehmen, der noch immer im Stall verborgen stand.

Jetzt war sie aufgewacht, viel zu früh. Der Jetlag steckte ihr noch in den Knochen, ihr Körper hatte sich noch nicht an den neuen Rhythmus gewöhnt. Aber das war ihr egal. Sie zog sich an, Jeans, Pulli, Wolljacke, und lief durch das Haupthaus auf den

Hof hinaus. Am Abend hatte sich keine Gelegenheit ergeben, noch mal zu dem Pferd zu schleichen. Aber vielleicht schliefen alle noch und sie konnte sich jetzt ungesehen in den Stall stehlen.

Die Stalltür war nur angelehnt, was seltsam war. Sie drückte dagegen und schob sich hindurch.

»Muss sie gar nicht zur Schule?«

Das war Katies Stimme. So früh? Jola blieb im Eingang stehen und presste sich gegen die kühle Wand.

»Doch, sicher. Bestimmt geht sie auch bald hin. Sag mal, Katie, warst du heute schon bei dem Hengst?«

Das war Helen – sie klang distanziert und beschäftigt. Jola biss sich auf die Unterlippe, aber noch wollte sie nicht reingehen. Lieber heimlich zuhören.

»Nein. Wieso?«

»Weil gar kein Mist in der Box liegt. Hat er nichts gefressen? Schau mal, das Stroh ist völlig trocken!«

Jola hielt den Atem an, um Katies Antwort nicht zu verpassen. Aber sie hörte nichts – anscheinend wusste Katie auch nicht, was los war.

»Seltsam«, hörte sie Helen murmeln. »Nur gut, dass der Wolf bald kommt.«

»Ein bisschen abgedreht sind die schon, oder?« Wieder Katies Stimme. Lauter diesmal. »Wie dieser Jan aussieht. Hoffentlich denken die nicht, dass sie ewig umsonst bei uns wohnen können.«

»Na, hör mal, er ist immerhin so was wie Papas kleiner Bruder. Übrigens fände ich es nett, wenn du Jola mal mit zum Reiten nimmst.«

»Na klar! Ich helf im Stall, ich muss in die Schule, Hausis, lernen, bei den Reitstunden helfen und jetzt auch noch Kindermädchen spielen? Nein danke. Da kümmere ich mich lieber um das neue Pferd.«

»Ach, Katie. Bestimmt kann sie dir jede Menge beibringen. Überleg mal, wo sie schon überall war!«

»Na und? Was interessiert mich das?«

»Es gibt noch mehr im Leben als Pferde, weißt du? Und übrigens brauchst du nicht auf sie sauer zu sein. Das Mädchen kann nichts dafür, dass du den Schimmel nicht reiten darfst.«

»Das hat überhaupt nichts damit zu tun«, schnaubte Katie. »Ich wundere mich nur, wie sie zwei Jahre Urlaub in Neuseeland machen kann und dann so mir nichts, dir nichts die erste Schulwoche verbummeln darf.«

Der Reifen der Schubkarre quietschte und Helen seufzte. »Ehrlich, Katie, das geht uns nichts an. Wenn du mir eh nicht hilfst, kannst du auch draußen auf den Wolf warten.«

Das klang wie ein Scherz, aber Katie befolgte die Anweisung ihrer Mutter ohne ein weiteres Wort – zu schnell für Jola. Sie konnte sich gerade noch von der Wand abstoßen, da stürmte Katie schon mit wehenden Locken um die Kurve. Ihre Augen wurden schmal, als sie Jola sah, und ihr Gesicht bekam die Farbe reifer Erdbeeren. Jola wartete, bis sie über den Hof davongestapft war, dann trat sie leise in die Stallgasse.

Das Pferd stampfte und warf den Kopf hoch, als Helen seine Box verriegelte. Es warf sich gegen die Tür, dass es nur so donnerte. Als das nichts half, stieß es ein lautes, wütendes Wiehern aus – es klang wie ein Hilferuf.

»So langsam reicht es ihm.« Helen seufzte. »Der braucht dringend Bewegung.«

»Darf er immer noch nicht raus?«

Helen stellte die Mistgabel weg und betrachtete nachdenklich den leeren Bollensammler. »Erst mal nicht. Der Tierarzt muss uns bestätigen, dass er gesund ist. Vorher lasse ich ihn nicht auf unsere Koppel.«

»Also hat sich noch niemand gemeldet, dem er gehört?« Jola merkte, dass ihre Stimme viel zu freudig klang, deswegen machte sie schnell ein betretenes Gesicht.

Natürlich wollte sie nicht, dass der Hengst abgeholt wurde, sie wollte es genauso wenig wie Katie. Aber nicht, weil sie unbedingt auf ihm reiten wollte. Etwas war anders mit diesem Pferd. Sie konnte es nicht beschreiben, es war mehr ein Gefühl als ein konkreter Gedanke. Deshalb wollte sie auch auf keinen Fall mit Helen darüber reden.

»Nein«, sagte die kleine Frau und sah sie forschend an. »Aber – und das sage ich Katie auch schon die ganze Zeit – Pferde fallen nicht vom Himmel. Es hat einen Besitzer, und es ist nur eine Frage der Zeit, bis er sich findet. Also gewöhnt euch nicht zu sehr an ihn.«

Jola nickte vage und zuckte zusammen, als das Pferd krachend gegen die Zwischenwand schlug. Es wollte sich gar nicht wieder beruhigen, sondern stieg nun hoch in die Luft, als würde es gleich über die Gitterstäbe springen.

»Wir haben genug Ponys, wenn du reiten willst. Frag doch Katie, ob sie dir mal die Waldkoppel zeigt. Hier unten im Paddock stehen nur die Pferde, die wir für die nächste Reitstunde brauchen.« Sie sah auf die Uhr. »Vor dem Ausritt wird das leider nichts mehr, aber wenn du heute Mittag rechtzeitig …«

Jola kam nicht mehr dazu, ihr zu sagen, dass sie gar nicht reiten konnte. Dass sie das letzte Mal einem Pferd nahe gekommen war, als sie vier Jahre alt gewesen war. Ein Schrei hallte über den Hof, laut und schrill.

Helen ließ die Mistforke fallen und stürzte ans Fenster der Nachbarbox. »Was ist passiert?«

»Komm schnell«, schrie Katie. »Opa hatte einen Unfall mit dem Traktor! Er hat das halbe Maisfeld plattgemacht.«

»Nicht schon wieder«, murmelte Helen. Sie bückte sich nach der Forke, drückte sie Jola in die Hand und deutete zur Schubkarre. »Kannst du die für mich ausleeren? Ich muss mal wieder meinen uneinsichtigen Vater retten.«

Unschlüssig blieb Jola neben der Schubkarre stehen. Sie hatte keine Ahnung, wohin mit all dem Mist, also lief sie ans andere Ende des Stalls und schob die schwere Doppelflügeltür auf. Von hier aus ging es direkt auf den eingezäunten Paddock, den ein simples Holztor mit der angrenzenden Wiese verband. Vier Pferde standen auf dem Sandplatz und starrten ihr neugierig entgegen: zwei schwere Hellbraune mit blonden Haaren, der fleckige Dunkle mit der Stachelschweinfrisur und ein zierliches schlammfarbenes Pony mit großen Augen.

Aber wo war der Misthaufen? Riechen konnte sie ihn schon, also musste er auch zu finden sein! Sie drehte sich einmal um sich selbst und entdeckte einen Bretterzaun, hinter dem ein paar Hühner herumtanzten. Über eine Tür gelangte man hindurch – das war ja ganz einfach. Erst als die dicken Blonden auf sie zumarschierten, wurde ihr klar, dass kein Zaun sie trennte. Erschrocken floh sie in den Stall zurück und schlug die Tür hinter sich zu.

Was jetzt? Wie sollte sie die schwere Karre raus auf den Paddock und durch den Bretterzaun kriegen, ohne dass ihr die Pferde zu nahe kamen? Hilfe suchend schaute sie den Schimmel an, aber der starrte durch das vergitterte Fenster auf den Hof hinaus und interessierte sich nicht für ihr Problem.

Sie konnte hier stehen bleiben und Helen erklären, dass sie Schiss vor vier Ponys gehabt hatte. Aber dann würde Helen ihr niemals wieder eines ihrer Pferde anbieten. Seufzend schlang sie ihre Finger fest um die Griffe und hob die Schubkarre an. Die Pferde waren volle Mistwagen bestimmt gewohnt und kümmerten sich gar nicht um sie.

Dummerweise war die Schubkarre schwerer als gedacht. Sie kippelte in der Kurve und beinahe wären Helens gesammelte Werke quer über den Stallboden gekullert. Gerade noch rechtzeitig stemmte Jola ihr Gewicht auf den anderen Griff und gelangte mit aufrechter Karre zu der großen Doppeltür.

Vor der natürlich die beiden Pferde warteten.

»He«, versuchte es Jola mit Reden. »Könnt ihr mal rutschen? Ich muss da durch!«

Die Pferde dachten überhaupt nicht daran, den Weg freizugeben, im Gegenteil, sie streckten ihre Nasen witternd über sie hinweg in den Stall, wo der ungewöhnliche Gast eingesperrt war. Bevor es den beiden einfallen konnte, sie einfach umzurennen und dem weißen Hengst einen Überraschungsbesuch abzustatten, schubste sie die kippelige Karre die Kante hinunter und schnitt den Pferden damit den Weg ab. Eine Hand hielt sie schützend vor ihr Gesicht, mit der anderen zog sie schnell das Tor hinter sich zu.

Puh, geschafft – draußen war sie schon mal. Die Pferde schnoberten und drängten sie gegen die Stalltür. Eines schob ihr die Nase in die Jackentasche, das andere begann, am Griff der Karre zu kauen und zu ziehen. Jolas Herz schlug ihr bis zum Hals, aber sie wusste, sie durfte sich ihre Angst nicht anmerken lassen. Entschlossen schob sie die Pferdenase aus ihrer Kleidung und brachte sich hinter der Schubkarre in Sicherheit. Aber die Pferde dachten gar nicht daran, sie in Ruhe zu lassen.

Wenn Katie mich so sieht, lacht sie sich tot, dachte Jola.

Autoreifen knirschten auf dem Kies und einen Moment waren die Pferde abgelenkt. Blitzschnell packte Jola die angesabberten Griffe und lief los, auf den Bretterzaun zu. Die Tür ließ sich ganz leicht öffnen, aber der Misthaufen blockierte den Eingang, sodass sie die Karre mit Anlauf durch die Tür fahren musste, wenn sie über die Schwelle aus platter Pferdekacke und verwesendem Stroh kommen wollte.

Beim dritten Anlauf passierte es. Natürlich – natürlich! – kippte die Schubkarre um und ihre gesamte Ladung verteilte sich auf den Paddock. Frische Pferdeäpfel kullerten zwischen die Hufe der Blondschöpfe und Jola wäre am liebsten im Sandboden versunken vor Scham.

Okay. Schnell die Mistgabel holen und aufräumen und so tun, als wäre nichts passiert! Sie huschte zurück in den Stall und griff nach der Forke, als ein fremder Mann den Stall betrat.

»Wo ist Helen? Ich suche sie schon überall.« Die Stimme des Mannes klang hektisch, so als hätte er nicht viel Zeit.

»Sie musste … ich weiß es auch nicht genau. Bestimmt kommt sie gleich zurück.« Aber hoffentlich nicht allzu gleich!

Der Mann schüttelte den Kopf. »Tut mir leid, ich kann nicht warten. Ein Notfall, ich muss gleich wieder los. Ist er das?«

Er blieb vor der verschlossenen Box stehen und betrachtete den weißen Hengst, der nun so ruhig dastand wie ein Gemälde.

»Was für ein schöner Kerl«, murmelte er und drehte sich zu

Jola um. »Komm, hilf mir mal schnell. Dazu brauchen wir Helen gar nicht.«

Einen kurzen, bangen Moment lang dachte Jola, der Mann wäre gekommen, um den Hengst mitzunehmen – dann aber fiel ihr ein, dass er Helen offenbar kannte und von ihr herbestellt worden war.

»Wer sind Sie überhaupt?«, fragte sie und stellte sich so, dass sie den Riegel an der Box abschirmte.

»Verzeihung. Ich bin Doktor Wolf – der Tierarzt.«

»Der Wolf?« Jola musste grinsen und der Tierarzt grinste mit ihr. »Ich heiße Jola. Dann wollen Sie ihn nur untersuchen?«

»Genau. Ich muss ein paar Tests mit ihm machen, Blut abnehmen. Damit wir wissen, ob ihr ihn zu den anderen Pferden lassen dürft.«

Schnell gab Jola den Weg frei und sah zu, wie der Tierarzt den Riegel zurückschob und ohne Scheu in die Box trat. Er hatte sich ein Stethoskop um den Hals gehängt und verbarg eine Spritze in der hohlen Hand.

»Ich brauche ein Halfter.«

An einer der Boxen hing ein Halfter mit einem neongrünen Strick daran. Sie reichte es dem Tierarzt durch die Gitterstäbe und beobachtete, wie er mit geübten Bewegungen nach dem Kopf des Schimmels griff.

»Hohooo«, machte Doktor Wolf, aber das Pferd drehte sich rückwärts im Kreis und warf den Kopf dabei so hoch, dass es unmöglich war, das Halfter über seine Ohren zu streifen.

»Er hat bloß Angst.« Jola wusste selbst nicht, warum sie sich einmischte.

Doktor Wolf keuchte vor Anstrengung, aber das Pferd war

schneller als er. Und größer. Schließlich gab er resigniert auf und legte das Halfter über dem Futtertrog ab.

»Dann muss es eben so gehen«, murmelte er. Seine Bewegungen waren ruhig und langsam. Mit dem Daumen fuhr er an der Unterseite des Halses entlang. »Auf meiner Tasche steht ein Fläschchen. Das schraubst du auf und tränkst einen Wattebausch damit.«

Jola dachte an die Pferdeäpfel, die immer noch überall auf dem Paddock verstreut lagen. Müsste Helen nicht längst zurück sein? Sie ging in die Hocke, fand das Fläschchen und tränkte die Watte mit der beißenden Flüssigkeit. Dann reichte sie dem Tierarzt den Wattebausch und sah zu, wie er damit eine Stelle am unteren Hals betupfte. Der Schimmel ließ es geschehen, obwohl die Tinktur Jola noch immer in der Nase kitzelte.

»Dann wollen wir mal«, sagte der Tierarzt und ließ die Spritze aus seiner hohlen Hand wandern.

Die Nadel sah unheimlich lang aus, und Jola schauderte, als der Tierarzt damit die desinfizierte Stelle am Hals des Schimmels berührte. Sie hielt die Luft an, aber der Hengst reagierte nicht auf den Schmerz. Schon kurz nach dem Stich zog der Tierarzt die Spritze wieder raus und hielt das durchsichtige Röhrchen daran ins Gegenlicht.

Es war vollkommen leer.

»Da hat der alte Wolf wohl danebengestochen«, seufzte der Tierarzt und drehte sich um. »Also dasselbe Spiel noch mal. Gibst du mir mal … oder nein, ich hole es mir selbst.«

Er schob die Tür auf, und in dem Moment wurden draußen am Hof Stimmen laut, Stimmen, die Jola inzwischen kannte. Oh, so ein Mist – im wahrsten Sinne des Wortes!

Mit einem Mal erwachte der Schimmel aus seiner Starre. Doktor Wolf konnte gerade noch zur Seite hechten, und schon sah sich Jola zum zweiten Mal an diesem Morgen einem leibhaftigen Pferd gegenüber – nur dass sie jetzt keine Schubkarre zum Festhalten bei sich hatte. Eine Sekunde lang blickte der Schimmel sie an. Er sah ihr so direkt in die Augen, dass ihr der Atem stockte. Sie spürte sein Flehen, seine Stärke und seine Hilflosigkeit, alles zugleich.

Scheiß drauf, dachte sie, drückte sich an die Wand und ließ ihn vorbei.

»Hoooo«, riefen Doktor Wolf und Helen im Duett. Aber es war zu spät.

Die hintere Stalltür, die Jola angelehnt gelassen hatte, stellte kein Hindernis für den Schimmel dar. Er stieß beide Flügel des Tors noch im Laufen auf und raste mit hoch aufgestelltem Schweif hinaus in die Freiheit.

»Das darf doch nicht wahr sein!« Helen hatte das Tor zuerst erreicht und starrte fassungslos auf ihren Paddock. Eine kleine Herde aus drei Pferden stob in wildem Galopp davon, als der Schimmel wie ein Blitz auf sie zugaloppiert kam. Der Schimmel kümmerte sich wenig um die anderen Pferde, er war damit beschäftigt, seine Füße auszuschütteln und wie wild vor dem Tor zur Weide hin und her zu galoppieren.

Von dem vierten Pferd – dem grau-schwarz Gefleckten – sah man nur das Hinterteil. Es war über die umgekippte Schubkarre gestiegen und hatte sich den Misthaufen emporgekämpft, wo es jetzt genüsslich nach Essensresten wühlte. Die Hühner hatten Reißaus genommen und liefen kreuz und quer zwischen platt getretenen Pferdeäpfeln herum.

»Meine Tests haben sich damit wohl erübrigt.« Doktor Wolf blieb kopfschüttelnd hinter Helen stehen.

»Das hat man davon«, murmelte Helen, und Jola war sicher, dass sie damit nicht nur das Pferd meinte.

Mit forschen Schritten marschierte Helen auf den Sandplatz. Sofort bildeten die drei Kleinpferde eine Karawane und folgten ihr. Sie riss das Tor zur unteren Wiese auf und der weiße Hengst schoss hindurch. Es sah irre aus, wie er im Rennen mit den Hufen ausschlug und den Kopf schüttelte. Die anderen Pferde schauten ihm nach, aber Helen hielt sie mit ausgestreckter Hand zurück. Mit einem Rums war das Tor wieder zu und der Hengst ausgesperrt.

Doktor Wolf sah auf seine Uhr. »Du, Helen, ich habe leider nicht viel Zeit. Sollen wir noch schnell wegen Minnie …«

»Ja«, sagte sie nur und zog die Doppelflügeltür hinter sich zu.

Unschlüssig drückte sich Jola an die Wand, dann besann sie sich und griff nach der Mistforke. Helen Weber versperrte ihr den Weg.

»Lass mal«, sagte sie müde. »Ich mach das schon.«

Jola schluckte und stellte die Mistgabel zurück an ihren Platz. Dann trottete sie hinter den beiden Erwachsenen her und lief draußen auf dem Hof beinahe wieder Katie in die Arme.

»Was ist passiert?«, rief sie atemlos.

»Der Weiße ist uns entwischt.« Doktor Wolf pfiff durch die Zähne, als er den Hengst am Weidezaun entlangfegen sah. »Wenn ihr mich fragt: Einen kranken Eindruck macht der nicht.«

Jola lehnte sich an den Zaun, genau wie Katie, und sah zur Weide hinaus, bis Helen ohne den Tierarzt wiederkam und ihrer Tochter die Hände auf die Schultern legte. »Los, ab ins Haus mit dir. Frühstück wartet! Und vergiss nicht, du wolltest den Vormittag nutzen, um Englisch zu lernen.«

Jola überlegte, ob sie mitgehen und Katie beim Frühstück Gesellschaft leisten sollte. Aber niemand hatte sie eingeladen. Ihr Vater schlief sicher noch, also blieb sie im Hof und schaute zu, wie Helen das gefleckte Pferd vom Misthaufen scheuchte und die Mistbollen vom Paddock aufsammelte. Lieber hätte sie geholfen, als sinnlos herumzustehen. Oder mit Katie für die Schule gepaukt. Bestimmt war es viel lustiger, zusammen zu lernen, als immer nur von einem Radio unterrichtet zu werden und allein in seine Bücher zu starren. Und Katie hatte es sogar gesagt – es war seltsam, dass sie nicht zur Schule musste. Sie wollte nicht seltsam sein. Das musste ihr Vater einfach einsehen.

Sie drehte sich wieder zum Zaun und beobachtete den Schimmel. Auf der Wiese schien er sich viel wohler zu fühlen als eingesperrt und allein im Stall. Wenigstens ihm hatte sie einen Gefallen getan.

Sie drehte sich um und lief zum Haus zurück. Von oben drangen wilde Bässe zu ihr herunter, ein tiefer, stampfender Beat. Sie zögerte, dann ging sie zur Küche und spähte hinein.

Frischer Toast lag in einem Korb, daneben standen Apfelgelee, Himbeermus und Traubenmarmelade, ein Krug mit aufgeschäumter Milch. Ihr Magen knurrte bei dem Anblick. Aber sie gehörte ja nicht zur Ginsterhof-Familie.

Eilig schloss sie die Tür und tappte stattdessen ins Wohnzimmer. Hatte sie nicht bei ihrer Ankunft … Doch, da war es! Versteckt in der Ecke stand ein Bücherregal. Der Ofen knotterte gemächlich, als das Feuer in seinem Bauch ein neues Holzscheit fraß, und wohlige Wärme strömte in den Raum. Sie trat an das

Regal und fuhr mit den Fingern über die Buchrücken. Sie hatte sich nicht getäuscht. Pferdebücher ohne Ende!

Sie zog zwei Fachbücher heraus, die ihr sinnvoll erschienen, und klemmte sie unter ihren Arm. Am liebsten wäre sie hiergeblieben, neben dem Ofen, aber nach der Aktion mit der Mistkarre war sie nicht sicher, ob Helen darüber so erfreut wäre.

Es gab zwei Apartments im Anbau, beide durch einen schmalen Gang mit dem Haupthaus verbunden. Das linke, größere bewohnte Katies Großvater. Das andere wurde als Gästezimmer benutzt, was praktisch war, da es über ein eigenes Bad und sogar eine kleine Kochzeile verfügte. Darin hatte Helen sie und ihren Vater untergebracht.

Eine Tür trennte den Schlaf- vom Wohnraum. Jola öffnete sie und spähte hinein. Die Luft im Zimmer war stickig, die Rollläden heruntergelassen. Ihr Vater lag im Halbdunkel in seinem Schlafsack und rührte sicht nicht, also schloss sie die Tür leise wieder.

Hier in dem verwinkelten Wohnzimmer war es kühl, niemand hatte die Heizung aufgedreht. Die Schlafcouch war noch immer ausgezogen, ihr Schlafsack lag zerknautscht darauf. Jola pfefferte die Schuhe in die Ecke, legte sich auf die Couch und zog sich den Schlafsack bis über die Knie.

Dann schlug sie das erste Pferdebuch auf und begann zu lesen.

Nebelnachtgestalten

Jola legte das Buch erst weg, als ihr Vater am Abend von seinem Ausflug nach Steinbach zurückkam. Er stellte einen Pizzakarton neben ihr ab und strubbelte ihr durch die Haare. Vor dem Fenster war es bereits dunkel.

»Na, wie war dein Tag?«

»Mein Tag war Mist«, brummte Jola und kuschelte sich an seine Brust. Das tat sie am liebsten, wenn etwas schieflief oder sie sich traurig fühlte. Schnell steckte sie ihre Notizen in das Buch, klappte es zu und schob es unters Kissen.

»Meiner auch. Nur ein neuer Auftrag von einem Verlag für Motivationskalender. Ich muss mir einen Nebenjob suchen, bis es wieder besser läuft.«

»Du, Papa … können wir morgen in meine neue Schule fahren?«

Ihr Vater gähnte lautstark. »Willst du nicht lieber weitermachen wie bisher? Wir haben es doch auch ganz gut ohne Lehrer hingekriegt.«

»Ich will aber nicht mehr allein lernen. Das ist nicht dasselbe.«

»Man lernt viel mehr, wenn man reist und lebt und nicht nur in staubigen Schulhäusern sitzt.«

Jola presste die Lippen aufeinander. War das wirklich so schwer zu verstehen? Sie dachte an ihr Schulradio, an die vielen Lernstunden vor dem Computer unter freiem Himmel. Manchmal war das sehr schön gewesen. Manchmal hatte sie sich aber auch schrecklich einsam gefühlt.

»Übrigens habe ich drei Wohnungen gefunden, die für uns infrage kommen. In zwei davon könnten wir sofort einziehen. Nummer eins ist eine umgebaute Garage ohne eigenes Klo. Die andere gehört einer alten Frau, die keine Kinder mag. Ich hab ihr erzählt, du bist taubstumm und atmest immer ganz leise.«

Gegen ihren Willen musste Jola lachen. »Ich bin dafür, dass wir uns wieder einen Bulli kaufen.«

»Den parken wir dann in Wohnung Nummer eins.«

»Und wenn wir Besuch kriegen, fahren wir einfach raus.«

»Wir müssten nicht mal packen, wenn wir wieder ausziehen.«

»Vielleicht könnten wir ihn auch hier parken? Platz gibt es auf dem Ginsterhof doch genug.«

»Wir bleiben, wo du willst«, murmelte ihr Vater schläfrig. »Nur nicht auf einem Pferdehof.«

Jola schälte sich aus seiner Umarmung und stand auf, um aufs Klo zu gehen. Sie fühlte sich seltsam schwer, so als ob sie etwas falsch gemacht hätte. Als sie ins Zimmer zurückkam, schlief ihr Vater bereits tief und fest. Einen Moment blieb sie stehen und betrachtete ihn. Seinen dunklen, vollen Bart. Die schulterlangen Haare. Die Tätowierung in seinem Nacken – der Name ihrer Mutter. Sie war dabei gewesen, als er sie stechen ließ. Ewig war das schon her.

Sie trat an die Couch und zog ihrem Vater die Schuhe aus. Sie breitete ihren Schlafsack über ihn und strich ihm ein paar Haare aus der Stirn. Dann öffnete sie den Pizzakarton und nahm sich zwei Stücke. Ihr Magen knurrte, kaum hatte der Duft nach geschmolzenem Käse ihre Nasenspitze erreicht. Sie aß noch ein Teil und legte den Rest in den Kühlschrank. Was nun? Ins Schlafzimmer gehen? Fernsehen? Sie hatte monatelang nichts mehr geguckt und vermisste es auch null. Aber was dann?

Die Dunkelheit vor dem Fenster war milchig und trüb. Neblig. Jola lächelte. Perfektes Geheimniswetter! Auf Zehenspitzen schlich sie zur Tür und löschte das Licht.

Der Bewegungsmelder im Flur sprang an und sie schlüpfte in ihre Schuhe. Ihre Schritte hallten auf den Fliesen, obwohl sie ganz vorsichtig auftrat, und die Verbindungstür zum Haus knarrte verräterisch.

Aus dem ersten Stock drang Musik herunter. Nicht die schweren Bässe, die am Morgen die Wände hatten erzittern lassen, sondern leichte, fröhliche Beats, zu denen man prima hätte tanzen können. Jola schlich zur Treppe, stieg die ersten Stufen hinauf und spähte um die Kurve. Ob der Lichtschein da unter der Tür zu Katies Zimmer gehörte? Es war das Zimmer, aus dem die Musik strömte. Gern hätte sie angeklopft und sich zu ihr gehockt, aber Katie hatte am Morgen im Stall unmissverständlich klargemacht, dass sie nicht erwünscht war.

Sie riss sich von den Beats und dem warmen Licht los und lief die Treppe wieder nach unten. Das riesige Hundebett war leer, und sie war froh, Minnie nicht zu begegnen.

Draußen war die Luft kalt und feucht. Dichter Nebel zog über den Hof und legte sich um ihre Füße wie Gespensterblut. Jola blieb einen Augenblick unschlüssig stehen. Bei Nacht hatte der Hof etwas Gruseliges an sich, besonders wenn der Mond wie heute von Wolken verschluckt wurde. Fröstelnd schlang sie die Arme um ihren Körper und lief zum Kastanienbaum, wo der Reifen sacht hin und her schaukelte. Etwas flirrte durch die Nacht, ein leises Surren, als wäre die Luft elektrisch aufgeladen. Sie atmete tief ein und wieder aus und sah, wie ihr Atem milchige Wolken bildete.

Vom Stall her drangen Geräusche durch die Nacht. Ein Scharren, ein Prusten. War es Helen gelungen, den Hengst wieder einzufangen? Jola lief hinüber, aber das Tor war fest verschlossen. Außerdem kamen die Geräusche nicht aus dem Stallinneren.

Mit einer Hand fuhr sie an der Mauer entlang, bis sie den Durchgang mit dem Spitzdach erreicht hatte. Ein finsteres Loch gähnte sie an. Hier gab es keinen Bewegungsmelder, nur blinde schwarze Nacht. Jola stellte sich vor, sie müsste durch eine dunkle Höhle tauchen. Sie holte tief Luft, hielt den Atem an und rannte hindurch.

Wie Watte lag der Nebel über dem Pfad auf der anderen Seite, doch Jola fand ihn trotzdem. Er führte genau bis an den Holzzaun, der den sandigen Paddock umgab. Die Pferde waren verschwunden, genau wie die Pferdeäpfel und die Hühner und das ganze Chaos. Nein, nicht alle Pferde – eines war geblieben. Es stand auf der Weide mitten im Nebel, scharrte die Erde auf und starrte zum Paddock herüber. Kopf und Ohren waren hoch aufgestellt, und aus seinen geblähten Nüstern kam das Prusten, das sie hergelockt hatte.

Der Schimmel bemerkte sie nicht. Er war abgelenkt – von einer Gestalt, die auf der gegenüberliegenden Seite des Paddocks reglos auf dem Lattenzaun hockte.

Jola zuckte so heftig zusammen, dass sie sich das Knie am Zaun stieß. Die Gestalt trug einen hellen Kapuzenpullover, den sie tief ins Gesicht gezogen hatte. Ihre Füße steckten im Nebel und ihre Hände hatte sie in den Ärmeln verborgen. Jola wagte nicht, sich zu rühren. Ob das der Geist war? Der Geist, der im Stall hauste? Aber nein, den hatten die Mädchen erfunden. Nur eine Geschichte, um sie zu verscheuchen.

Oder doch nicht?

Der Hengst schüttelte seine Mähne und stieg steil in die Luft. Dann machte er aus dem Stand kehrt und galoppierte in den Nebel hinein. Sein Körper löste sich in den Wattewolken auf, bis nichts mehr von ihm zu sehen war. Nur das Stampfen seiner Hufe hallte durch die Dunkelheit, dumpf und fern.

Jola schaute wieder zu der Gestalt auf dem Zaun.

Sie war ebenfalls verschwunden.

Herr Ernst und das Leben

Der Bus verspätete sich.

»Na toll«, murrte Katie und pfefferte ihren Rucksack auf den Boden. »Wozu beeilen wir uns überhaupt?«

Jola keuchte vor Anstrengung. Katie hatte die Strecke den Berg hinunter bis zur Hauptstraße im Laufschritt zurückgelegt.

Vielleicht wollte sie mich auf die Art abschütteln, dachte Jola. Es stinkt ihr bestimmt, dass sie mich mitnehmen muss. Wenn die wüsste!

Am Morgen hatte sie beschlossen, dass sie zur Schule gehen würde, ob es ihrem Vater nun passte oder nicht. Jola wusste nicht, wie er es geschafft hatte, ihre Schulpflicht zu umgehen. Wollte er schon wieder ins Ausland? Aber was, wenn sie nicht mehr wegkonnten? Wenn sie in diese Schule ging und dazugehörte? Würde er dann ein neues Zuhause für sie suchen, ein richtiges, so, wie sie es früher hatten?

Katie zog ihr Handy aus der Tasche und begann, darauf herumzuwischen. Eine Struktur auf hellem Grund erschien. Das sah aus wie … Fell? Helles Fell? Jola verrenkte sich den Hals, um auf das Display zu schauen, aber Katie merkte es und stellte sich so, dass sie die Wand des Bushäuschens im Rücken hatte.

Jola blickte die Straße hinunter, wo nun zwei grellgelbe Augen durch den Morgendunst krochen. Auf einmal sah sie wieder die geisterhafte Gestalt vor sich, die halb im Nebel verborgen auf dem

Zaun gesessen hatte. Sie hätte so gern mit Katie darüber geredet! Die ganze Nacht hatte dieses Bild sie verfolgt. Dabei war das Ende ihres geheimen Ausflugs weniger geheimnisvoll verlaufen, denn Minnie, die draußen in der Hundehütte lag, hatte gebellt wie verrückt, als sie zum Haus zurückgelaufen war, und damit Helen aufgeweckt, die im Nachthemd an die Tür kam und ganz offensichtlich schon fest geschlafen hatte. Jola konnte sich vorstellen, dass ihr Kontingent an Fettnäpfchen damit erst einmal ausgeschöpft war.

»Endlich kommt der mal.« Katie schnappte sich ihren Rucksack und sprang in den Bus, sobald sich die Türen öffneten. Jola hastete hinterher.

Der Busfahrer runzelte die Stirn, sagte aber nichts, als sie den schwankenden Gang hinunterging.

Viele Kinder waren nicht im Bus. Katie rutschte auf einen Sitz in der letzten Reihe und stellte ihren Schulrucksack auf den freien Platz neben sich. Die Message war klar, also ließ Jola sich auf einen Fensterplatz in der Mitte gleiten, von dem aus sie Katie in der spiegelnden Scheibe im Blick hatte.

Der Bus fuhr langsam über die schmale, kurvige Straße. Er hielt bestimmt zehn Mal an, und jedes Mal stieg ein weiterer Pulk schwatzender Schüler ein, bevor sie das Ortsschild »Steinbach« erreichten. Beim letzten Stopp zog Katie ihren Rucksack vom Sitz, damit sich Sanne neben sie hocken konnte.

Das Schulhaus war ein großer, kantiger Betonklotz mit blauen Fensterrahmen und einem knallbunten, gesprayten Schriftzug über der Eingangstür: Gymnasium Steinbach. Eine breite Treppe führte vom Busparkplatz nach oben, und Jola folgte dem Strom, der genau zu wissen schien, wo er hinfließen musste. Niemand achtete auf sie.

Die Tür öffnete sich zu einer riesigen Halle, wo ein Steinbecken in den Boden eingelassen war. Breite Treppenstufen führten zum Boden, und Jola fragte sich verwirrt, ob man es fluten und als Schwimmbad benutzen konnte. Zu allen Seiten zweigten Gänge ab, mit Türen und Treppen, die alle gleich aussahen.

Gab es hier keine Wegweiser? An einer Steinsäule hingen bunte Plakate: Aufführung der Theatergruppe. Einladung zur Chorprobe. Schuh-Sammelaktion für einen guten Zweck. Der Auftritt einer Schüler-Rockband. Das half ihr nicht weiter.

Sie setzte sich auf die oberste Stufe des Steinbeckens, das voller Schüler war. Manche brüteten über einem Buch, andere kritzelten in Hefte oder reichten Zettel und Stifte herum. Ein Echo flüsternder, rufender und lachender Stimmen hallte von dem Steinbecken herauf.

Stimmt nicht, Papa, dachte sie. Man lernt doch etwas in staubigen Schulhäusern: wie dieses Spiel funktioniert. Das Spiel mit den anderen Menschen.

Es war leicht, Freundschaft zu schließen, wenn man mit jemandem an einem abgelegenen Strand festsaß. Aber hier kannten sich alle und alle waren schon ewig miteinander befreundet. Ihren Platz hier musste sie sich erst suchen.

Plötzlich ertönte ein Gong, laut und befehlend. Die schwatzende Meute räumte ihre Sachen zusammen und stand auf, um sich in die verschiedenen Gänge zu verstreuen. Suchend sah Jola sich um. Katie konnte sie nirgends mehr entdecken, dafür aber Sanne, die sich eben zu einer der breiten Treppen durchschob. Kurzentschlossen klebte sie sich an ihre Fersen.

Die Treppe führte zu einem neuen Gang. Ein meerblauer Teppich schluckte die Schritte der vielen Schüler, die jetzt in die Zimmer liefen und sich hinter die Bänke verteilten. Sanne bog in einen der Räume ab und zog sich den Rucksack von den Schultern.

Ein großer, hagerer Mann stand vor dem Pult, sauber rasiert, mit einem bis oben geschlossenen Hemd. Er sah hoch, als Jola die Klasse betrat und nach einem freien Platz Ausschau hielt.

»Hast du dich verlaufen?«

»Nein, eigentlich nicht.« Sie streckte ihm die Hand entgegen. »Hallo, ich bin Jola. Und ich gehe jetzt auch in diese Klasse.«

Der Mann kniff erstaunt die Augen zusammen. »Tatsächlich? Man hat mir gar nichts von einer neuen Schülerin mitgeteilt.«

»Ich bin ja auch erst seit heute da.«

»Aha.« Der Lehrer sah sich im Klassenzimmer um und deutete auf einen leeren Stuhl in der hintersten Reihe. »Gut, dann setz dich doch erst mal neben Katie, und wir klären das in der Pause, in Ordnung?«

»Was?« Katies Kopf fuhr hoch. »Herr Ernst, das geht nicht! Da sitzt doch Lea normalerweise!«

»Lea ist aber krankgemeldet. Also kann Jola sich heute dorthin setzen.«

Alle Schüler starrten sie jetzt an. Schnell lief sie in die letzte Reihe und ließ sich auf den Stuhl neben Katie sinken. Ihren Rucksack schob sie mit den Füßen unter den Tisch. Viel war da eh nicht drin, sie hatte am Morgen auf die Schnelle nur einen Zettel, einen angekauten Bleistift und eine Tüte Cracker eingepackt, die sie aus dem Flieger geschmuggelt hatte.

»Die ist voll die Klette«, zischte Katie Sanne zu.

Jola biss sich auf die Lippe. Sie hörte ihr Blut in den Ohren rauschen, aber sie saß ganz still, bis zum zweiten Mal ein Gong ertönte.

Der Lehrer räusperte sich. »Good morning, class. Who will be the lucky ones today? Jonas, Tim, get up, please.«

Zwei Jungs aus der Reihe vor ihr standen auf und schlängelten sich durch die Bankreihen. Vor der Tafel blieben sie stehen und bohrten die Hände in die Hosentaschen.

»Tim, you just watched Jonas robbing a bank. I'm the police officer and you have to give a detailed personal description. Go on!«

Der Junge, der Jonas hieß, formte mit seinen Händen eine Pistole und blies in den rauchenden Schaft. Die Klasse kicherte, aber Herr Ernst zog einen Block hervor und sah Tim abwartend an.

»He was … a man«, begann er stockend. »And he was … tall. And he had … hair!«

Vereinzeltes Glucksen aus den Schülerreihen. Tim kratzte sich am Kopf.

»Anything else?« Herr Ernst lachte nicht. »What about his clothes? His face?«

»He had … äh … jeans. And a blue pullover. And in his face are … summerpoints?«

Jetzt lachten alle. Herr Ernst schüttelte nur leicht den Kopf und notierte etwas auf seinen Block. »You did not learn the vocabulary properly, Tim. Sit down. We'll talk later.« Er hob die Augenbrauen und sein Blick blieb an Jola kleben. »Our visitor, please – are you able to help?«

Jola erhob sich umständlich. Es fühlte sich komisch an, vor der Klasse zu stehen. Wieder starrten alle, manche tuschelten auch. Über Tim hatte niemand getuschelt. Die würden gleich Augen machen.

»He was a slim, sun-tanned guy as tall as you, with green eyes and a lot of freckles around his nose. His blond hair was straight and short. He was wearing blue jeans, a pale blue pullover and green Converse.«

Der Lehrer verzog den Mund zu einem Lächeln, während die Klasse stumm dasaß und Jola anglotzte. Sie hätte sich jetzt gern wieder hingesetzt.

»Kunststück«, kam es von Katie. »Sie hat ja auch die letzten beiden Jahre in Neuseeland gelebt!«

»In English, please.«

Katie wurde rot. »She was in Neuseeland the last two years.«

Der Lehrer sah sie mit hochgezogenen Augenbrauen an, sagte aber nichts. Dann schickte er Jola zurück auf ihren Platz und Jonas musste einen Schüler beschreiben. Jola hörte nur mit halbem Ohr zu. Englische Vokabeln brauchte ihr wirklich niemand mehr beizubringen. Sie warf Katie einen Blick zu, aber die hatte sich ganz zu Sanne hinübergelehnt und kritzelte etwas auf ihren Block, was ihre Freundin zum Kichern brachte.

Als es zur Pause gongte, rief Herr Ernst Jola zu sich. »Jola, dein Englisch ist eine Freude. Ich hätte dich gern in meinem Unterricht, aber deine Eltern müssen dich schon zuerst anmelden. Das Sekretariat findet ihr unten, wenn ihr reinkommt, rechts.«

Jola nickte. Der Lehrer hatte ja keine Ahnung, was ihr Vater davon halten würde. Ganz so einfach war es also doch nicht dazuzugehören.

Auf dem Gang fragte sie ein Mädchen, wann die Busse zurückfuhren.

»Nach dem Unterricht natürlich«, sagte sie und zeigte auf die Uhr. »Um eins.«

Draußen blies der Wind durch heruntergefallenes Herbstlaub. Jola zog ihre Wolljacke bis zum Hals zu und stapfte los, die Straße entlang, die der Bus am Morgen gekommen war. Wenn sie schon nicht in der Schule bleiben konnte, wollte sie das Dorf sehen, Steinbach, so viel wie möglich davon, damit sie sich nicht mehr so fremd fühlte. Aber schon nach kurzem Fußmarsch stellte sie fest, dass sie sich verlaufen hatte. Sie bog um eine Ecke und stand plötzlich vor einer Bäckerei, aus der es unverschämt duftete. Natürlich fand sie nicht einen Cent in ihrer Tasche, also lief sie schnell weiter.

Steinbach war nicht groß. Es gab einen breiten Platz, an dessen einem Ende eine Kirche und am anderen das Rathaus standen. Dazwischen eine Apotheke, zwei Klamottenläden, ein Schuhgeschäft, eine Metzgerei und ein Restaurant mit »bayerischen Schmankerln«. Weil sie noch genügend Zeit hatte, ging sie einfach in die Richtung, in der sie die Schule vermutete, und landete vor einem riesigen Schaufenster, in dem ein Pferd stand. Kein echtes. Eines aus Plastik. Es trug einen schicken braunen Sattel und starrte sie mit leeren Augen durch die Scheibe an.

Jola drückte ihre Nase gegen das Glas. Es war ein Laden für Pferdesachen. Sie erkannte Decken und Sättel und Lederriemen, Hosen und Helme, Handschuhe und Peitschen. Das Plastikpferd war groß und schwarz und trug seine Mähne kurz und sauber frisiert. Es sah aus, als hätte sich jemand große Mühe gegeben, es schön herzurichten, für ein Turnier vielleicht.

Turnierreiter … Jola musste wieder an ihre Mutter denken. Hatte ihr Pferd auch so ausgesehen, wenn sie es für eine Prüfung vorbereitet hatte? Warum konnte sie sich daran nicht erinnern?

Ein Gong ertönte, noch einer, vier Schläge, gefolgt von elf tiefen, kräftigen Schlägen. Die Kirchturmuhr. Noch zwei Stunden bis Schulschluss. Sie wanderte ziellos weiter, durchquerte Nebenstraßen, folgte einer Kindergartengruppe, die im Gänsemarsch auf einen Spielplatz zusteuerte, streichelte ein anhängliches Kätzchen und vergaß völlig die Zeit, bis die Turmuhr ein Uhr schlug.

Die Busse standen schon auf dem Parkplatz, die Türen geöffnet. Sie wollte sich unter die Schülermenge mischen, mitten rein, und so tun, als gehörte sie zu ihnen und als wäre alles ganz normal, aber dann fiel ihr ein, dass sie überhaupt nicht wusste, in welchen Bus sie steigen musste. Auf den Steinstufen blieb sie stehen und sah sich um.

Katie kam mit Sanne aus dem Schulhaus, laut lachend. Wie Jola scannte sie die Umgebung ab, umarmte Sanne rasch und lief los. Jola spurtete hinterher, blieb aber gleich wieder stehen, als sie sah, wie Katie auf den Soziussitz eines Motorrads kletterte. Der Junge, der vorne drauf saß, reichte ihr einen Helm, den sie sich mit geübten Griffen über die Locken zog. Dann hielt sie sich am Bauch des Jungen fest, das Motorrad flitzte los und war bestimmt lange vor den Bussen am Ginsterhof.

Jola drehte sich um und sah, dass der erste Bus bereits vom Parkplatz rollte. Fluchend rannte sie los.

Phantomzeichnung

Es war still auf dem Hof, als sie durch das Tor trat. Die Tür zu Stefans Werkstatt stand offen, und davor lag Minnie in ihrer Hütte, aber jetzt schien nicht mal den Hund ihre Ankunft zu interessieren. Sie überlegte, ob sie reingehen und nachsehen sollte, ob ihr Vater da war und Essen gemacht hatte. Nein, wohl kaum. Wenn er einen neuen Fotoauftrag hatte, vergaß er normalerweise die Welt um sich herum.

Der Durchgang zur Pferdekoppel sah bei Tageslicht nicht halb so Furcht einflößend aus wie in der letzten Nacht. Eigentlich war es kein Gang, sondern ein Unterstand. An der Wand hing etwas, was aussah wie eine überdimensionale Stimmgabel, und davor stand ein breiter Holzschlitten mit verschnörkelten Seitenwänden und einer Doppelsitzbank. Wind pfiff in den Durchgang und flötete ein klagendes Lied, das sich beinah anhörte wie ein Rufen. Oder täuschte sie sich? Nein, da war tatsächlich eine Melodie. Aber sie kam nicht vom Wind, sondern von irgendwo über ihr …

Wiehern zerstörte die Musik, vielstimmig und voller Energie. Jola lief los, zum Paddock, dorthin, wo sie schon letzte Nacht gestanden hatte. Keine Nebelnachtgestalt in Sicht, dafür aber die Pferde, die jetzt über die weite Koppel strömten und vor einem beinahe unsichtbaren Zaun aus dünnem weißem Band auf und ab liefen. Mähnen flogen hin und her, Atemwolken dampften in der kühlen Luft. Ein Pferd streckte sogar seinen Kopf über die unscheinbare Barriere.

Dem fremden Hengst entgegen.

Jola hielt den Atem an. Wie eine Statue stand der Weiße da und starrte zu den Pferden hinüber. Er schien dem Luftzaun nicht zu vertrauen, denn er hielt Abstand – oder wollte er den anderen Pferden nicht zu nahe kommen? Sie versuchte, die Pferde zu zählen, aber sie liefen ständig durcheinander, und es gelang ihr nicht. Wie die Schüler umringten sie einander, rempelten sich an, kniffen und neckten sich und schienen alle so vertraut, so tief verwoben.

Der Weiße stand allein auf seiner Wiese.

Jola zog ihren Rucksack herunter, kramte Zettel und Bleistift heraus und kletterte damit auf den obersten Balken der Holzumzäunung, weit genug weg vom Pferdegeschehen. So konnte sie beobachten, ohne zu stören. Kurz kam ihr der Gedanke, dass sie an derselben Stelle saß wie die Gestalt in der Nacht, aber das machte ihr nichts aus. Sie hatte keine Angst vor Geistern.

Katie und die anderen hatten vom Lehrer die Hausaufgabe aufbekommen, sich in ihrem Umfeld eine Person auszusuchen und diese dann so detailliert wie möglich zu beschreiben. Auf Englisch natürlich. Sie wusste nicht, ob die Aufgabe auch für sie galt, aber wenn sie weiter am Unterricht teilnehmen durfte, war es bestimmt nicht verkehrt, sich die Arbeit zu machen. Allerdings würde sie keinen Menschen beschreiben. Mit Menschen hatte sie im Augenblick nicht allzu viel Glück.

»White«, setzte sie ganz oben auf den Zettel. Was gab es sonst noch über ihn zu sagen? Vier Hufe, Schweif und Mähne hatten alle Pferde. Was machte ihn aus? Was war besonders an ihm?

Die anderen Pferde wieherten. Riefen sie den Weißen? Sie patrouillierten vor dem Luftzaun auf und ab, obwohl sie genug Platz hatten, die Koppel hinter ihnen erstreckte sich bis zum Waldrand. Aber etwas hielt sie hier. Ob sie versuchten, mit ihm zu kommunizieren?

Vielleicht kommst du aus einem anderen Land, dachte Jola. Vielleicht verstehst du sie ganz einfach nicht.

Sie schrieb: »Foreign.« Fremd.

Genau so fühle ich mich auch, dachte sie. Dabei war ich es, die unbedingt zurückwollte, nach Deutschland. Ich wollte wieder dazugehören, ein Zuhause haben, eine Familie. Doch ich habe keine Familie mehr, ich habe nur Papa. Und unser Zuhause haben wir verkauft, bevor wir nach Neuseeland gegangen sind.

Ein zierliches rotbraunes Pferd lief aufgeregt herum. Es hielt sich im Hintergrund und versteckte sich hinter anderen, größeren Pferdefreunden. Auf einmal stieg es steil in die Höhe, machte auf den Hinterbeinen kehrt und wirbelte davon, um gleich darauf im Schutz der anderen zurückzukehren. Es war neugierig, aber etwas machte ihm Angst. Dabei tat der Weiße gar nichts, er stand nur da und sah zu ihnen hinüber, mit großen dunklen Augen, die, wie Jola fand, irgendwie traurig aussahen.

»Lonely«, setzte sie auf ihren Zettel. Einsam. Sie besah sich ihre Beschreibung, die drei Wörter, die dort standen. Ziemlich mager für eine erste Hausaufgabe. Sie musste noch mehr finden, noch mehr in ihm sehen. Aber dazu musste sie näher an ihn heran.

Vorsichtig ließ Jola sich von dem Bretterzaun gleiten, hinüber auf die andere Seite. Die Pferdeseite. Der Luftzaun trennte sie von den Ponys und aus der Nähe sah er plötzlich gar nicht mehr so unscheinbar aus wie von draußen. Ein Knistern und Flirren ging von ihm aus, und sie spürte instinktiv, dass sie ihn nicht berühren durfte. Ihre Schritte waren unhörbar auf dem flachen Grasteppich, doch plötzlich wandte der Hengst den Kopf zu ihr und sah sie direkt an.

Jola verharrte. Ihr Herz hämmerte wie verrückt in ihrer Brust, aber sie blieb ganz still stehen.

Nicht in die Augen sehen.

Noch eine Erinnerung? Sie wusste es nicht, sie wusste nur, dass es wichtig war.

Langsam ging sie wieder los, nicht frontal auf das Pferd zu, sondern seitlich an ihm vorbei. In gebührendem Abstand blieb sie stehen, Abstand zum Luftzaun und zu den anderen Pferden. Sie senkte den Kopf und wartete.

Lange musste sie nicht so stehen. Sie sah nicht, wie der Weiße sich bewegte, aber sie konnte es fühlen.

Zuerst spürte sie das Kitzeln im Nacken. Es war nicht sein Atem, es war das Gefühl, das man hatte, wenn jemand direkt hinter einem stand. So nah, dass man ihn berühren könnte. Wenn man sich traute.

Jola blinzelte. Ihre Lider zuckten, dabei hatte sie fast keine Angst mehr. Das alles kam ihr vor wie ein Traum. Der Traum von etwas, was sie schon immer einmal hatte tun wollen.

Wie von selbst setzten sich ihre Füße in Bewegung. Sie lief quer über die Koppel, über den geschützten Bereich zwischen Sandplatz und Luftzaun, in dem es niemanden gab außer ihr und dem weißen Pferd. Mitten darauf blieb sie stehen und drehte sich langsam, mit gesenkten Schultern, zu dem Pferd um. »Groß« war das erste Wort, das ihr einfiel.

Er ist riesig. Und er ist wunderwunderschön.

Die dichte Mähne fiel weich über seine Stirn bis über die Nase und verschleierte seine großen schwarzen Augen. Sein Fell glänzte weißgolden im Herbstlicht. Sie fand nicht einen Makel, nicht ein einziges andersfarbiges Haar. Er war schlank, mit langen Beinen und kräftigen Muskeln, die unter der Haut zuckten. Sein Schweif war ebenfalls lang und seidig und so voll, als hätte jemand ihn frisch auftoupiert. Dieses Pferd sah extrem gepflegt aus. Wie konnte es sein, dass sein Verschwinden noch immer niemandem aufgefallen war?

Zwei Schritte. Okay, drei. Jola setzte ihre Füße so vorsichtig ins Gras, als würde sie sich einem schlafenden Drachen nähern. Das Pferd beobachtete jede ihrer Bewegungen, doch es schien nichts dagegen zu haben, dass sie sich ihm näherte. Genau wie Jola kannte es seinen Fluchtweg genau. Sie hatten beide absichtlich die Mitte der Koppel angesteuert, die einzige Stelle, die zu keiner Seite von Holzlatten oder einem weißen Knisterband begrenzt war.

Nun stand sie tatsächlich so nah, dass sie ihn berühren konnte. Ihr Herz polterte vor Aufregung. Ein Schritt noch, vielleicht anderthalb. Sie hob die Hand und streckte die Finger aus, aber genau in dem Moment ging ein Ruck durch den Pferdeleib. Sie blinzelte, ließ die Hand sinken, fuhr stattdessen mit den Augen an seinem Körper entlang.

Das Fell auf seiner rechten Seite war nicht vollständig makellos. Ein paar Haare bildeten strukturlose Wirbel auf seinem Oberschenkel, die sich zu einem Muster verwoben. Als wäre ihm jemand mit dem Finger durchs Fell gefahren. Gerade eben.

Wind rüttelte an den Obstbäumen und ließ einen Blätterregen über die Koppel fegen. Jola hielt den Atem an und sah sich um.

Unsinnig, da war niemand, und dennoch … das Gefühl, beobachtet zu werden, blieb.

Urplötzlich warf der Hengst den Kopf hoch und tanzte einen halben Schritt von ihr weg. Jola wirbelte herum. Aber es war nur ein Traktor, der zwischen den Obstbäumen durchfuhr. Die Pferde auf der anderen Zaunseite rissen ebenfalls die Köpfe hoch und wie auf ein geheimes Zeichen hin rannten alle gleichzeitig los.

Nur ein Luftzug streifte Jola, aber sie erschrak so sehr, dass sich ihre Füße verhedderten und sie hart auf den Boden aufschlug. Etwas bewegte sich auf sie zu, etwas in Blau und Schwarz. Etwas Schnelles. Einen Augenblick war sie zu verdattert, um zu reagieren, dann stand auf einmal jemand neben ihr, packte ihren Arm und zog sie hoch.

»Mann, Mädel, wenn Helen dich hier erwischt, kriegst du richtig Ärger! Alles klar bei dir?«

Verwirrt nickte sie und schaute hoch. Es war der Motorradjunge von der Reitstunde am Samstag – wie hieß er noch gleich? Niko. Er ließ sie los, blieb aber dicht neben ihr stehen, als wollte er sie beschützen. Die Pferde kamen zurückgaloppiert, auf der anderen Zaunseite, und schnoberten zu ihnen herüber.

»Komm raus hier!«

Diesmal griff er nach ihrer Hand und zog sie mit sich. Der Weiße stand dicht am Zaun und starrte den Traktor aus weit aufgerissenen Augen an. Seine Mähne wirbelte hoch, als er den Kopf schüttelte und ein lautes Wiehern ausstieß.

»Was stimmt nicht mit ihm?«, fragte Jola, als sie aus der Koppel geklettert waren. »Mögen ihn die anderen nicht?«

»Das wäre total normal, wenn ein Pferd neu in eine Gruppe kommt. Pferdeherden sind eingespielte Teams mit fester Rangordnung. Da hat es jeder Neuling schwer.« Niko runzelte die Stirn und betrachtete den Weißen aus zusammengekniffenen Augen. »Nur … eben sah es aus, als seien unsere vor dem Traktor erschrocken. Das ist seltsam, denn sie kennen den Traktor, er fährt hier jeden Tag herum. Ich glaube, eigentlich ist nur dieser Bursche hier erschrocken. Und unsere haben nicht auf den Traktor reagiert – sondern auf ihn.«

Jola versuchte, diese Information zu verarbeiten, aber sie wusste nicht, was sie damit anfangen sollte. Ihr fiel wieder ein, was sie eben gesehen hatte. »Er hat so ein komisches Muster im Fell. Weißt du, was das ist?«

»Muster?« Niko pfiff durch die Zähne. »Das könnte ein Brandzeichen sein.« Er lief am Zaun entlang, bis er genau vor dem weißen Pferd stand.

»Und was bedeutet das?«

»Damit kennzeichnest du Pferde, die zum Beispiel einer bestimmten Rasse angehören.« Er duckte sich und spähte zwischen den Latten hindurch. »Aber der Brand verblasst, je älter ein Pferd wird. Manchmal ist er nach vielen Fellwechseln kaum noch zu erkennen.«

Brandzeichen – das klang nach einem düsteren, verkohlten Fleck, gar nicht nach der sanften Wirbelzeichnung, die sie entdeckt hatte.

Niko kletterte zwischen die Latten und verrenkte sich halb den Hals, schüttelte aber dann den Kopf. »Keine Ahnung, ich erkenne nichts.«

Der Schimmel hatte seinen Blick in die Ferne gerichtet.

Was siehst du nur?, dachte Jola. Was willst du uns erzählen?

Sie zog Zettel und Stift aus ihrer Gesäßtasche und begann, das

Muster aufzumalen. Gezackt an der einen Seite, geschwungen auf der anderen. Kein Muster, vielmehr ein weiteres Rätsel.

Niko stellte sich hinter sie und schaute über ihre Schulter. »Das sieht aus wie ein kaputtes Hühnerei. Jedenfalls nicht wie ein Brandzeichen, das ich kenne. Vielleicht hast du dich ja getäuscht.«

Ich hab mich nicht getäuscht, dachte sie, war sich aber plötzlich selbst nicht mehr so sicher, was sie wirklich gesehen hatte. Es konnte auch eine Spiegelung der Herbstsonne gewesen sein. Oder der plötzliche Wind hatte die Haare aufgewirbelt.

Niko zuckte mit den Schultern. »Übrigens haben wir ewig mit dem Essen auf dich gewartet. Helen hält dir was warm. Dein Dad – er wollte nicht mitessen, aber Helen bestand darauf, dass du dabei bist.«

»Katie hat bestimmt nicht auf mich gewartet«, murmelte Jola. Trotzdem kroch ein warmes Gefühl in ihr hoch. Ein Gefühl, das sie sonst nur bei ihrem Vater hatte.

Niko schaute sie an, ein paar Wimpernschläge zu lang.

»Was?«, fragte Jola, als er grinste.

»Du und Katie. Eigentlich müsstet ihr euch verstehen wie Schwestern.« Damit schwang er sich auf den Koppelzaun und sprang mit einem Satz hinüber. Diesmal auf die Seite hinter dem Luftzaun. Sofort war er von Pferden umringt, die er kumpelhaft begrüßte und routiniert aus dem Weg schob.

»Hey«, rief sie.

Der Junge drehte sich noch mal um.

»Wer bist du überhaupt?«

Wieder grinste er. »Ich bin hier der Reitlehrer.«

Aha. Reitlehrer. Das erklärte, warum er so gut mit einem wilden Pferdehaufen umgehen konnte. »Bist du nicht zu jung für einen Lehrer?«

Niko hob die Hände, lief dabei rückwärts weiter. »Na und? Ich gehöre zur Familie. Helen ist meine Patentante. Sie hat mir das Reiten beigebracht, als Anna und ich kleine Stöpsel waren. Tja, und jetzt helfe ich eben ihr!«

Jola blieb noch eine Weile am Zaun stehen und sah zu dem Pferd hoch, dessen Blick am Horizont klebte. »Schade, dass du nicht reden kannst«, sagte sie zu ihm. »Dann wüsste ich wenigstens deinen Namen.«

Lotte
1943

Sie hockte hinter dem Haselstrauch und beobachtete gebannt das Geschehen auf dem Reitplatz. Die Zweige piksten ihr in die Nase, und ihr Fuß war eingeschlafen, aber das kümmerte sie nicht. Sie hatte nur Augen für Max.

Die Stute schwitzte, Schaum stand vor ihrem Maul. Max schwitzte auch, aber er lächelte und flüsterte etwas, und die Ohren der Stute malten kleine Kreise in die Luft. Sie schüttelte den Kopf, unwillig, aber dann fiel sie in einen kurzen, ungestümen Galopp.

»Gute Arbeit, Max.« Herr von Weyke trat in die Mitte des Reitplatzes und legte seine Hand auf die Brust des Pferdes. »Reite sie trocken und bring sie zum Stall. Ich habe noch eine Überraschung für dich.«

Sie wartete, bis Herr von Weyke fort war, dann kroch sie hinter dem Haselstrauch hervor. Max ließ die Stute am langen Zügel auslaufen. Seine Mundwinkel zuckten, als sie näher kam.

»Hast du wieder heimlich zugesehen?«

»Ich wollte nur gucken, ob du sie heute in Galopp kriegst.« Sie lief am Zaun neben der Stute her. »Was hast du zu ihr gesagt?«

»Dass sie eine Extraportion Hafer bekommt, wenn sie tut, was ich will.

»Sie musste lachen. »Zum Glück hat dein Vater das nicht gehört.«

Max ließ die Stute anhalten und sprang mit einem Satz von ihrem Rücken. Auffordernd hielt er ihr den Steigbügel hin.

»Aber dein Vater …«

»Jetzt steig schon auf. Deshalb bist du doch hier.«

Sie spürte, wie sie rot wurde. Die Stute war nicht der einzige Grund, warum sie Max beim Reiten zusah, aber das würde sie ihm bestimmt nicht sagen. Hastig griff sie nach dem Riemen und zog sich schnell in den Sattel hinauf. Das Pferd unter ihr tanzte ein wenig, aber Max hielt die Zügel fest in der Hand.

»Mach dich lang«, erklärte er und zog an ihrer Wade. »So. Nicht verkrampfen. Das spürt sie sofort.«

Er stieß das Gatter auf und führte sie durch die Allee. Langbeinige hellbraune Fohlen tollten auf der Koppel um die Mutterstuten herum. Dahinter erstreckte sich endlos ein grünes, gräsernes Meer. Die Pferde grasten als rotgoldene Schatten vor der tiefstehenden Sonne, und sie fühlte tiefes, pures Glück.

Die Stute war längst trocken, als sie bei den Stallungen anlangten. Sie fühlte sich ertappt, als ihr Vater sie im Sattel entdeckte, aber er sagte nichts, sondern nahm ihnen wortlos die Stute ab, um sie in den Stall zu bringen.

»Max!«

Herr von Weyke wartete mit zwei anderen Männern vor dem eingezäunten Sandplatz.

Ach ja, richtig, dachte sie, die Überraschung. Bestimmt würde er Max eines der Jungpferde schenken, damit Max mit ihm für die Hengstprüfung trainieren –

Ein Pferd schoss um die Kurve, stoppte jäh und wieherte dröhnend. Sein Körper glänzte im Licht der Abendsonne, aber nicht goldbraun, so wie die der meisten Pferde hier, sondern schwarz wie Kohlenstaub, mit einem pudrigen, matten Schimmer – das Gewitterpferd! Sie stolperte, so eilig hatte sie es plötzlich, zum Zaun zu kommen.

»Sieh ihn dir an«, sagte Herr von Weyke stolz. »Ein Enkel Tempelhüters. Sein Besitzer hat niemanden mehr, der ihn reiten kann. Wir mussten ihn kaufen.«

Das Pferd scharrte mit dem Huf, lief im Kreis, wieherte wieder.

Es erinnert sich, dachte sie. Es weiß, dass es schon mal hier war.

Max kletterte über den Zaun und stellte sich mitten auf den Sandplatz. Er wusste genau, wie weit er gehen durfte. Und dann wartete er. Geduldig. Eine kleine Ewigkeit lang. Bis das Pferd entschied, ihm zu vertrauen, und zu ihm kam. Max streckte die Hand aus und berührte das herzförmige Abzeichen auf seiner Stirn. Sie wäre am liebsten hingelaufen und hätte Max erzählt, wen er da vor sich hatte, aber unter dem forschen Blick Herrn von Weykes wagte sie es nicht.

»Wie heißt er?«, fragte Max atemlos.

»Wolkenherz«, antwortete sein Vater. »Und er wird ab jetzt dir gehören.«

Pferdestunde

»Du warst in der Schule?«

Helen Weber schöpfte dickflüssige Gemüsesuppe mit großen, weichen Grießklößchen auf einen Teller und stellte ihn vor Jola auf den Tisch in der geräumigen Küche. Auf dem Herd dampfte ein riesiger Topf, aus dem es nach Quitten und Vanilleschoten duftete. Helen rührte gedankenverloren darin herum und füllte mit der anderen Hand einen Becher mit Früchtetee.

Jola streckte die Füße unter dem Tisch aus und kippte einen Haufen Backerbsen in die Suppe. Sogar der Löffel war warm und der Tee schmeckte süß und zimtig.

»Papa will nicht, dass ich dahin gehe«, kriegte sie zwischen zwei Bissen heraus. »Wenn ich zur Schule muss, können wir nicht mehr so viel reisen.«

»Warst du denn in Neuseeland an keiner Schule?«, fragte Helen überrascht. Es piepste, und sie zog den Deckel von einem weiteren Küchengerät, das eine Reihe sauberer Marmeladengläser ausspuckte.

Jola schüttelte den Kopf. »Wir hatten Bücher. Und das Schulradio. Viele Kinder machen das so, wenn sie zum Beispiel zu weit weg wohnen, um jeden Tag in die Schule zu kommen.«

»Aber du willst zur Schule gehen? So wie Katie?«

Jola nickte. Vom Fenster aus konnte man den Stall sehen und davor die Pferde, die Niko eben von der Koppel führte. Das Feuer im Ofen knisterte und verströmte eine wohlige Wärme. An den Wänden hingen Bilder, die wohl noch aus der Zeit stammten, als Katie klein gewesen war – krakelige Buntstiftbilder von Pferden, die über Baumstämme sprangen oder über weite Wiesen galoppierten. Dazwischen Notenblätter, schwarz und weiß, bepinselt mit selbst gemalten Riesennoten, die vielleicht sogar eine Melodie ergaben. Es war, als ob die Kinderpferde zu ihrer eigenen Musik durch die Küche tanzten.

»Du könntest dich nützlich machen«, meinte Helen und schenkte ihr Tee nach. »Niko gibt gleich eine Anfängerstunde. Da wird immer eine helfende Hand benötigt.«

»Aber ich kenne mich nicht aus.« Es schmeckte wie eine Lüge auf ihrer Zunge, obwohl sie die Wahrheit sagte. »Ich kann gar nicht reiten.«

»Musst du nicht. Es reicht, wenn du ein Pferd führst oder beim Satteln mit anpackst.«

Jola sah auf ihren Teller hinunter, der beinahe ausgelöffelt war. Etwas in ihrem Bauch flatterte, als hätte sie einen kleinen Vogel verschluckt. Mithelfen, obwohl sie sich gestern angestellt hatte wie der erste Mensch in einem Pferdestall? Auf einmal hatte sie es furchtbar eilig, aus der warmen Küche zu kommen. Sie stellte ihre Tasse auf die Anrichte und kippte den Rest der Suppe in den Ausguss.

Als sie in den Flur stürmte, stieß sie mit einem älteren Mädchen zusammen, das Kopfhörer trug und mit halb geschlossenen Augen vor sich hin pfiff. Sie hatte dunkle Haare mit grünen Spitzen und schwarz bemalte Augen und Fingernägel. Das musste Anna sein, Katies ältere Schwester.

»Sorry«, murmelten sie gleichzeitig, und das Mädchen grinste.

»Du bist also Jola«, stellte sie fest. »Hi! Anna. Wir sind uns schon mal begegnet, aber da warst du noch ein winziges Baby.«

Anna verschwand in der Küche, und Jola summte leise das Lied vor sich hin, das aus Annas Kopfhörern gedrungen war. Sie hatte nicht viel mehr davon gehört als das Summen und die verschleierte Melodie, doch es hatte schön geklungen und irgendwie geheimnisvoll.

Aber jetzt warteten die Pferde auf sie! Im Gehen schlüpfte sie in ihre Schuhe, angelte nach ihrer Wolljacke und lief auf den Hof hinaus.

Ein Pferd schnaubte laut, ein zweites hatte sich losgerissen und trabte gerade quer über den Hof. Seinen hilflosen Reiter zog es wie eine Fahne hinter sich her. Drei weitere Pferde – es waren kleine Pferde, wohl eher Ponys – standen relativ gesittet nebeneinander an der langen Stange unter dem Vordach des Stalls. Mädchen, diesmal alle kleiner als sie, huschten in dem Getümmel herum und zupften an Nikos Jacke, um ihm alle möglichen Fragen zu stellen.

»Clyde will mir seinen Huf nicht geben! Was mache ich jetzt?«

»Ich weiß nicht, wie rum der Sattel gehört!«

»Ich finde den blauen Striegel nicht mehr!«

»Niko, ist es schlimm, wenn Billy ein Hundeleckerli gefressen hat?«

Niko fuhr sich mit beiden Händen durch die Haare und lachte. Sein Blick blieb an Jola kleben und er winkte ihr. »Hilfe! Bitte. Hast dann auch was gut bei mir!«

Jola grinste. Es war schön, einmal gebraucht zu werden. Ganz kurz fragte sie sich, wo Katie wohl steckte und was sie dazu sagen würde, wenn Niko ihr diese Rolle verpasste, aber sie konnte ihren Lockenkopf nirgends entdecken, also nahm sie dem kleinsten Mädchen den Sattel aus dem Arm, während Niko hinter dem Ausreißer herrannte.

»Das breite Ende gehört nach hinten. So.« Sie legte dem eierschalenfarbenen Pony den Sattel auf, vorsichtig, mit langsamen Bewegungen. Das kleine Pferd knabberte in aller Seelenruhe weiter an seinem Anbindestrick herum. Wie man den Gurt festzog, wusste das Mädchen selbst, also half sie dem anderen Kind, seinen Striegel zu suchen.

»Wo kann er denn nur sein? Ich bin ganz sicher, dass er mir da runtergefallen ist!«

»Manchmal verschwinden hier Dinge«, rief Niko hinter ihr. Er hielt das ausgebüxte Pferd am Strick und warf im Gehen geschickt den Sattel auf seinen Rücken.

Jola starrte ihn an. »Redest du von dem Geist?«

Niko hob abwehrend die Schultern. »Tja, niemand hat ihn je gesehen. Aber es gibt ihn, so viel ist sicher.«

Die kleinen Mädchen kicherten. Jola konnte sehen, dass sie nicht eine Sekunde an die Geschichte glaubten. Warum sollte der Geist auch einen Striegel stehlen? Was hatte er davon? Soweit sie wusste, waren Geister aus einem bestimmten Grund an einem bestimmten Ort: Sie hatten etwas zu erledigen.

Sie drehte sich um und folgte der einzigen Spur, die sie fand: einem kleinen, rechteckigen Luftschacht ganz unten an der Stallwand. Ein ovaler Striegel könnte dort reingekullert sein. Leider konnte sie nicht feststellen, wo er endete. Im Stall? Nein, dazu saß er zu tief. Aber was lag unter dem Stall?

»Clyde!« Nikos scharfer Befehl hallte durch die Luft. Artig hob das zottige braune Pony seinen Huf an, ganz von allein. Niko verdrehte die Augen, dann wandte er sich der Reiterin des Stachelschweinponys zu. »Und Billy hat in seinem Leben schon schlimmere Sachen als Hundeleckerli gefressen. Er wird's überleben.«

Der Wind ließ den Kastanienbaum rauschen, als sie unter ihm hindurchliefen. Die Mädchen führten ihre Pferde, aber Niko blieb vorsichtshalber in Billys Nähe, und Jola ging neben dem kleinen Mädchen mit dem Eierschalenpferd. Der Weg führte an Stefans Werkstatt vorbei und machte eine Kurve, den Berg hinauf. Hier parkte der Traktor, der den Hengst vorhin so erschreckt hatte, direkt vor einem riesigen Ententeich, in dem alles Mögliche herumschwamm, nur keine Enten.

»Wir gehen hoch«, instruierte Niko.

Sie kamen an einer langen Reihe Obstbäume vorbei, die zum Teil noch voller Früchte hingen, Äpfeln, Birnen, Pflaumen und Mirabellen. Unter einem Quittenbaum lag Minnie, die sich schwanzwedelnd erhob und hinter den Pferden hertrottete.

Im Gehen warf Jola einen Blick zur Koppel hinüber. Der Weiße beobachtete sie, oder nicht sie, er beobachtete alles – die Pferde, das Geschehen auf dem Hof, die Leute –, als würde er warten. Auf seinen Besitzer vielleicht? Darauf, dass er nach Hause durfte?

Niko führte die kleine Gruppe auf einen umzäunten Platz, der mit weichem Rindenmulch bedeckt war. Jola sah, dass es auf der anderen Seite des Kieswegs noch einen zweiten Platz gab, einen mit einem Dach auf fetten Balken, die zum Hof hin mit Brettern verkleidet waren, sodass man auch bei Regen bequem darauf reiten konnte.

»Jola, kannst du mal Billy halten?«

Oh, natürlich. Ihre Aufgabe. Jola half den Mädchen, auf ihre

Pferde zu klettern, und zog auf Nikos Anweisung hin die Sattelgurte fester. Dann durften die Kinder losreiten, und sie trat zurück, an den Rand, und versuchte, sich alle Kommandos genau zu merken.

Eigentlich wirkte das mit dem Reiten nicht schwierig – man musste dem Pferd nur sagen, was es tun sollte. Niko stellte sich in die Mitte des Platzes und machte es vor. Er tat, als halte er die Zügel in der Hand, schwankte dann nach rechts, zappelte mit den Füßen und schwenkte den Arm durch die Luft. Die Mädchen lachten. Nach einer Weile hatten sie es alle geschafft, ihre Pferde zum Laufen zu bewegen, und zockelten in losen Schlangenlinien über den Platz.

Nein, schwierig sah das nicht aus. Dafür aber sterbenslangweilig.

Wie auf ein geheimes Kommando tauchten plötzlich zwei Reiter am Horizont auf. Die ritten nicht so träge im Kreis, sondern ließen ihre Pferde in wildem Galopp über ein Stoppelfeld jagen. Ihre Anfeuerungsrufe hallten bis zum Ginsterhof und sofort sprang Minnie auf und begann zu bellen.

Niko verdrehte nur die Augen und grinste, als er das Wettrennen bemerkte. Die Pferde näherten sich jetzt, rasend schnell, und Jola erkannte, wer auf dem Gewinnerpferd saß.

»Hallo, Katie«, riefen die Reitschülerinnen und lenkten ihre Pferde zum Zaun, damit sie ihre dampfenden, schweißnassen Kumpel begrüßen konnten.

Katie riss sich den Helm vom Kopf und schüttelte ihre blonden Locken. Sie sah Jola am Zaun stehen und feixte. »Hast du vergessen, ihr ein Pferd zu geben?«

»Vergraul mir nicht meine persönliche Assistentin.« Niko stellte sich neben Jola und hängte einen Arm um ihre Schultern. Sanne, die auf dem anderen Pferd hockte, warf ihr einen bitterbösen Blick zu.

»Justi war der Hammer«, schwärmte Katie. »Wir sind unsere Trainingsstrecke gegangen, du hättest ihn mal sehen sollen! Vielleicht nehm ich doch ihn beim Turnier.«

Niko lächelte etwas schräg. »Ich versteh dich ja, aber eigentlich hätte ich Justin für den Unterricht gebraucht. Ich hab noch zwei Privatstunden.«

»Pech, er ist nun mal der Einzige, mit dem man was anfangen kann.«

»Und was ist mit Keira? Schon aufgegeben?«

Katie stülpte sich den Helm wieder auf den Kopf und wendete ihr Pferd mit einer Hand. »Nö. Aber heute hatte ich Lust auf Busch!«

»Busch?«, fragte Jola verwirrt. In welchem Busch waren die geritten?

»Geländereiten«, klärte Niko sie auf. »Eine Disziplin der Vielseitigkeit. Busch klingt nur cooler.«

Die beiden Mädchen jagten in Richtung Hof davon und die Reitschülerinnen sahen ihnen sehnsüchtig hinterher.

»So will ich auch reiten können«, seufzte die Kleine auf dem Eierschalenpferd.

»Kriegst du hin.« Niko grinste. »Du musst nur zehn Jahre lang jeden Tag üben.«

Nach der Stunde half Jola, die Pferde abzusatteln und in den Stall zu führen, wo sie Futter bekamen. Ein älteres Mädchen in schicken Reitklamotten wartete bereits bei dem Anbindeständer und wurde ein kleines bisschen rot, als Niko sie begrüßte. Die nahm Privatstunden bei ihm, also musste er als Lehrer doch ziemlich gut sein. Ob er ihr vielleicht auch …?

»He, Niko«, rief Jola ihm nach, als er zur Koppel lief, um ein Pferd für die neue Schülerin zu holen. »Hab ich nicht was gut bei dir?«

»Klar«, rief Niko über die Schulter zurück und deutete mit dem Kopf auf den Weißen. »Ich verpfeif dich nicht bei Helen!«

Orientierungshilfen

Die Tage verflogen, und Jola verbrachte ihre Zeit damit, die Gegend zu erkunden. In Neuseeland hatte sie sich angewöhnt, an jedem neuen Standort – sie waren alle paar Wochen woandershin gezogen – alle Richtungen einmal abzulaufen. Sie hatte Zeug gesammelt, besondere Steine, Blätter, Blumen, Farne oder ein Fitzelchen Wolle, das im Drahtzaun hängen geblieben war, alles in eine kleine Kiste gelegt und als Erinnerung mitgenommen. Vom Ginsterhof würde sie keine Erinnerungsstücke sammeln. Das würde sich anfühlen, als ob sie sich schon halb verabschiedete.

Die einspurige Straße hinter dem Rundtor endete unten an der Hauptstraße. Von dort aus konnte man entweder links über die Felder laufen und kam so zum Ententeich, hinter dem der Kiesweg zum Wald hochführte. Oder man sprang rechts über den Fluss und stapfte über zwei ansteigende rotbraune Ackerwiesen, landete aber oben nur vor dichten Ginsterbüschen, die den Blick auf den Hof und die dahinterliegende Koppel versperrten. Der Fluss schlängelte sich unten am Hang entlang und begrenzte die Weide von der anderen Seite. Vom Ginsterhof selber gab es nur einen Weg und der führte hoch in den Wald. Und wer diesen Weg benutzte, der saß auf einem Pferd.

Inzwischen hatte sie mitgekriegt, dass jeden Tag irgendwas los war am Ginsterhof. Niko hielt an vier Tagen in der Woche

Reitunterricht, für Anfänger und Fortgeschrittene, außerdem gab er Dressur- und Springstunden und erteilte ein paar besonders eifrigen Mädchen Privatunterricht. Helen selber half überall aus und gab dazu noch Voltigieren und einen Kurs für Erste Hilfe am Pferd. Katie durfte noch keinen Unterricht abhalten, aber sie half mit und bildete das Schlusslicht auf Ausritten, die jedes Wochenende stattfanden und oft mehrere Stunden dauerten. Jola hatte beobachtet, dass sie oft wartete, bis die Reitstunde anfing, und dann mit einem Pferd, das nicht gebraucht wurde, im Wald verschwand. Mit Sanne oder Lea oder beiden, aber ganz oft auch allein. Was sie da trieb, wenn sie »Busch« trainierte, blieb Jola allerdings ein Rätsel, weil Katie ihr immer noch aus dem Weg ging.

Nach einer Woche hatte sie endlich etwas gefunden, womit sie sich gefahrlos nützlich machen konnte – den Kies im Hof harken. Ständig wirbelten die vielen Autos und Fahrräder die Steinchen durcheinander, außerdem blieben Heu und Stroh und Dreck aus den Hufen darin stecken. Es war eine leidige Aufgabe, die wenig Spaß machte – aber auch eine, bei der sie wenig anstellen konnte. Manchmal hatte sie das Gefühl, Helen beobachtete sie, und dann war sie froh, nur für den Kies verantwortlich zu sein und nicht für ein Pferd, das davonlaufen und ihren Hof durcheinanderbringen konnte.

Am Samstag darauf kam endlich der ersehnte Brief von der Bank – ein ehemaliger Nachbar hatte ihr Schließfach geöffnet und Jolas sämtliche Zeugnisse kopiert und beglaubigen lassen und ihnen zugeschickt. Sie war immer eine gute Schülerin gewesen. Ihr Vater hatte das zum Anlass genommen, sie zwei Jahre zu beurlauben, aber schon nach wenigen Wochen in der wilden Natur war es Jola so langweilig geworden, dass sie nach Büchern und dem Schulradio verlangt hatte. Nun hatte sie wieder Mitschüler, die sie zwar nicht sehen und treffen, mit denen sie sich aber wenigstens über den Schulstoff austauschen konnte.

Am Montag musste ihr Vater mit in die Schule und sie offiziell als neue Schülerin anmelden. Die Direktorin schielte die ganze Zeit argwöhnisch zu ihm hinüber. Jola wusste, was sie sah: die langen Haare, die er zu einem unbeholfenen Zopf gezwirbelt hatte. Seine ledrige sonnenbraune Haut. Die Tattoos an den Armen. Das verwaschene Surfer-Shirt, mit dem er sich locker unter die Schüler hätte mischen können.

»Ich sehe kein Problem, Ihre Tochter aufzunehmen«, sagte sie und griff nach den Zeugnissen. »Wir werden einen kleinen Einstufungstest vornehmen, um zu sehen, welche Jahrgangsstufe ihrem Wissensstand entspricht. Und dann kann es auch schon losgehen.«

»Eine Einschränkung gibt es«, meinte ihr Vater und setzte sich auf. »Wie Sie wissen, bin ich alleinerziehender Vater. Ich bin von Beruf Fotograf, und es kann vorkommen, dass ich für einen Auftrag reisen muss. Ins Ausland. Auch mal für längere Zeit. Da kann ich leider keine Rücksicht auf Schulferien nehmen.«

Die Direktorin sah ihn streng an, wie einen Schüler, der zu ihr gerufen wurde. Jola umklammerte ganz fest ihren Stuhl und hoffte stumm, sie würde sie jetzt nicht wieder wegschicken.

»Mir ist Ihre besondere Situation durchaus bewusst und ich werde Ihnen da keine Steine in den Weg legen.« Ihre Stimme wurde einen Hauch kühler. »Aber bedenken Sie bitte, was das Beste für Ihre Tochter ist, Herr Sturm.«

»Also echt, Papa.« Jola boxte ihn gegen den Arm, als sie draußen vor dem Schulhaus standen und die Jacken bis zum Kragen zuzogen. »Du bist sicher der allereinzigste Erwachsene auf der ganzen Welt, der nicht will, dass sein Kind zur Schule geht.«

»Und du bist das einzige Kind auf der Welt, das sogar freiwillig in den Unterricht rennt!« Er lächelte und strubbelte ihr durch die Haare. »Das mit Neuseeland kann dir keiner mehr nehmen. Was du dort erlebt hast, bleibt dir für immer. Ist mehr wert als so ein Schuljahr, aber das verstehen diese Hinterwäldler nicht.«

Sie umschlang seinen Bauch und hielt ihn fest umklammert. Ein Teil von ihr wollte reinrennen, der Direktorin sagen, dass sie sich ihre Schulpflicht sonst wohin stecken konnte, und mit ihrem Vater abhauen, bis ans Ende der Welt. Aber der andere Teil – der stärkere – wollte endlich wieder richtig dazugehören.

Jeden Abend, bevor sie etwas zu essen für ihren Vater und sich machte, lief Jola zur Koppel und setzte sich auf den obersten Balken. Sie traute sich nicht, einfach zu dem Hengst reinzugehen, nicht nach dem letzten Spektakel mit Niko – wobei die Angst, dabei erwischt zu werden, größer war als die vor dem seltsamen weißen Pferd.

Er fraß nicht, zumindest nicht, solange sie ihn beobachtete. Er äpfelte auch nicht, jedenfalls behauptete das Helen. Sie hatte gelesen, dass Hengste manchmal seltsame Gewohnheiten entwickelten, was das Hinterlassen von Hinterlassenschaften anging, aber diese Reinlichkeit fand sie schon sehr seltsam. Das mit dem Futter machte Helen ebenfalls Sorgen, weshalb sie Doktor Wolf angerufen hatte, aber der meinte nur, das Pferd wäre möglicherweise an anderes Futter gewöhnt und der Hunger käme von ganz allein. Vielleicht hatte er ein – altersbedingtes – Zahnproblem und verweigerte deshalb das Raufutter? Oder ihm schmeckte das letzte Herbstgras, das noch auf der Koppel wuchs, einfach besser? Von irgendwas musste das Pferd ja leben und das tat es offensichtlich gut.

Auch hielt der Schimmel Abstand zu den anderen Pferden – die anderen Pferde aber nicht zu ihm. Sie suchten absichtlich seine Nähe, zumindest soweit der knisternde Elektrozaun es erlaubte. Jola konnte nicht zwischen Stuten und Wallachen unterscheiden, aber so viel hatte sie mitgekriegt: Es gab sonst keinen Hengst auf dem Ginsterhof. Andernfalls wäre es auch gar nicht möglich gewesen, alle Pferde in einer großen Herde laufen zu lassen. Einmal hatte sie gesehen, wie der Hengst den Kopf gehoben hatte, und sofort waren die Mähnen der Ponys, die am Zaun grasten, ebenfalls hochgeschnellt. Lag es daran, dass er ein Hengst war? Hatte es etwas mit dieser Leitfunktion in einer Herde zu tun? Und hätten sie nicht viel länger viel misstrauischer sein müssen gegenüber einem komplett Fremden?

Auch Helen durfte inzwischen an ihn ran. Jola hatte gesehen, wie sie mit der vollen Schubkarre über seine Koppel abgekürzt und leise mit ihm geflüstert hatte. Der Hengst hatte ihr vertrauensvoll zugehört und war ihr sogar ein paar Schritte hinterhergelaufen, so als hätte er das schon immer getan und diese Frau mit der Schubkarre gehöre zu seinem Leben wie das Gras und die Luft.

Aber dann gab es immer wieder diese Momente, in denen der Hengst wild wurde. Nein, nicht wild – eher lebendig. Während er auf der Koppel mit den anderen Pferden die Ruhe selbst war, fuhr plötzlich ein Stromstoß durch seinen Leib, und er führte sich auf wie wahnsinnig. Er stieg, wieherte gellend, galoppierte am Zaun entlang und schlug danach aus, als würde er ihn jeden Moment einreißen. Zuerst hatte Jola gedacht, er würde sich plötzlich an sein Zuhause erinnern und versuchen, dorthin zu gelangen, aber wegen des Zauns ging das natürlich nicht. Inzwischen war sie aber sicher, dass der Hengst ihnen etwas mitteilen wollte. Seine irren Momente ergaben einen Sinn, nur verstanden sie nicht, welchen! Noch immer war dieses Pferd ein Rätsel. Ein wunderschönes, riesengroßes Fragezeichen.

Der Hengst hob den Kopf und schüttelte seine Mähne. Jola musste lächeln.

»Du bist wie ein Traum«, flüsterte sie in die Abendschatten. »Aber du verschwindest nicht, wenn man die Augen aufmacht.«

Lotte
1943

Wolkenherz bockte, als Max die Zügel aufnahm, und sie hielt erschrocken den Atem an.

»Er widersetzt sich noch zu stark«, rief Herr von Weyke. »Du musst es langsam angehen.«

Max ließ Wolkenherz traben. Mit federnden Schritten, als würde er über Wolken laufen. Seine Energie hätte für drei Reiter gereicht. Er reagierte auf jede Anweisung und war sie noch so fein. Bis Max die Zügel nachfasste und das Pferd unter ihm explodierte.

»Nimm ihn an die Longe. Er ist ja noch jung.« Herr von Weyke wandte sich ab, und sie glaubte, so etwas wie Enttäuschung in seinem Gesicht zu lesen.

Sie wartete, bis Max an ihr vorüberritt. Ein Gedanke kreiste durch ihren Kopf, die ganze Zeit schon, aber sie hatte nicht gewagte, ihm davon zu erzählen.

»Max«, rief sie leise. Er hielt den Hengst neben ihr an. »Ich … also du, nein, Wolkenherz – er hat Schmerzen. Im Maul. Von der Gewitternacht vielleicht. Oder von falschen Reitern.«

Max legte den Kopf schräg und sah sie nachdenklich an.

»Er hat kein Vertrauen«, flüsterte sie scheu. Auf einmal hatte sie Angst, er würde sie wegschicken. Wolkenherz war sein Pferd, sein Ein und Alles. Was wusste sie schon – das Stallmädchen?

Neue Pläne

»Tadelloses Verhalten«, las die Direktorin von dem Schreiben ab, das ihre alte Schule gefaxt hatte. »Aufmerksam im Unterricht. Empfehlung zum Überspringen einer Jahrgangsstufe.«

Sie lächelte Jola zu und reichte ihr einen Ausdruck mit ihrem neuen Stundenplan.

»Herzlich willkommen am Gymnasium Steinbach, Jola. Du hast deinen Einstufungstest mit Bravour gemeistert. Deshalb können wir auch deinem Wunsch entsprechen und du wirst ab sofort in dieselbe Klasse gehen wie Katharina Weber.«

Jola war rot geworden bei den Worten der Direktorin. Sie freute sich auf den Unterricht und die Klassenkameraden und hatte wirklich und ehrlich vorgehabt, dem Bild zu entsprechen, das ihre alte Schule von ihr gemalt hatte.

Aber das war gar nicht so einfach.

Der Lehrer setzte sie neben Jonas, den sommersprossigen Bankräuber vom letzten Mal. Jonas lieh ihr seine Stifte und ließ sie in Mathe den letzten Hefteintrag abschreiben, aber er machte es beinah unmöglich, dem Unterricht zu folgen. Sobald ein Lehrer ihnen den Rücken zukehrte, zog er sein Handy aus der Tasche und filmte damit seine Füße oder das Hinterteil des Lehrers. Die anderen beobachteten ihn und grinsten und so fielen ihm immer neue, waghalsigere Szenen ein.

Im Englischunterricht passierte es dann. Jonas hatte angefangen, die Kritzeleien der Mädchen in der Bank hinter ihnen abzufilmen. Die Jungs, die um Jonas herumsaßen, feuerten ihn lautlos an. Er passte den Moment ab, als Herr Ernst sich wieder zur Tafel drehte, und hielt das Handy hoch über Sannes Kopf, die versunken in ihr Heft kritzelte. Katie versuchte, Jonas das Handy aus der Hand zu reißen, Jonas zog den Arm zurück, dabei entglitt ihm das Handy und schlidderte quer über die Bank genau bis vor Jolas Nase. Sie starrte auf den Bildschirm, der ganz ohne ihr Zutun das Filmchen abspielte.

Sanne hatte die Hand um ihre Zeichnung gelegt, doch die Kamera erfasste sie trotzdem. Sie malte zwei Pferde – ziemlich realistische Pferde –, die sich tief in die Augen sahen und mit gespitzten Lippen knutschten. Aber nicht die Pferde waren das Interessanteste daran, sondern das Herz, das über ihren Köpfen schwebte und vier verschnörkelte Buchstaben enthielt: N-I-K-O.

»Darf ich mal sehen?«

Auf einmal war es totenstill in der Klasse. Jolas Kopf fuhr hoch. Ich kann nichts dafür, wollte sie sagen, doch aus ihrem Mund kam kein Laut. Die anderen Schüler duckten sich weg, als Herr Ernst nun durch die Reihen marschierte, vor ihr stehen blieb und das Handy einkassierte. Er sah sich das Filmchen ebenfalls an und ging dann vor Jola in die Hocke.

»Es gibt Regeln an dieser Schule, Jola. Eine davon ist der gegenseitige Respekt. Nicht nur gegenüber der Lehrkraft, sondern auch für eure Mitschüler.«

Jola schielte zu Jonas rüber, der mit hochrotem Kopf in seinen Hosentaschen bohrte und keinen Ton dazu sagte.

»Glaubst du, du hast es nicht nötig zuzuhören? Dann bist du hier falsch, Jola.«

Ihre Lippen klebten, und sie schmeckte Blut, so fest biss sie darauf herum. Niemand half ihr, niemand klärte die Sache auf. Nicht einmal Katie. Sie hätte es selbst tun können, es war bestimmt leicht zu beweisen, dass das Handy Jonas gehörte und nicht ihr. Aber das wäre ganz bestimmt ihr Todesstoß in der Klasse gewesen. Sie hörte auf, ihre Lippen zu zerbeißen, und senkte die Augen, als würde sie sich schämen.

Der Lehrer drehte das Handy in der Hand und runzelte die Stirn. Dann erhob er sich, ging zurück zum Pult und ließ es in einer Schublade verschwinden.

»Handys sind auf dem Schulgelände auszuschalten. Nur für den Fall, dass dir das noch niemand gesagt hat. Du hast Glück, dass du neu bist – du kannst es dir am Ende der Stunde bei mir abholen.«

Niemand wagte es, den weiteren Unterricht zu unterbrechen, nicht mal Jonas muckte. Als der Gong ertönte, trödelte sie herum, bis alle anderen den Raum verlassen hatten. Erst dann schlich sie mit gesenktem Kopf zum Lehrerpult.

»Du bist der Klasse in vielen Aspekten voraus, obwohl du so lang auf dich allein gestellt warst. Mach dir das nicht mit solchen albernen Spielchen kaputt.« Herr Ernst griff in seine Schublade, zog das Handy heraus und gab es ihr nach kurzem Zögern.

»Passiert bestimmt nicht wieder.« Jola schnappte danach und zögerte ebenfalls. »Eigentlich … äh … danke.«

Die letzte Stunde fiel aus, aber Jola hatte keine Lust, sich neben Katie, Sanne und Lea zu hocken. Die hätten sie sowieso wieder nur wie Luft behandelt. Vermutlich hätte sie in Jonas' Clique einen Platz gefunden, zumindest hatte ihr neuer Nebensitzer ziemlich zerknirscht ausgesehen, als sie ihm stumm sein Handy zurückgegeben hatte. Aber mehr als ein brummeliges »Hmk« hatte er nicht zustande gebracht, also hielt sie auch von ihm Abstand.

Sie dachte an die Pferde, die Sanne gemalt hatte. Es war nicht um die Pferde gegangen, das war ihr klar, die waren nur ein Platzhalter für die Menschen, die Sanne sich nicht getraut hatte zu malen. Sich selbst und Niko. Niko! War der nicht mindestens drei Jahre älter als sie? Deshalb hatte sie neulich so bissig geguckt, als er den Arm um sie gelegt hatte.

Und auf einmal wusste sie, was sie tun musste. Es gab nur einen Weg, ganz dazuzugehören, und der führte bestimmt nicht in die Schule. Sie musste endlich reiten lernen, reiten war der Schlüssel! Sanne konnte reiten, richtig gut sogar. Für Niko war das vielleicht nicht gut genug, für Katie schon. So schwer hatte das nicht ausgesehen, was die kleinen Mädchen in der Reitstunde gelernt hatten. Und noch ein Gedanke flüsterte in ihrem Kopf. Ihre Mutter hatte Pferde geliebt, mehr als alles auf der Welt. War es das, was ihr fehlte? Gehörte sie nirgendwo richtig dazu, weil es in ihrem Leben bisher keine Pferde gegeben hatte?

Ihre Fingerspitzen kribbelten, so aufgeregt war sie plötzlich. Wie sie es anstellen würde, spielte keine Rolle, noch nicht. Sie hatte jetzt eine Mission, Punkt.

Entschlossen schulterte sie ihren Rucksack, stapfte zur Tür und verließ das Schulgebäude.

Die Ladentür schwang hinter ihr zu und sie hörte leise Radiomusik. Neben ihr stand das Plastikpferd, groß und lebensecht. Es roch intensiv nach Leder und Jola ließ ihre Hand über die glatte

Oberfläche des Sattels gleiten. Schnörkelige Buchstaben waren in das Leder gestanzt: SteWe. War das etwa einer von Stefans Sätteln?

Sie schloss die Augen, versuchte, sich zu erinnern. Pferdeatem auf ihrer Haut. Weiches Leder unter ihren Fingern. Hände, die sie hochhoben. Ihre kurzen Beine wie zu einem Spagat gestreckt auf dem breiten Pferderücken. Lächelnd machte sie die Augen wieder auf und blinzelte.

Pferdeleckerli türmten sich in großen Körben. Dahinter begannen die Ständer mit Reithosen, Reitjacken, Reitwesten, Reitpullovern, Reithandschuhen, und Jola fragte sich, ob man tatsächlich all das brauchte, um auf ein Pferd zu klettern. Helme auf einem Regal. Grellgelbe Überzieher mit Reflektoren daran. Dann ein Regal mit Striegeln, Bürsten und Kämmen in allen Formen und Farben. Der Raum knickte ab, und hier hingen Sättel an den Wänden, schön und neu und superteuer. Jola schlich durch den Raum wie ein Eindringling, wie jemand, der hier nichts verloren hatte.

Sie war nicht allein in dem Laden. Zwei ältere Frauen mit einem angezogenen Minihund fachsimpelten irgendwas über Gebisse. Eine Mutter stülpte Helme auf den Kopf ihres Sprösslings, einen nach dem anderen, und ein paar ältere Mädchen drängten sich vor den Umkleiden und probierten Reithosen an. Sie überlegte gerade, ob sie das auch tun sollte, als die Tür plingte und ein weiterer Kunde den Raum betrat.

Sie erkannte ihn, noch bevor er seinen Motorradhelm abnahm und mit einer schnellen Bewegung die keksblonden Haare aus dem Gesicht schüttelte. Schnell drückte sie sich tiefer in den Sattelwald.

Hat er mich gesehen?

Nein, er hatte nur Augen für die Mädchen vor der Umkleide. Das war gut. Niko musste echt nicht so von ihrem Plan erfahren.

Die Mädchen winkten, und Niko schwang sich zwischen sie auf einen Hocker, die Beine lässig ausgestreckt.

»Was glaubst du, wo es herkommt?«, fragte eines der Mädchen, das einen Stapel Reithosen über ihrem Arm balancierte.

»Keinen Schimmer, echt. Aber ihr müsstet ihn mal sehen. Wow, ist das ein Pferd! Der hat Gänge, davon träumen unsere Zossen nur.«

»Geht's um den weißen Hengst?« Die Ladenbesitzerin mischte sich ein. Sie schob einen Stapel Prospekte zur Seite und lehnte sich über ihren Kassentisch. »Hat sich etwa immer noch niemand gemeldet?«

Niko drehte sich halb zu ihr um. »Nee. Keiner. Wir überlegen jetzt, mal übers Radio einen Aufruf zu machen. Anna hat es schon auf die Website gesetzt, aber kein Glück.« Er wandte sich wieder den Mädchen zu. »Oder doch Glück! Wenn es nach uns ginge, würden wir den sofort behalten.«

»Was ist es denn für ein Pferd?« Ein brauner Schopf guckte zwischen den Vorhängen der Umkleide heraus.

»Er hat auf jeden Fall Araberblut. Meine Tante tippt auf ein edles Warmblut. Wir haben kein Brandzeichen entdeckt, aber wir vermuten, dass er schon älter ist und wir deshalb nichts finden.« Ganz kurz sah er aus, als wäre er mit seinen Gedanken woanders, aber das dritte Mädchen legte ihm den Arm auf die Schulter, und sofort verschwand der Ausdruck von seinem Gesicht.

Das Mädchen mit den Reithosen über dem Arm trat ungeduldig an die zweite Umkleide heran.

»Äh, Entschuldigung? Werden Sie heute noch fertig?« Sie sah wieder Niko an. »Dürft ihr ihn denn behalten, wenn sich kein Besitzer meldet? Oder wer bestimmt, was mit ihm passiert?«

Niko legte den Kopf schräg und lächelte in die Runde. »Na, wir! Schließlich ist er zu uns gekommen. Der Polizei ist das egal. Die ist damit beschäftigt, die Satteldiebe zu kriegen. Aber hey, kommt doch einfach beim nächsten Mal früher und schaut ihn euch selber an.«

Die Mädchen wechselten Blicke und strahlten. Klar würden die früher kommen. Aber nicht wegen des weißen Pferdes.

»Seltsam ist es trotzdem«, schob die Ladenbesitzerin noch hinterher. »So ein Pferd muss doch irgendwo fehlen.«

»Keiner versteht das.« Niko stand auf und schlenderte zu ihr. »Du, ich wollte die Longe abholen, die wir letzte Woche bestellt haben. Und ich brauche ein Halfter für Großpferde, Farbe ist mir egal.«

»Willst du ihn trainieren?«

»Mal sehen. Wenn Helen endlich einsieht, dass er nicht auf der Koppel rumgammeln kann. Der Kerl ist der Hammer!«

Jola wartete, bis Niko mit der Ladenfrau ins Lager gegangen war, um die Longe zu holen. Dann verließ sie unverrichteter Dinge das Geschäft.

Unschlüssig stand sie vor dem Laden. Es war noch Zeit, bis die Schulbusse fuhren, und einen Moment überlegte sie, ob sie so tun sollte, als wäre sie rein zufällig hier vorbeigekommen. Die Tür schwang auf, und Niko trat heraus, verfolgt von einem der Mädchen. Er schien sie nicht zu bemerken. Die beiden lachten miteinander, während er auf sein Motorrad stieg und unter dem

Helm verschwand. Er winkte dem Mädchen zu und kickte den Motor an.

Genau in dem Moment bog ein schwarz glänzendes Auto auf den Parkplatz ein. Es war eines von denen, die aussahen wie ein Geländewagen, aber bestimmt nie in ihrem Leben was anderes als Asphalt unter die Reifen bekamen. Sauteure, nutzlose Luxusteile. Außerdem hatte er ein kaputtes Licht vorne links, das irgendwie schräg an ihm aussah. Niko, der seine Augen wohl noch bei dem davonschlendernden Mädchen hatte, fuhr ruckartig an und versperrte dem Auto unabsichtlich den Weg. Der schwarze Wagen schlingerte seitwärts und ratschte mit der Felge an der Bordsteinkante entlang, um einen Zusammenstoß zu vermeiden.

Niko bremste erschrocken und hob die Hand. Die Seitenscheibe ruckte und Jola hielt die Luft an. Der in dem Auto war sauer, ganz sicher! Einen Moment fürchtete sie, der Fahrer würde rausstürmen und Niko packen, aber plötzlich fuhr das Auto wieder an, umrundete Niko haarscharf und bog hinter dem Reitladen ab.

»Hast du dich verlaufen?« Niko klappte das Visier an seinem Helm hoch. Er war ziemlich blass um die Nase, aber seine Augen lachten schon wieder.

Jola bohrte die Hände in die Taschen. »Nee. Stunde ist ausgefallen.«

»Aha.« Er warf einen Blick zu dem Laden. »Und jetzt willst du Reithosen kaufen?«

Er grinste, als sie rot wurde. Na toll.

»Nicht notwendig«, meinte er gönnerhaft. »Katie hat jede Menge in ihrem Schrank. Außerdem brauchst du das Zeug am Anfang nicht. Lenkt nur ab vom Wesentlichen.«

Sie kniff die Augen zusammen. »Ach so. Und das wäre?«

Aber Niko lachte nur. Er drehte sich auf seinem Sitz nach hinten, hob das Polster an und zog einen zweiten Helm aus dem Fach darunter. »Hier, spring auf. Dann brauchst du dir den Bus nicht anzutun.«

Sie zögerte einen winzigen Moment. Nikos Soziussitz war Katies Privileg. Das gab bestimmt Stress. Aber sie musste es ja nicht mitkriegen.

»Danke«, murmelte sie und griff nach dem Helm. Niko wartete, bis sie aufgestiegen war und die Arme zaghaft um seinen Bauch geschlungen hatte, dann fuhr er los.

Viel cooler als Busfahren, dachte Jola, und für einen kurzen, fahrtwindigen Moment fühlte sie sich beinahe glücklich.

Dann sah sie die Gestalt, die von der gegenüberliegenden Straßenseite auf den Pferdeladen zusteuerte. Sah, wie ihre Miene versteinerte und ihre Augen vor Zorn schmal wurden.

Sanne.

Familiengeheimnisse

»Katie, gibst du mir mal das Apfelmus?«

Katie hatte ihr Handy auf dem Schoß liegen und reagierte nicht gleich. Anna stieß ihr den Ellbogen in die Seite.

»Au, spinnst du?«

Helen schlug mit der flachen Hand auf den Tisch. »So, das reicht mir jetzt. Handy weg! Sonst könnt ihr euch in Zukunft das Mittagessen selber kochen.«

Murrend schob Katie ihr Handy in die Tasche und häufte sich eine große Portion Kaiserschmarrn auf den Teller. Sie schob das Apfelmus mit Schwung über den Tisch. Ihr Großvater, der neben Helen am Tisch saß, fing es geschickt ab.

Im hellen Lampenlicht sah Jola, dass sein Gesicht mit Falten übersät war. Er sah unglaublich alt aus, aber vielleicht wirkte das auch nur so, schließlich fuhr er noch Traktor und half Stefan in der Sattlerei.

»Danke«, murmelte Helen und löffelte ihm etwas davon auf den Teller. Dann wandte sie sich wieder an ihre Töchter. »Und? Wie war die Schule?«

Katie und Anna wechselten einen Blick. »Super, Ma. Wie immer.«

»Irgendwelche Katastrophen, die ich unterschreiben muss?«

»Heute mal nicht.«

»Dann lasst uns essen.« Sie seufzte und alle am Tisch verstummten und legten die Hände aneinander. Nur Minnie unter dem Tisch grunzte im Schlaf.

Jola wusste nicht, was sie tun sollte, also machte sie die Bewegung nach und sah erstaunt, wie alle synchron ein Gebet murmelten.

»Komm, Herr Jesus, sei unser Gast und segne, was du uns bescheret hast. Amen.«

»Guten Appetit. Greif zu!«

Das Kommando löste den Bann und alle griffen zu ihren Gabeln und schoben sich das süße Gebäck in den Mund. Jola hatte noch nie Kaiserschmarrn gegessen, aber mit Puderzucker bestäubt und eingetunkt in frisches, noch warmes Apfelmus schmeckte er einfach köstlich.

»Und, Jola? Wie geht es dir in der Schule?«

Jola hatte den Mund so vollgeladen, dass sie kauen und schlucken musste, bevor sie antworten konnte. »Gut. Kein Problem, wirklich.«

»Du kannst den Stoff doch gar nicht draufhaben«, warf Anna ein. »Wie lange warst du weg? Zwei Jahre?«

»Ich hatte ein Schulradio. Und Bücher. Ich hab mir alles selbst beigebracht. In Mathe bin ich sogar schon weiter als …« Sie verstummte, als sie Katies Gesicht sah.

»Da seht ihr mal, was man schaffen kann, wenn man nur will.« Helen goss jedem am Tisch das Glas voll mit Saft. »Warum sind meine Kinder nur so schulresistent?«

Anna verdrehte die Augen. »Weil es wichtigere Dinge im Leben gibt, Ma. Ich will nicht studieren, also brauch ich auch kein Abi. Das zieh ich nur dir zuliebe durch.«

»Nein, klar. Du wirst ein großer Rockstar.«

»Genau!«

»Und Katie strebt eine Karriere als Springreiterin an.«

»Busch«, brummte Katie und belud ihren Teller mit einer weiteren Portion. »Ist ein kleiner Unterschied.«

Auch Helen tat sich noch einmal von dem Essen auf. Sie lächelte Jola zu und deutete auf ihren Teller. »Schön, dass du heute mit uns isst. Mit deinem Vater habe ich das schon geklärt, du bist ab sofort fest eingeplant. Schmeckt es dir denn?«

Jola nickte mit vollem Mund.

»Das freut mich. Vielleicht magst du die Hausaufgaben ja mit Katie zusammen machen? Ihr könnt euch gegenseitig helfen. Das wäre doch nett.«

»Oh ja, danke, Mama!« Katie schob ihren leeren Teller von sich und verschränkte die Arme. »Geht's noch? Ich hab echt genug mit meiner eigenen Arbeit zu tun.«

»Warum denn nicht? Du zeigst ihr, wie weit ihr im Stoff seid. Und Jola kann dir helfen ...«

»Jola kann alles besser! Schon kapiert! Nein danke! Ich mach meine Hausis allein oder gar nicht.«

Die Tür flog auf und Stefan stapfte ins Esszimmer. Ein Schwall Herbstluft fegte mit ihm in den Raum und kühlte Jolas Stirn, die plötzlich glühte.

Natürlich wollte Katie nicht mit ihr arbeiten, nicht nachdem sie sich scheinbar an Sannes Schwarm heranmachte. Niemand hatte sie vorhin gesehen, weil Niko sie vor dem Tor abgeladen hatte. Aber Sanne hatte Katie bestimmt schon alles brühwarm berichtet. Die mit ihren blöden Handys.

»Ah, ihr esst schon!«

»Ich habe zweimal zu dir rausgerufen.« Helen schob ihrem

Mann die halb leere Schüssel hin. Sie sah nicht sauer aus, weil Katie sie so angeblafft hatte. Eher traurig.

Stefan langte zu, auch ihm schien dieser Kaiserschmarrn richtig gut zu schmecken. »Übrigens, Leas Vater war vorhin hier. In der Gegend ist schon wieder eingebrochen worden. Bei einem kleinen Privatstall haben sie die Sattelkammer ausgeräumt. Er meinte, wir sollten extrem aufpassen.«

Helen nickte ernst. »Sollen wir die Sättel aus der Werkstatt nachts mit ins Haus nehmen?«

»Und sie ins Wohnzimmer hängen? Nein. Aber ich hätte da eine andere Idee.«

»Einen zweiten Wachhund? Einen, der wirklich gefährlich ist, nicht nur so tut, als ob?« Anna grinste.

»Wir besorgen uns endlich eine Alarmanlage, auch wenn du immer sagst, hier draußen brauchen wir so etwas nicht.« Helen seufzte.

»Wir verstecken sie«, sagte der Großvater und legte seine Gabel auf den leeren Teller. Seine Stimme klang fest und dunkel, gar nicht wie die eines alten Mannes. Er zwinkerte Katie zu. »Und zwar dort, wo niemand nachsieht.«

Katie sprang von ihrem Stuhl hoch. »Die Geheimkammer im Stall! Cool. Die finden die Diebe nie!«

Helen wirkte skeptisch. »Es wäre riskant. Der Stall lässt sich nicht so gut absperren wie das Lager, und ich will gar nicht wissen, was die Versicherung dazu sagen würde.«

»Aber es geht hier ja nicht nur um den Lederpreis.« Stefan legte ihr eine Hand auf den Arm. »Da steckt die Arbeit von Wochen drin, in jedem einzelnen Stück. Jedes ist einzigartig. Das können die mir sowieso nicht ersetzen.«

Helen zuckte mit den Schultern. »Meinetwegen. Aber dann lassen wir Minnie auch im Stall schlafen.« Minnie erhob sich unter dem Tisch und guckte Helen fragend an. Die strich ihr schnell über den Kopf. »Wenigstens, bis die Bande gefasst ist oder in einer anderen Gegend räubert, was, meine Kleine?«

Katie warf beinahe ihren Stuhl um vor Aufregung. »Darf ich auch? Ich könnte vom Heuboden aus Alarm schlagen …«

»Nein«, kam es von Helen und Stefan gleichzeitig. Anna lachte, sogar der Großvater schmunzelte.

»Die Idee ist gar nicht so schlecht«, mischte Anna sich ein. »Und um die Diebe zu verwirren, hängen wir einfach einen Haufen alter Schulsättel in dein Lager, und wenn sie dann dort einsteigen, können sie die klauen.«

»Am Ende spricht sich noch herum, dass ich das alte Zeug restauriere. Dann bin ich meine Kunden los.«

Katie grinste. »Oder wir lassen einen einzigen superteuren Sattel hängen und präparieren den mit einer Farbbombe oder so. Ihr wisst schon, wie die Dinger, die man bei Lösegeld in den Geldkoffer tut, damit der Dieb danach aussieht wie ein Harlekin.«

»Und mein Sattel?« Stefan raufte sich die Haare. »Lieber schlafe ich selbst mit einem Nudelholz im Lager.«

Anna zog die Kaiserschmarrnschüssel zu sich heran und stippte mit dem Finger die letzten Krümel heraus. »Ach, Leute, wenn ihr schon alle hier seid – ich wollte euch sowieso noch was fragen: Wir wollen ein Konzert geben, im Hof. Geht das für euch in Ordnung?«

Stefan stöhnte. »Manchmal beneide ich Eltern, die nur eine stinknormale Dreizimmerwohnung besitzen. Deren Kinder kommen nicht auf solche Ideen.«

Anna reckte den Arm in die Luft. »Yes! Danke, Pa. Ich wusste, ihr sagt Ja.«

»Habe ich Ja gesagt?«, fragte Stefan seine Frau.

Die verdrehte nur die Augen. »Ich will keine Arbeit damit haben. Was ihr aufbaut, kommt danach wieder weg. Klar?«

»Logo. Wir brauchen nicht viel diesmal. Wird ein Unplugged-Konzert. Für unseren Channel.«

»Aha.«

»YouTube? Schon mal gehört?«

»Der neue Song auch?« Katie fing an, eine Melodie zu summen.

»Psst. Der ist noch nicht offiziell!« Anna machte eine geheimnisvolle Miene. »Ihr müsst aber kommen. Du auch, Opa.«

»Freikarten für alle, die zuhören müssen«, verlangte Stefan. »Ich mache sogar wieder den Würstchen-Mann, wenn ihr mich ganz nett bittet.«

Die Mädchen räumten ihre Teller in die Küche und stellten alles in den Geschirrspüler. Jola schielte zu Katie hinüber, die inzwischen besserer Stimmung zu sein schien. Aber sie stapfte ohne ein Wort die Treppe hoch und kurz darauf hörte Jola eine Tür zufallen.

Sie beschloss, dass Anna recht hatte. Hausaufgaben konnten warten. Es gab Wichtigeres im Leben.

Pferde zum Beispiel.

Sie verschwand im Anbau, warf ihren Rucksack hinter die Couch und schlüpfte in eine alte Jeans. Ihr Vater war nicht da, er war am Vormittag losgezogen, um die Fotos für seinen Kalenderauftrag zu schießen. Die Pferdefachbücher lagen noch immer unter ihrem Kopfkissen, also griff sie danach, zog die Tür wieder zu und lief zurück ins Haupthaus. Geräusche aus der Küche. Geschirrklappern, leise Worte. Niemand, der auf sie achtete, als sie die Bücher zurückstellte und in ihre Schuhe schlüpfte. Nur Minnie kam aus dem Esszimmer getapst und blieb neben ihr stehen, als wüsste sie, was sie vorhatte.

Die Luft war kühl und Jola zog die Kapuze ihrer Wolljacke über den Kopf. Merinoschafschurwolle. Die wärmste überhaupt. Kalt war ihr nicht, das Frösteln kam von innen. Dabei wusste sie nicht, wovor sie mehr Schiss hatte – erwischt zu werden oder vor dem Reiten selbst.

Sie nahm den Weg, den Niko immer mit den Reitschülern ging. Am Teich vorbei, zwischen den Obstbäumen durch, dem Unterstand für den Traktor, rauf zum Reitplatz. Minnie folgte ihr mit trägen Schritten. Als sie schon fast dort war, fiel ihr ein, dass sie gar keine Zügel mitgenommen hatte, also ging sie noch mal zurück und pflückte zwei Stricke und eines der bunten Halfter vom Ständer vor dem Stall.

Gestern hatte Niko um drei die erste Stunde gegeben. Das verschaffte ihr etwa eine Stunde Zeit.

Schnell lief sie los, joggte fast. Der Reitplatz auf der anderen Seite war größer und an den Seiten hingen Buchstaben und aufgemalte Punkte. Er besaß eine kleine, geschützte Tribüne mit Bänken für Zuschauer. In einer Ecke lehnten weiß gestrichene Ständer mit runden Haken daran und daneben lagen bunt bemalte Stangen übereinander wie ein riesiges Mikadospiel.

Dieser Platz war genau richtig, denn er war vom Hof aus nicht einsehbar. Nur wer vom Wald kam, würde sie entdecken.

Der Kiesweg schlängelte sich oberhalb des Obstgartens entlang bis zur Pferdekoppel. Vom Stall überblickte man nur den unteren

Teil der Wiese, aber von hier aus sah sie, wie riesig die eingezäunte Weide tatsächlich war. Der Zaun machte einen Bogen, führte am Unterstand vorbei einen Hang hinunter, der an dem Bachlauf endete. Dann wieder hoch, bis zum Wald, an den Bäumen entlang und von dort zu ihr zurück. Die dicke Eiche streckte ihre knorrigen Arme in den Wind und flüsterte leise vor sich hin. Überall auf der Wiese grasten Pferde, bunt verstreut wie Spielzeug.

»Wie soll ich hier je ein Pferd einfangen?«, fragte Jola den Hund.

Minnie sah sie aus faltigen, kleinen Augen an. Dann duckte sie sich, drückte sich unter dem Holzzaun durch und lief bellend auf das erste Grüppchen zu.

»Okay«, murmelte Jola, kletterte auf den obersten Balken und sprang hinterher. »Wenn du es besser kannst …«

Der Hund trieb die Pferde vor sich her, aber offenbar kannten sie das Spiel, denn sie machten nur ein paar Sprünge und blieben dann versprengt wieder stehen, ohne weiter auf Minnie zu achten. Eines der Pferde – es war das graue Pony mit der Stachelschweinfrisur – stand jetzt gar nicht weit von ihr.

Vorsichtig schlich Jola darauf zu. Sie machte es genau wie bei dem weißen Hengst, näherte sich seitwärts, ohne das Pferd zu bedrängen. Es würde weglaufen, ganz sicher. Sacht streckte sie die Hand aus und schnalzte mit der Zunge.

»He, du«, flüsterte sie. »Ich brauch dich mal eben. Würde es dir was ausmachen, mit mir mitzukommen?«

Das Pony hob den Kopf. Es schaute sie jetzt genau an, und bevor Jola wusste, wie ihr geschah, trabte es auch schon auf sie zu. Es stoppte aber nicht, sondern rannte sie halb über den Haufen. Erschrocken machte sie einen Satz zurück, aber das Pony kam hinter ihr hergelaufen. Es bohrte seine Nase in ihren Bauch und stupste sie in die Seite.

»Lass das, okay?« Jola versuchte, das Halfter zu sortieren. Sie wollte es dem Pony über die Ohren stülpen, so wie Niko es gemacht hatte, aber es waren einfach zu viele Riemen. Wo war noch mal oben?

Ein zweites Pferd kam jetzt angelaufen. Es war eines von den braunen mit der hellen Mähne. Dann noch eines. Plötzlich war sie umringt von kleinen und großen Pferden, die alle überhaupt keine Scheu kannten und sie wild beschnupperten. Jola war einmal in eine Schafherde geraten, und da hatte der Bauer seinen Hund geschickt, um die Tiere von ihr wegzutreiben. Hilfe suchend sah sie sich nach Minnie um, die mitten auf der Wiese lag und döste.

»Mach was!«, rief sie dem Hund zu. »Die fressen mich gleich!«

Fressen! Natürlich! Die waren es gewohnt, dass man ihnen Leckerli mitbrachte. Schnell zog sie ihre Tasche auf, fand noch eine Kekspackung aus dem Flieger und wickelte sie in fliegender Hast auf. Sie wollte den Keks eigentlich ins Gras werfen, damit die Pferde von ihr weggingen, aber da hatte ihn sich das Stachelschweinpony schon geschnappt, und die beiden Blonden bekamen sich darüber in die Wolle.

Das lief gar nicht gut.

Eines der Ponys biss in das Halfter und zerrte es Jola aus den Fingern. Wie ein erlegtes Tier wirbelte das Halfter durch die Luft. Die Schnalle landete klatschend auf dem Hinterteil des Stachelschweinponys, das sofort mit den Hufen nach dem Störenfried schlug.

Minnie schien nun doch Mitleid mit ihr zu haben. Sie erhob

sich träge, schüttelte einmal ihre Falten aus und stieß dann ein einziges mahnendes »Wofff!« aus.

Sofort hörten die Pferde auf zu streiten und wandten sich nach dem Hund um. Minnie trottete an Jolas Seite. Das war ihre Chance. An das Halfter kam sie nun nicht mehr heran, aber der Fluchtweg zum Zaun war frei. Ohne zu zögern, drehte sie um und rannte los.

Keuchend und zitternd ließ sie sich auf der anderen Seite ins Gras fallen. Ihre Wolljacke klebte vor Pferdesabber, und ihre Finger brannten, wo ihr das Halfter durch die Hand gerutscht war.

Reiten sah vielleicht einfach aus, aber ein Pferd einzufangen, war noch mal eine ganz andere Geschichte.

»Danke«, sagte Jola zu dem Hund und legte ihre Hand auf Minnies faltigen Hals. »Du hast mich davor bewahrt, Futter für die Vegetarier zu werden.«

Zusammen mit Minnie schlenderte sie zurück zum überdachten Reitplatz und setzte sich in der Mitte auf den Boden. Sie ließ weiche dunkle Streu durch ihre Finger rieseln und überlegte, was sie tun sollte. Eigentlich gab es nur eine Möglichkeit – Niko. Genau genommen hatte sie noch einen Gefallen bei ihm gut, aber Niko würde ihr nicht umsonst helfen, so viel war klar.

Minnie rollte sich in die Streu und grunzte zufrieden. Der Himmel war trüb und verhangen und in den Bäumen um sie herum rauschte der herbstliche Wind. Früher hätte sie bei so einem Wetter ihren Drachen geholt und wäre damit auf den Acker hinter den Häuserreihen gelaufen, um ihn fliegen zu lassen. Der Drachen war riesig gewesen, sein Körper bunt wie ein Regenbogen, mit gelben Flatterbändern an den Seiten. Ihre Mutter hatte ihn für sie gemacht, als sie ganz klein gewesen war, und auf seine transparenten Flügel waren ihre winzigen Handabdrücke aufgestempelt gewesen. Aber sie hatten alles zurückgelassen bei ihrem Aufbruch vor zwei Jahren. Auch den Drachen.

Plötzlich schoss Minnies Kopf hoch. Ihre Ohren wackelten, als sie angestrengt lauschte.

Jola brauchte keine Hundeohren, um den Schrei zu hören. Er war auch so laut genug. Laut und stinkewütend.

»Aaah! Scheiße! Nein! Bleib stehen, du blödes Vieh!«

Schaukelpferdmentalität

Jola sprang auf die Füße und rannte den Kiesweg entlang zum Hof zurück. Als sie bei den Obstbäumen anlangte, kam ihr ein Pferd entgegen, ein kompaktes Pony mit bunt geschecktem Fell und einer seltsamen Lederkonstruktion auf dem Rücken. Es lief ganz gemächlich um die Kurve und blieb stehen, als es Jola entdeckte.

Wagemutig griff sie in seine Mähne. Das Pony senkte den Kopf und sie kraulte zaghaft seine Ohren. Da schoss ein roter Blitz um die Kurve, der genau auf sie zuraste. Jola ging hinter dem Pony in Deckung und der Blitz schlug einen Haken und rannte zwischen den Bäumen hindurch zum Wald hinauf.

»Wo …«, keuchte es hinter ihr.

Jola drehte sich um. Katie hatte blutige Schrammen im Gesicht und an den Händen und ein fettes Loch in der Hose. Sie trug einen Reithelm, unter dem ihre Locken hervorquollen.

»Da lang.« Jola zeigte zum Wald. Dann schaute sie wieder auf das Pony, das sie immer noch krampfhaft festhielt, und ließ schnell die Hände sinken.

Katie folgte ihrem Blick. Dann fing sie an zu lachen. Sie lachte, bis ihr die Tränen kamen, und zeigte auf das Scheckpony. »Also, das ist Colorado. Unser Ältester. Den brauchst du nicht zu fangen.«

Jola verschränkte die Arme vor dem Bauch. Blöde Kuh – auslachen lassen brauchte sie sich auch nicht! »Was hast du deinem Pferd getan, dass es vor dir wegläuft?«

»Keira? Das musst du sie selber fragen. Sie kann mich nicht ausstehen. Eigentlich kann sie niemanden ausstehen. Die anderen Pferde mögen sie auch nicht. Kompliziertes Seelenleben und so.«

»Dann viel Spaß beim Suchen.« Jola stapfte an ihr vorbei und merkte, wie die Wut in ihr hochkochte.

Was hab ich der eigentlich getan? Ich wollte wirklich nur helfen! Kann ich doch nicht wissen, welches Pferd sie als blödes Vieh beschimpft.

So langsam reichte es ihr mit dieser arroganten Reiterhofziege.

»He! Warte doch mal.«

Jola blieb stehen. Das Pony hatte ihr das Hinterteil zugekehrt und zupfte Gras vom Wegrand. Katie kickte ein paar Steine herum und schaute auf ihre Füße. »Also … puh. Na ja, das mit den Hausis war blöd von mir. Sorry.«

»Aha.«

»Und das in der Schule auch. Ich an deiner Stelle hätte Jonas verpfiffen. Dieser Blödi, wäre ihm ganz recht geschehen.«

Ein paar Augenblicke lang starrten sie aneinander vorbei und keine sagte etwas. Dann stand Minnie auf und stellte sich schwanzwedelnd zwischen sie.

»Was ist das da auf seinem Rücken?« Jola deutete auf das Scheckpony.

»Ein Sattelbaum. Na ja, ein halber. Er muss manchmal aushelfen, wenn das Holzpferd zu dick ist, das Papa in der Werkstatt hat.«

Jola schüttelte den Kopf. »Das ist echt irgendwie … verrückt hier.«

»Verrückt ist nur diese bekloppte Stute!« Katie schaute zum Waldrand hoch, wo weit und breit kein rotes Pferd zu sehen war. »Mann, jetzt muss ich die auch noch suchen gehen. Mama kriegt einen Anfall, wenn sie hört, dass ich schon wieder runtergeflogen bin.«

»Darfst du sie nicht reiten?«

»Doch, schon. Soll ich sogar. Sie ist erst vier und wir bilden sie gerade aus. Eigentlich wollte ich aus ihr ein Turnierpferd machen. Sie hat sogar eine richtig gute Abstammung. Aber irgendwas stimmt nicht mit ihr. Sie hat panische Angst. Nur weiß ich nicht, vor was.«

Jola biss sich auf die Lippe. »Soll ich dir suchen helfen?«

Katie schaute sie an. Zum ersten Mal richtig. »Okay.« Sie nickte und stiefelte los. Minnie klebte sich an ihre Fersen und wedelte wie wild mit ihrem schrumpeligen Schwanz.

Eine Weile liefen sie nebeneinanderher und wieder sagte keine von ihnen ein Wort. Jola traute dem Frieden noch nicht ganz. Wenn jetzt Sanne oder Lea angelaufen kämen, würde Katie sie doch auf der Stelle stehen lassen.

Am Waldrand blieb Katie stehen und ging in die Hocke. »Frische Spuren«, murmelte sie.

»Die können doch von jedem Pferd stammen.«

»Nein. Keira hat als Einzige vorne Eisen. Das sind definitiv ihre Abdrücke.« Katie rieb sich das Blut von der Wange. »Da lang.«

»Was ist eigentlich passiert?«

»Sie ist durchgedreht. Ich hab sie durch die Koppel in den Stall gebracht. Du weißt schon, wo der Hengst steht. Da hat sie sich schon aufgeführt wie noch mal was, obwohl er ganz ruhig in der Ecke stand und sie null bedrängt hat. In ihrer Box war es ganz schlimm, ich hätte fast den Sattel nicht zugekriegt. Manchmal spinnt sie komplett. Ich hätte es besser wissen müssen und gar nicht aufsteigen dürfen.« Katie betrachtete das Loch in ihrer Reithose. »Super, meine Lieblingshose! Das war die Kastanie. Sie hat mich voll gegen den Stamm geklatscht. Dabei fall ich echt nicht leicht vom Pferd.«

Jola musste an ihre Begegnung mit den Ponys auf der Weide denken. Wenn Katie das gesehen hätte, wäre sie aus dem Lachen bestimmt nicht mehr rausgekommen. Auf einmal war es ihr egal, was Katie dachte. Nein, nicht egal – sie hatte keine Angst mehr davor.

»Ich wollte reiten«, gestand sie, während der Wald um sie immer dichter wurde, immer dunkler. »Ich hab versucht, ein Pony von der Koppel zu fangen. Aber, hm – das hat nicht so ganz geklappt.«

Katie lachte nicht. Sie warf ihr nur einen kurzen, überraschten Blick zu. »Ich dachte, du interessierst dich nicht für Pferde.«

Jola merkte, dass sie rot wurde. »Doch. Schon … irgendwie.«

Katie ging wieder in die Hocke, weil sie neue Spuren entdeckt hatte. Wieder liefen sie ein ganzes Stück schweigend nebeneinanderher, bis Katie plötzlich fragte: »Ist es wegen deiner Mutter?«

Jola blieb kurz stehen. »Ich glaube schon.«

»Mama hat uns davon erzählt. Von dem Unfall, meine ich. Du warst noch ganz klein, oder?«

»Ja. Vier.« Jola biss sich wieder auf die Lippe. Sie wollte nicht über ihre Mutter reden, nie, mit niemandem. Aber sie spürte auch, dass sie jetzt reden musste. Dass es wichtig war, wenn sie wollte, dass Katie sie verstand. »Sie hatte einen Unfall mit ihrem Pferd. Dabei waren sie richtig gut, wir hatten lauter Schleifen und

Pokale bei uns zu Hause. Das ganze Wohnzimmer war voll damit. Aber dann, auf einem Turnier … es hat geregnet … und sie …«

Jola konnte nicht weiterreden. Sie weinte nicht, sie weinte schon lang nicht mehr. Aber dieser Unfall, der ihr immer noch so unbegreiflich schien, so fremd … nein. Nicht diese Bilder. Nur die schönen Erinnerungen. Alles andere musste sie ausblenden.

»Ist okay«, sagte Katie leise. »Du musst nicht darüber reden.«

»Pferde – das war so weit weg. Ich bin keinem Pferd mehr nahe gekommen, nicht bis – also, bis plötzlich dieser Hengst vor mir stand.«

Katie lächelte. »Ja, der hat ganz schön was angerichtet, was?«

»Was glaubst du, was mit ihm passiert ist?«

Katie legte den Kopf schief. »Ich denke, er ist abgehauen. Dass jemand ein Pferd klaut und es dann woandershin stellt, kann ich mir nicht vorstellen. Aber warum ist er weggelaufen? Oder anders: Warum ist er gerade zu uns gelaufen? Auf unseren Hof?«

»Niko sagt, die anderen Pferde reagieren auf ihn.« Oh nein. Sie hätte Niko lieber nicht erwähnen sollen! Was, wenn Katie ihr die Sache mit dem Motorrad doch übel nahm?

Aber Katie ging gar nicht darauf ein. Sie bog in einen schmalen Waldweg ab, der einen steilen Hügel hinunterführte. »Das ist mir auch schon aufgefallen. Als ob sie sich kennen würden.«

»Aber sie kennen sich nicht.«

»Nein.« Katie blieb stehen und sah sich um.

Minnie lief ein Stück vor und stellte wieder die Ohren auf. Ein heiseres »Wrrff!« kam tief aus ihrer Kehle.

»Hörst du das auch?«

Jola lauschte in den Wald. Ja, tatsächlich. Ein Rascheln, dann ein Stampfen und Poltern.

»Sie hängt fest. Komm mit!«

Zwei Büsche weiter hatten sie die aufgebrachte Stute gefunden. Ihr rotes Fell war schweißüberströmt und auch sie blutete aus unzähligen Schrammen und Kratzern.

»Dummes Mädchen«, schimpfte Katie sanft. »Was machst du denn? Na komm, ich rette dich.«

Sie trat langsam, aber bestimmt auf die zappelnde Stute zu. Jola sah die Erleichterung in Keiras Augen. Augenblicklich wurden ihre Bewegungen langsamer. Katie konnte die verhedderten Zügel aus dem Busch ziehen und Keiras Huf aus dem Drahtgeflecht des Wildzauns befreien. Die Stute zitterte noch immer vor Angst, aber sie lehnte ihren Kopf dankbar an Katies Schulter.

»Vor dir hat sie keine Angst«, stellte Jola fest. »Etwas anderes muss sie stören.«

»Aber was nur?« Katie drehte sich zu der Stute um und strich ihr sacht über den Hals. »Bei ihr bin ich echt langsam am Ende. Ich krieg sie nicht ruhig.«

Jola deutete auf den Helm, den Katie noch immer trug. »Willst du nach Hause reiten?«

Aber Katie schüttelte den Kopf. »Nein. Die hat genug für heute.« Sie klopfte auf ihren Helm. »Der ist festgewachsen! Merk ich schon gar nicht mehr, ob ich ihn aufhabe oder nicht.«

Sie liefen den Weg zurück, den sie gekommen waren, das erschöpfte Pferd zwischen sich. Katie hielt es am langen Zügel, aber sie hatte beide Hände zur Faust geballt.

Die Schatten wurden dichter und der Wind blies klagend durch die Wipfel. Es konnte eigentlich noch nicht spät sein, aber zwischen den Bäumen hing bereits ein schauriges Zwielicht.

»Kannst du gut reiten?« Die Frage war superdämlich, aber Jola war keine bessere eingefallen. Sie wollte nur reden, um sich von der Dunkelheit abzulenken. Instinktiv drückte sie sich dichter an Minnies Seite.

Katie lachte kurz auf. »Ich konnte reiten, bevor ich laufen konnte. Andere Kinder hatten Schaukelpferde – ich hatte Colorado. Er war Mamas Pony, damals, bevor es uns gab. Als sie noch klein war. Er ist sechsunddreißig Jahre alt. Als ich geboren wurde, hat sie mich immer auf seinen Rücken geschnallt und mich spazieren geführt. Da konnte ich gerade mal sitzen.«

»Und auf Colorado hast du reiten gelernt?«

»Ich saß praktisch nur auf diesem Pony. Überall hat es mich hingebracht, in den Obstgarten, zur Koppel, in den Stall und den Schuppen, später sogar in den Kindergarten. Die anderen haben vielleicht geguckt!«

Ich hätte das auch haben können, dachte Jola. Dieses Pferdeleben. Dann wäre reiten für mich jetzt genauso selbstverständlich wie laufen.

»Man kann es lernen«, sagte Katie, als hätte sie ihren Gedanken zugehört. »Solange du nur keine Angst hast. Du musst ja nicht gleich ein Pferd wie Keira besteigen, wir haben auch einen Haufen nette Ponys.«

»Die habe ich heute schon kennengelernt.«

Katie grinste. »Sie sind anders, wenn sie unterm Sattel gehen. Das ist wie bei uns – in der Herde fühlen sie sich eben stark. Und sie dürfen das ja auch. Wir halten unsere Pferde absichtlich in einer großen Herde und nicht einzeln in Boxen. Sie sind ziemlich frei da draußen. Und manchmal eben auch ziemlich wild.«

Vor ihnen gähnte ein nebliges Loch zwischen den Bäumen. Zu Jolas Erleichterung steuerte Katie darauf zu und kurz darauf hatten sie den Wald hinter sich gelassen und stapften den Kiesweg zum Ginsterhof zurück. Sie mussten länger unterwegs gewesen sein, als sie gedacht hatte, denn der Himmel hatte sich steingrau verfärbt. Dicke Nebelfäden hingen über der Koppel, und so hörte sie die Pferde, bevor sie eines erkennen konnte. Dumpfe, donnernde Schläge auf dem Boden. Vielstimmig. Schnell. Laut.

»Keira, krieg dich wieder ein!« Katie hatte Mühe, das tänzelnde Pferd am Zügel zu halten. »Es gibt hier oben keinen Eingang, du musst dich schon gedulden.«

Zwei gelbe Riesenaugen schälten sich vor ihnen aus dem Nebel und krochen genau auf sie zu. Dazu brummte es, als wäre ein Schwarm Monsterhornissen auf dem Weg zu ihnen. Jola hörte ein Wiehern, lauter als der Hornissenschwarm. Auf der kleinen Koppel galoppierte der weiße Hengst auf und ab, immer wieder. Nebel sickerte an ihm herab, in dem Zwielicht war er nur als Silhouette zu erkennen. Mit einem Mal stieg er steil hoch und wieherte wieder schrill. Und rannte gegen den Zaun, dass es nur so krachte.

Keira bäumte sich auf und warf sich mit aller Kraft in den Zügel. Katie schrie sie an. Plötzlich war da eine zweite Hand, faltig und stark, die zupackte und die Stute zurück auf den Boden zwang. Der Traktor stand jetzt zwischen ihr und dem Hengst und das schien sie etwas zu beruhigen.

»Wohoho«, raunte Katies Großvater und tauschte einen Blick mit Katie. »Bring sie in den Stall. Schnell.«

»Danke«, keuchte Katie und übernahm wieder den Zügel. »Hat Mama was gemerkt?«

»Noch nicht. Ich wollte dich gerade suchen fahren.«

»Sie ist abgehauen. Keine Ahnung, was mit ihr los war.«

Katies Großvater sah die Stute stirnrunzelnd an. »Dann beeil dich mal. Ich glaube, die räumen schon das Lager aus.«

Sie schafften es, Keira ungesehen in den Stall zu zerren und ihr Sattel und Trense abzunehmen. Katie wusch ihr die Beine mit einem Schwamm ab und versorgte die Schrammen mit Mirfulan-Salbe.

»Stell sie woanders rein«, sagte Jola. Der Gedanke war ihr eben erst gekommen, aber er erschien total logisch nach dem Desaster von vorhin.

»Wie?« Katie drehte sich zu ihr um und schnallte endlich den Helm von ihrem Kopf. Ihre Locken sahen aus, als hätte ihr jemand einen Elektroschock verpasst.

»Stell sie woanders rein«, wiederholte Jola. »Nicht in ihre Box. Weil … hm. Vielleicht riecht es da noch nach dem Hengst.«

Katie blinzelte, dann lächelte sie. »Gar nicht so dumm. Deshalb ist sie vorhin auch so ausgeflippt, als ich sie reingebracht habe.«

»Versuchen wir es.«

Jola lief zum Heuschacht und sammelte einen Arm voll losem Heu zusammen. Katie führte Keira solange in eine Box ganz am Ende des Stalls, und obwohl die Stute immer noch zitterte, schien sie sich in der vertrauten Umgebung endlich zu beruhigen. Jola legte das Heu in eine Ecke und Katie füllte den Futtereimer mit einem Hafer-Mineralfutter-Mix und legte noch zwei Karotten obendrauf. Sie griff sich eine Handvoll Stroh und rubbelte damit Keiras Fell trocken.

»Jetzt fehlt nur noch Gesellschaft. Ich hol schnell Miley, die versteht sich am ehesten mit Keira.«

Jola wartete an der angelehnten Tür und spähte nach draußen. Der weiße Hengst stand nah beim Tor und schien zu dösen. Seit

Keira außer Sicht war, gab es keinen Grund für ihn, weiterzuwiehern und gegen Zäune zu laufen. Jola wünschte, sie könnte seine Gedanken lesen.

Da hob der Hengst plötzlich den Kopf und sah sie an. Er musste sie meinen, sonst war niemand da – oder doch? Saß wieder die Nebelgestalt auf dem Balken, war sie es, die er suchte und rief? Nein, keine Nebelgestalt. Nicht sichtbar jedenfalls.

»Hallo, du«, murmelte sie und streckte die Hand aus.

Der Hengst brummelte. Dann ging ein Ruck durch seinen erstarrten Körper und er lief mit weichen, schnellen Schritten ganz zum Tor.

Jolas Herz klopfte schneller. Er meinte sie, wirklich sie! Vorsichtig, als würde sie was Verbotenes tun, verließ sie ihren Posten und trat hinaus auf den nebligen Paddock.

Der Hengst war stehen geblieben und drückte seine Stirn gegen das Tor. Eine tiefe Ruhe ging von ihm aus.

Mit ihm ist es anders, dachte Jola und hob ganz langsam die Hand, um sie zwischen den Querlatten durchzuschieben. Er spürt, was ich möchte. Und er lässt mich spüren, was er will.

Nur einen schnellen Herzschlag lang zögerte sie, dann berührten ihre Fingerspitzen seine Stirn.

Er fühlte sich weich an, wie Schnee. Und genauso kalt. Sein Schopf glitt wie Seide durch ihre Finger. Ein paar Wirbel kräuselten das feine Fell auf seiner Stirn und ließen es fast aussehen wie ein Herz. Der Hengst schnaubte leise. Ob er fror? Sie konnte kein Atemwölkchen erkennen, obwohl es so kühl war.

Sacht legte sie die Hand auf seine Backe und strich ihm übers Fell. Alles an ihm war glatt und weich wie Watte. So hatte es sich angefühlt, ein Pferd zu streicheln. Ihre Finger erinnerten sich wieder. So, genau so. Sie wollte am liebsten nie wieder damit aufhören.

Eine Gestalt schälte sich aus dem Nebel, eine Gestalt auf einem Pferd. Beim Näherkommen erkannte sie Katie auf einem der blonden Kleinpferde.

Der Hengst zuckte zurück und auch sie zog hastig ihre Hand weg. Der Bann war gebrochen und der Weiße trat ein paar Schritte rückwärts. Nicht wild, nicht aufgeregt. Nicht so wie bei Keira. Er machte Platz für Miley, mehr nicht.

»Kannst du das Tor aufmachen?«

Sie ließ Katie und Miley durch und wäre gern auf die Koppel gelaufen. Raus zu dem Hengst. Aber hinter ihr ging nun das Licht im Stall an und mehrere Stimmen redeten durcheinander.

Der Hengst trat zurück in den Nebel. Er blieb zwar beim Tor stehen, verfiel aber wieder in seine Starre, aus der sie ihn vorhin gerissen hatte. Vielleicht war er müde. Müde vom Fremdsein und vom Wiehern und Gegen-Zäune-Laufen.

»Wilden Ritt gehabt?« Anna deutete mit dem Kopf auf Keira, über deren Körper Dampfwolken aufstiegen.

»Ach, na ja.« Katie ließ sich von Mileys Rücken gleiten und zog ihr das Halfter über den Kopf. »Sie bleibt heute Nacht hier.«

Im Stall machte sich Stefan unter dem Zugang zum Heuboden zu schaffen. Niko, Helen und ihr Vater standen dabei und diskutierten herum. Niko schaute plötzlich auf und sah Katie ernst an, aber die schüttelte nur leicht den Kopf.

»Jola …«, flüsterte Katie, als Miley mit einem Haufen Heu in ihrer Box stand und sie auf die Gruppe zuliefen.

»Schon klar«, raunte Jola zurück. »Kein Sterbenswort wegen Keira.«

»Danke!« Katie stupste sie an, und Jola spürte, dass dieses Geheimnis etwas zwischen ihnen veränderte. Sie waren noch keine Freunde, bestimmt nicht. Aber vielleicht konnten sie es werden.

Der geheime Raum unter dem Stall war tatsächlich so geheim, dass sie den Zugang bisher nicht bemerkt hatte.

»Dadrin sind sicher mal Sachen versteckt worden«, keuchte Stefan, als er das Heu umschichtete, das aus einem Schacht in den Stall herunterfiel. »Im Krieg.«

»Das müsste Opa doch wissen«, warf Anna ein. Sie fegte die letzten Reste zu einem Haufen zusammen und pfiff durch die Zähne, als sich die Konturen einer Tür auf dem Boden abzeichneten. Einer verborgenen Falltür.

»Irre«, flüsterte Jolas Vater. »Und was ist darunter?«

»Nichts.« Helen kam mit einem dicken, runden Eisenstück zurück und schob es so in die Öse, dass ein Griff entstand. »Vermutlich haben die Bauern da früher ihre Vorräte gelagert. Es gibt keinen Keller im Haus, irgendwo mussten sie ja damit hin.«

»Oder es war ein Verlies.« Anna schüttelte sich. »Ihr geht zuerst runter. Ich hab keine Lust, über einen vermoderten Schädel zu stolpern.«

»Also bitte. Das ist nur ein Keller mit einem etwas ungewöhnlichen Zugang. Stellt euch nicht so an.« Stefan zog an dem Griff, und die Bodentür quietschte fürchterlich, schwang aber nach oben. Ein schwarzes Loch klaffte vor ihnen.

»Das ist gruselig.« Anna griff nach Nikos Arm. »Wir holen die Sättel von drüben. Geht ihr mal da runter!«

Helen und Stefan wechselten einen Blick.

Katie trat vor und griff nach der Taschenlampe in Helens

Hand. »Seid doch nicht so feige! Da unten haben wir schon als Kinder gespielt!«

Jola sah eine Treppe im Lichtschein auftauchen, verwittert und schmal, aber immerhin eine Treppe. Sie setzte ihren Fuß auf die erste Stufe und stieg hinab in die Dunkelheit. Katie folgte ihr und ließ den Lichtschein durch die Kammer wandern.

»Schau mal! Ein Regal mit verstaubten Einmachgläsern.«

»Die Spinnweben musst du nicht so genau anleuchten.«

»Und was ist das? Eine alte Weinkiste. Cool.«

»Weinkiste?«, kam es von oben. Die Treppenstufen knarrten und Stefans Stiefel tauchten in den Lampenschein.

»Leider leer.«

»Seht euch das an!« Stefan nahm Katie die Lampe ab und leuchtete auf unverputzte Backsteinwände. »Sieht aus wie ein alter Gewölbekeller.«

»Gewölbe klingt irgendwie doch nach Kerker.« Katie schüttelte sich.

Jola deutete in eine Ecke. »Da liegen noch alte Kuchenbleche rum. Verhungert ist hier also keiner.«

»Ich sage es ja, das war ein Lager.« Helen trat in den Kellerraum, gefolgt von Jolas Vater. »Und hier ist Platz genug für deine Sättel, Stefan.«

»Trocken ist es auch.« Stefan rieb sich zufrieden die Hände. »Dann kommt, lasst uns die Holzständer zuerst herschaffen.«

Katie übernahm wieder die Taschenlampe und ging auf Entdeckungsreise. Jola wollte ihr hinterher, aber dann spürte sie einen Luftzug. Nicht von der Tür zum Stall, sondern aus der entgegengesetzten Richtung.

Gab es hier einen zweiten Eingang? Nein, die Luft kam aus

einem kleinen Schacht, der gerade mal so breit war, dass ihre beiden Fäuste hineinpassten. Sie konnte nicht sagen, wo er endete. Ihr linker Fuß stolperte über etwas, und sie bückte sich, um den Gegenstand aufzuheben und in Katies Lampenstrahl zu halten.

Es war der verschwundene blaue Striegel.

Geistergeschichten

Es war spät und dunkel, als sie damit fertig waren, alle von Stefans halb und ganz fertigen Sättel und Lederarbeiten in das geheime Lager unter dem Stall zu schaffen. Sie versammelten sich vor der Kastanie, und Helen kündigte an, einen Grog für die Erwachsenen zu spendieren und für die Kinder heiße Milch mit Honig. Anna und Niko wechselten einen Blick und verdrehten die Augen. Ziemlich sicher würden sie keinen Grog abbekommen.

Jola hockte sich auf die Reifenschaukel und ließ sich vom Wind im Halbkreis drehen. Gedankenverloren spielte sie mit dem Striegel, bis Katie plötzlich vor ihr stand und ihr einen sanften Schubs versetzte.

»He. Kommst du gar nicht mit rein?«

»Doch, doch. Gleich.«

»Was hast du denn da?«

»Einen Striegel.« Jola hielt ihn in die Luft.

»Aha.« Katie wandte sich zum Gehen, drehte sich aber noch mal um. »Die sind in der kleinen Kiste da an der Wand untergebracht. Einfach reinwerfen.«

»Mhm.«

Aber Katie ging nicht. Sie legte den Kopf schief, wie ein Hund, der grübelt, ob er gerade was verpasst hat. »Woher hast du ihn denn?«

»Er lag unten, in dem Kellerraum.«

»Ach so. Das passiert manchmal. Die fallen durch diesen Schacht.« Sie wartete. »Jola?«

»Ja. Ich bring ihn zurück.« Jola stand auf, wollte auf die Kiste zulaufen, die Kiste an der Wand mit dem Riegel daran, sie konnte sie von hier aus sehen, aber dann blieb sie doch stehen und drehte sich noch mal zu Katie um. »Ich dachte – ich dachte eben, dass ihn der Geist genommen hat. Ich dachte wirklich, dass es ihn gibt.«

Katie starrte sie an. Immerhin lachte sie nicht.

Schnell räumte Jola den Striegel auf und versenkte die Hände in den Taschen ihrer Wolljacke.

»Kommt ihr mal?« Anna hielt die Tür auf und nickte wartend in Richtung Wärme.

»Weißt du«, murmelte Katie leise hinter ihr, »unser Geist lässt nichts verschwinden. Er wirft manchmal Sachen durcheinander. Aber er klaut nichts. Und er … er hält sich auch eher im Stall auf. Und nicht draußen.«

»Dann gibt es ihn doch?« Jola fuhr herum und starrte Katie an.

»Oh Mann, Kinnas«, rief Anna ungeduldig. »Heute noch!«

»Jetzt nicht«, zischte Katie und packte Jola am Ärmel. Nebeneinander rannten sie ins warme Haus.

Als Grog und Milch ausgetrunken waren und die Kinder auf ihre Zimmer geschickt wurden, schlich Jola ungesehen noch mal nach draußen. Ihr Vater saß im Esszimmer mit Stefan zusammen und entwarf einen Werbeprospekt, für den er die Fotos schießen wollte; es konnte also dauern, bis er ins Bett ging und ihr Fehlen bemerkte.

Stefan hatte das Haupttor am Stall abgeschlossen und zusätzlich mit einem Vorhängeschloss gesichert. Ein zweites hatte er im Haus, das wollte er später noch anbringen. Das bedeutete, die Verbindungstür über den Paddock ließ sich jetzt noch von außen öffnen. Sie stemmte die schwere Tür auf und erkannte Keiras und Mileys Umrisse in ihren Boxen. Keira schnaubte nervös und tanzte in ihrer Box herum.

Im nächsten Moment schoss ein schwerer Schatten auf sie zu, blieb aber dicht vor ihren Beinen stehen und schnüffelte an ihrer Jeans. Minnie, natürlich – Minnie schlief ab sofort im Stall! Der Hund klebte sich an ihre Seite, und insgeheim war sie froh, ihn bei sich zu haben.

»Komm mal mit«, flüsterte sie ihr zu. »Ich muss nur schnell was nachgucken.«

Sie ging bis zu der Stelle, an der sich die Falltür befand. Stefan hatte lediglich den Eisenring entfernt, der lag oben auf einem der Schränke und drückte hoffentlich die eine oder andere Spinne platt. Sie stellte sich auf die Zehenspitzen, aber ihre Finger fanden nur dicke Staubflocken. Eigentlich hatte sie vorgehabt, noch mal nach unten zu steigen, allein. Die Sache mit dem Striegel ging ihr nicht aus dem Kopf. Konnte er nicht doch etwas mit dem Geist zu tun haben? Dem Geist, der angeblich in diesem Stall hauste? Aber jetzt, hier allein im Dunkeln … war sie ganz froh, dass sie den Eisenring nicht finden konnte. Vielleicht war es doch besser, bei Tageslicht wiederzukommen. Obwohl – Geister suchte man nicht am Tag. Oder?

Ein Rascheln, genau hinter ihr. Sie fuhr herum. Minnie konnte es nicht gewesen sein, die stand neben ihr, auf glattem Betonboden. Die Pferde? Nein, das Rascheln kam von links. Von der anderen Seite. Jolas Herz klopfte schneller, und sie biss sich so heftig auf die Lippe, dass sie augenblicklich Blut schmeckte. Ein Umriss schälte sich aus der Dunkelheit, heller als die Umgebung, hell, so wie …

Ein Schrei zerriss die Stille. Keira wieherte schrill. Etwas blendete Jola, grell und schmerzhaft. Für einen winzigen Augenblick war sie völlig blind. Sie floh regelrecht aus ihrem Versteck unter der Heubodenleiter und prallte mit der Schattengestalt zusammen.

»Jola!«

»Katie?«

»Mann, hast du mich erschreckt!«

»Ich dachte, du bist …«

Sie verstummten beide. Katie ließ ihr Handy sinken, mit dem sie Jola geblendet hatte, und scharrte betreten mit dem Fuß am Boden.

»Was?«, fragte sie und grinste schief. »Ein Einbrecher?«

»Der Geist«, flüsterte Jola leise.

Minnie hob den Kopf und wuffte leise und im nächsten Moment war der Stall hell erleuchtet.

»Kinder! Was macht ihr da?« Stefan stand im Eingang, schon im Schlafanzug. »Das geht doch nicht. Ab ins Haus mit euch!«

Minnie schaute ihnen nach, bis Stefan auch das zweite Tor mit einem Vorhängeschloss gesichert hatte. Und Jola war doppelt froh, nicht heimlich in den Keller gestiegen zu sein – sonst hätte sie womöglich die Nacht da unten verbracht!

Am nächsten Tag in der Schule war es Katie, die zeichnete. Zum Glück erwischte Herr Ernst sie nicht. Jonas hatte die Hausaufgabe nicht gemacht und nun feuerte Herr Ernst immer wieder unverhofft Zwischenfragen auf ihn ab. Jonas sank auf seinem Stuhl zusammen, und schließlich hatte Jola Mitleid mit ihm und begann, die richtigen Verbformen – sie übten das Present Perfect Progressive – auf ihr Blatt zu kritzeln und zu ihm rüberzuschieben.

»Ssst«, kam es von schräg hinter ihr.

Sie wartete, bis Herr Ernst wieder an die Tafel schrieb, und drehte sich um.

Das Mädchen neben Sanne hielt ihr einen zusammengefalteten Zettel hin und nickte heftig. Eilig griff Jola zu. Ihr entging nicht, dass Sanne ihr mit zusammengekniffenen Augen eine Horde giftiger Bananenspinnen an den Hals wünschte. Aber Sanne war gerade nicht ihr Problem.

Sie drehte sich wieder nach vorn und ließ den Zettel unter der Bank verschwinden. Es stand kein Name darauf, also konnte sie nur vermuten, dass er tatsächlich an sie gerichtet war. Trotzdem brauchte sie keine weitere »Wir leben den Respekt«-Predigt von Herrn Ernst, und so wartete sie brav ab, bis er einen Text aus dem Englischbuch vorlas, ehe sie den Zettel lautlos auseinanderfaltete.

Nur ein Wort stand darauf: *Ghost*. Daneben die Zeichnung einer Gestalt im wallenden Bettlaken, die auf einem umgedrehten Eimer hockte und tragisch-traurig aus dem Bild guckte. Die Stallgasse mit der langen Reihe Pferdeboxen …

Sie warf Katie einen schnellen Blick zu, aber die hing über ihrem Heft und flüsterte mit Lea. Erschrocken merkte sie, dass Herr Ernst aufgehört hatte zu lesen und die Klasse abwartend ansah. Sein Blick blieb an ihr hängen und sein Lächeln wurde freundlicher.

»Jola! Please let us know why the story has to end this way.«

Okay, Mist. Nicht gut. Nicht aufgepasst. Windschnell ließ sie den Zettel unter ihren Beinen verschwinden.

»Ähm …«, stotterte sie und versuchte vergeblich, sich an irgendwas von dem zu erinnern, was der Lehrer vorgelesen hatte.

Jonas schob ihr beiläufig sein Blatt hin. Darauf stand: *He does not exist.*

Verwirrt starrte Jola auf den Zettel. Fühlte, ob der Brief noch unter ihren Beinen klemmte. Hatte Jonas heimlich mitgelesen? Machte er sich über sie lustig? Sie machte den Mund auf, wollte dem Lehrer antworten – aber dann antwortete sie jemand anderem. Jemandem, der schräg hinter ihr hockte und gerade ein unheimliches, unglaubliches Geheimnis mit ihr geteilt hatte.

»I believe he exists.«

Die Klasse lachte laut auf.

Herr Ernst zog die Brauen hoch und fragte: »Really? You believe in Santa Claus?«

Jola spürte, wie sie rot wurde. Sie konnte das Blut in ihrem Kopf blubbern und kochen hören.

Herr Ernst hob die Hand und die anderen verstummten. »Jola, please tell us the story I just read next time again. In your own words, please. And Jonas, thanks for your help. Nice of you to return the favour.«

Die anderen kicherten und begannen, ihre Sachen zusammenzuräumen. Herr Ernst schüttelte leicht den Kopf, aber irgendwie sah er mehr amüsiert als verärgert aus.

Jola wandte sich um und guckte Katie an. Katie schaute zurück, und sie war die Einzige, die nicht kicherte. Ihr Blick war völlig ernst.

Also doch, dachte Jola und spürte, wie ihr Herz vor Aufregung schneller schlug. Du glaubst also wirklich an Geister!

Reitverbote

Niko wartete vor den Bussen auf Katie und hielt ihr den Zweithelm hin. Aber Katie, die zwischen Lea und Sanne die Treppen hinunterhopste, schüttelte nach kurzem Zögern den Kopf.

»Jetzt komm schon, ich muss doch eh zu euch raus!«

»Heute nicht. Hab noch was zu erledigen.«

Jola, die ein paar Schritte hinter ihr ging, spürte, wie ihr Herz einen Sprung machte. Katie wollte mit ihr reden, ganz bestimmt! Aber solange Lea und Sanne dabei waren, konnte sie das nicht.

Die Mädchen blieben vor den Bussen stehen und steckten die Köpfe zusammen. Jola tanzte von einem Bein aufs andere. Sie wartete, dass Katie zu ihr kam und sie über die Sache mit dem Geist reden konnten, aber Katie machte keine Anstalten, ihr Getuschel und Gegacker zu beenden. Enttäuscht wandte Jola sich ab. Dumm rumstehen brauchte sie auch nicht. Gerade als sie in den Bus einsteigen wollte, hielt ein Polizeiauto auf dem Parkplatz.

»Papa!« Lea lief ihrem Vater entgegen. Der Polizist sah müde aus. Und besorgt. Lea merkte es auch. »Was ist los? Ist was passiert?«

»Kann man so sagen. Katie, steig ein, ich nehme dich mit nach Hause. Ich muss mit deinen Eltern reden.«

Die Mädchen tauschten einen erschrockenen Blick.

»Warum? Was ist denn, Papa? Sag schon!«

Aber der Polizist schüttelte nur den Kopf und hielt die hintere Tür des Polizeiautos auf. Katie krabbelte hinein, während Lea auf dem Vordersitz Platz nahm. Sanne blieb zurück. Sie sah zu Niko, der den Zweithelm verstaute und den Kickstarter an seinem Motorrad betätigte. Er machte keine Anstalten, statt Katie sie mitzunehmen, also schlurfte sie mit bedröppelter Miene allein zum Bus.

»Stopp«, rief Katie laut. »Jola muss auch mit!«

Der Polizist nickte ihr zu und Jola rutschte schnell neben Katie auf die Rückbank. Es war ein komisches Gefühl, hinten in einem Polizeiauto zu sitzen. Ein Gitter trennte den Fahrer von den Insassen. Bestimmt saßen sonst richtige Verbrecher hier, in Handschellen gefesselt, auf dem Weg ins Gefängnis …

»Es hat wieder einen Einbruch gegeben«, informierte Leas Vater sie, als er auf die Hauptstraße einbog. »Im Reiterladen.«

»Nein!«, kreischten Katie und Lea gleichzeitig.

»Die Diebe haben in der Nacht zugeschlagen. Sie sind wahrscheinlich durch das kleine Fenster über den Umkleiden hineingekommen. Wie, ist uns zwar noch ein Rätsel, denn es gibt keine Einbruchspuren … Und dann haben sie zwei teure Pferdedecken und ein gutes Dutzend Sättel mitgehen lassen. Natürlich nur die besten.«

»Die Diebe kennen sich also aus«, schlussfolgerte Lea mit Grabesstimme. »Die wissen genau, wo was zu holen ist und was sich zu stehlen lohnt.«

»Davon gehen wir aus.« Der Polizist schwieg einen Moment. »Leider gibt es auch diesmal keine einzige verwertbare Spur. Es ist, als hätten wir es mit einem Geist zu tun.«

Jola fuhr zusammen und blickte Katie erschrocken an.

Aber die schüttelte nur ganz leicht den Kopf und zischte: »Jetzt nicht.«

Sie fuhren aus Steinbach raus und Leas Vater gab Gas. Jola sah, dass Niko genau hinter ihnen fuhr. Aber das Polizeiauto war schneller.

»Es sieht alles danach aus, dass es sich um eine professionelle Bande handelt.« Der Polizist seufzte. »Und die zu schnappen, dürfte richtig schwierig werden. Wenn sie klug sind, meiden sie die Gegend in der nächsten Zeit und verschwinden von hier.«

»Das glauben Sie aber nicht«, vermutete Katie mit rauer Stimme.

Der Polizist warf einen grimmigen Blick in den Rückspiegel. »Ich hoffe es nicht. Schließlich will ich diese Typen unbedingt kriegen!«

Sie bogen auf die Straße zum Ginsterhof ab, und der Kies flog links und rechts hoch, als das Polizeiauto unter der Kastanie stehen blieb. Helen kam sofort angelaufen, gefolgt von einer Sabber hechelnden Minnie, und spähte besorgt ins Innere des Wagens.

»Ist was mit den Mädchen?«, fragte sie und atmete erleichtert auf, als Katie und Jola unversehrt von der Rückbank kletterten.

»Keine Sorge, Helen. Ich habe deine Mädels nur mitgenommen. Aber es gibt etwas, worüber wir reden müssen. Kannst du Stefan rufen, bitte? Und vielleicht sollte dein Vater das auch hören. Ist er da?«

»Natürlich. In der Werkstatt. Ich hole die beiden gleich. Lass uns reingehen. Kinder – ach, wisst ihr, was, wir essen heute einfach später.«

Die Erwachsenen verschwanden im Haus. Katie und Lea sahen sich an.

»Wir haben die Sättel schon weggeschafft. Das werden sie ihm gleich sagen. Es gibt diesen alten Geheimkeller unter dem Stall, den man nur über eine Falltür erreicht. Kannst du dich erinnern? Als wir klein waren, haben wir einmal da unten gespielt.«

»Ja, stimmt!« Lea schüttelte sich. »Deine doofe Schwester und Niko haben die Tür über uns zugemacht und uns eingesperrt. Ich weiß noch, dass ich echt Schiss gekriegt habe.«

Katie lachte. »Du hast sogar gebrüllt, du würdest das deinem Papa erzählen und der würde sie dafür ins Gefängnis werfen.«

»Damals haben wir das sogar geglaubt.« Niko kam auf sie zu, Helm in der Hand, und strich sich die Haare aus der Stirn. »Was jetzt? Reingehen und lauschen?«

Katie holte tief Luft und grinste Niko vielsagend an. »Na jaaaa … ich hätte da eine Idee.«

»Oh no, Katie.« Niko verdrehte die Augen. »Das gibt Stress, das weißt du!«

»Komm schon. Das ist die Gelegenheit! Die sind beschäftigt, die müssen jetzt Pläne schmieden und Verbrecher jagen und was weiß ich noch alles. Die Küche geht vorne raus. Die sehen uns nicht, wir bringen ihn in den Zweier, das geht doch schnell! Los, Niko. Bist doch sonst nicht so ein Feigling!«

»Du wirst nicht dafür ins Gefängnis kommen«, warf Lea ein, und sie und Katie prusteten los.

»Also, von mir aus. Aber gleich! Und ich nehm dich an die Longe, klar?«

Katie klatschte aufgeregt in die Hände und fiel Niko um den Hals. »Davon träum ich schon, seit er da ist!«

Jola folgte ihnen zum Stall. Sie holten Zaumzeug, Sattel und Longe aus der Kammer, und Jola griff nach der Longe, damit sie auch etwas zu tragen hatte. Katie steckte schnell noch eine Handvoll Leckerlis ein, Lea lief los, um eine Bürste aus dem Wandschrank mitzunehmen.

Die Herbstsonne stand genau über der Pferdekoppel. Der weiße Hengst leuchtete richtig in dem hellen Licht, als würden die Strahlen an ihm abprallen. Katie trat auf ihn zu und er hob überrascht den Kopf. Die Zügel ließ er sich anstandslos über den Hals ziehen. Lea reichte Katie die Bürste und sie fuhr in zwei Zügen über das ohnehin makellose Fell. Der Hengst führte einen kleinen Tanz auf, als Katie ihm einen Sattel auflegte, ließ es sich aber ebenfalls gefallen. Katie streckte sich, legte einen Arm von unten um seinen Hals und wollte ihm das schwere Gebiss ins Maul schieben, aber der Hengst biss die Zähne zusammen und zog mit einem Ruck den Kopf weg. Er schüttelte seine Mähne aus, als wäre es unter seiner Würde, so ein Ding zu tragen.

»Versuch es mit dem Halfter«, rief Niko, der am Zaun Wache hielt. »Ich hab ihn ja an der Longe«

Lea reichte ihr ein Halfter und Katie streifte es dem Hengst über die Ohren. Er stand still, während sie zwei Stricke in die seitlichen Halfterringe einklinkte und die Enden behutsam über seinen Hals legte.

»Du traust dich was.« Lea pfiff anerkennend durch die Zähne.

Katies Wangen waren rot vor Aufregung. Sie wartete, bis Niko das Gatter geöffnet hatte, und führte den Hengst raus auf den Weg, der sich durch den Obstgarten zum überdachten Reitplatz schlängelte. Jola lief hinter ihnen, mit ein paar Schritten Abstand. Nicht, weil sie sich vor ihm fürchtete … das alles erschien ihr nur irgendwie nicht richtig. Der Hengst ließ sie gewähren, aber sie wurde das Gefühl nicht los, dass er zu seinen Bedingungen mitspielte. Etwas ging mit diesem Pferd vor, aber Katie war zu sehr mit sich beschäftigt, um das zu merken.

Auf dem Reitplatz klinkte Niko die Longe in das Halfter ein und stellte sich so, dass er den Fluchtweg des Hengstes nicht versperrte. Katie strich ihm über den Hals, dann zog sie sich mit einem gekonnten Ruck auf seinen Rücken. Die Zeit schien stillzustehen, für beide. Für sie alle. Der Hengst lauschte. Katie rührte sich nicht und Niko sah nur Katie an und wartete auf ihre Reaktion.

»Komm«, flüsterte Lea und stupste Jola an. Nebeneinander kletterten sie auf die kleine Tribüne und warteten ebenfalls.

Es war der Hengst, der bestimmte, wann es losging. Mit langen Schritten begann er, im Kreis um Niko herumzulaufen. Katie saß sehr ruhig auf seinem Rücken und hielt die Zügel locker in den Händen. Ein zufriedenes Lächeln lag auf ihrem Gesicht.

»Lassen wir ihn traben!« Niko nahm die zweite Hand zu Hilfe, und Katie tat irgendetwas, was der Hengst offenbar verstand, denn er lief jetzt schneller um Niko herum. Sein Hals bog sich, und sein Körper sah geschult aus, so als hätte er das schon tausendmal gemacht.

Aber etwas passte nicht. Mit seinen Ohren war er nicht bei der Sache. Die kreisten, wie kleine Propeller. Suchend. Als würde er noch immer warten.

»Mach ihn los, bitte!« Katie bremste den Hengst und kam auf Niko zu. »Du siehst doch, wie fein er reagiert. Wir sind ja hier drin, was soll schon passieren?«

»Ich komme in die Hölle«, knurrte Niko und grinste entschuldigend zu Lea und Jola hoch. »Sie ist der Boss! Na ja, zumindest wird sie es mal. Vielleicht. Wenn sie sich nicht erwischen lässt.«

»Jetzt laber nicht und mach das Ding ab!« Katie ließ den Hengst losgehen, sobald Niko die Longe gelöst hatte.

Wieder drehten seine Ohren Kreise, und wieder hatte Jola das seltsame Gefühl, als würde der Hengst bestimmen und nicht Katie. Oder sah das nur so aus? Sah es vielleicht immer so aus und sie hatte es nach all den Jahren nur vergessen? Stöhnend rieb sie sich die Stirn.

»Wow, hat der Gänge!« Katie trabte in Schlangenlinien über den Platz, drehte große und kleine Kreise, wechselte die Seite. Aber schon bald wurde es ihr zu langweilig und sie ließ den Hengst galoppieren.

Es geschah zu schnell, um etwas dagegen zu unternehmen. Jola fuhr hoch und umklammerte das Geländer, genau in dem Moment, in dem der Hengst Anlauf nahm und sprang. Katie war eine grandiose Reiterin, sie schaffte es tatsächlich, auf seinem Rücken zu bleiben – Jola hatte keine Ahnung, wie. Dann ging es los. Den Weg hinunter, zwischen den Feldern hindurch. An den Quittenbäumen vorbei, schräg zurück zum Ginsterhof. Und alles in einem Höllentempo.

»Katie«, schrie Niko noch, unsinnig, weil sie längst weg war. Er warf die Longe auf den Boden, legte eine Hand auf die Umzäunung und hechtete ebenfalls darüber. Er rannte den Weg hinunter, gefolgt von Lea, die die ganze Zeit »Oh mein Gott, oh mein Gott« quiekte.

Jola folgte ihnen ebenfalls. Sie rannte nicht, wozu auch? Den Hengst holten sie nicht ein. Das war sein Plan gewesen, von Anfang an. Vielleicht wollte er nur raus, abhauen, zurücklaufen – dorthin, wo er hergekommen war? Ja, vielleicht sollten sie ihn laufen lassen.

Aber Katie würde ihn nicht laufen lassen. Sie würde alles tun, um ihn zu stoppen.

»Katie!« Der Schrei klang so gar nicht ängstlich. Der klang superwütend. Und er stammte von Helen, kein Zweifel.

Jetzt beeilte Jola sich doch. Sie lief um die Kurve und blieb abrupt vor Stefans Werkstatt stehen. Dort standen sie, alle, die Webers, Katies Großvater, Leas Vater und ein erschrocken dreinblickendes Pony Colorado. Der Hengst gebärdete sich wie verrückt vor ihnen. Der Polizist stand am nächsten dran und griff nach den Zügeln, aber der Hengst stieg steil in die Luft und entzog sich ihm.

»Beug dich nach vorn«, schrie Stefan seiner Tochter zu.

»Spring ab!«, keuchte Helen. »Sofort!«

Katies Großvater stieß die Tür zur Werkstatt auf und zerrte Colorado mit sich, und Katie schaffte es, die kurze Phase zwischen zwei wilden Bucklern abzupassen und vom Rücken des Hengstes zu rutschen. Die Zügel ließ sie nicht los, aber es brauchte die Kraft aller Anwesenden, um den Hengst davon abzuhalten, in die Werkstatt zu stürmen.

»Schafft ihn in den Stall!« Helen stieß das Tor auf und gemeinsam bugsierten sie das wild gewordene Pferd hinein. Kurz darauf hörte Jola einen Riegel, der zurückgeschoben wurde, dann das Donnern von Hufen auf Sandboden, als der Hengst auf den Paddock stürmte. Helen stapfte wieder aus dem Stall und ließ Sattel und Trense achtlos auf den Boden fallen.

»Ich fasse es nicht.« Helen Weber keuchte noch immer, aber ihr Gesicht glühte vor Zorn, als sie zu ihrer Tochter aufschaute. »Ich habe dir verboten, ihn zu reiten! Wie lange geht das schon so? Nicht mal einen Helm trägst du! Du hättest dir den Hals brechen können! Aber so nicht, Fräulein. Das hat Konsequenzen. Die nächsten drei Tage ist das Reiten gestrichen!«

»Was?« Katie heulte fast. »Drei Tage? Das kannst du nicht machen!«

»Doch, das kann ich sehr wohl. Ich habe es satt, dass du dich benimmst wie ein Kleinkind. Wenn du schon nicht auf mich hörst, dann schalte wenigstens deinen Verstand ein!«

»Wir hatten ihn ja zuerst an der Longe«, warf Niko zaghaft ein. Er duckte sich ein wenig, als Helen zu ihm herumfuhr und jetzt ihn anfunkelte.

»Ach ja? Und? Wo ist die?«

»Na ja, Katie … sie wollte eben …«

»Es ist mir egal, wer was wollte. Was ich gesehen habe, reicht mir.« Sie schaute ihre Tochter ernst an. »Geh. Wir unterhalten uns später weiter.«

Katie kämpfte gegen die Tränen, Jola konnte es sehen. Aber dann liefen sie doch.

»Das ist so fies«, schrie sie wütend und rannte zum Haus hinüber.

»Musste das sein?« Stefan hob die Hände, als Helen jetzt auf ihn zukam. »Es ist ja niemandem was passiert.«

»Na, das war ja klar«, fauchte Helen. »Du hältst mal wieder zu ihr.« Sie drehte sich zu Niko um. Schaute zu Lea, dann zu Jola. »Ich will niemanden von euch noch mal auf diesem Pferd erwischen. Ist das klar?«

Niko brummte etwas von »'tschuldigung« und »nicht nachgedacht«, aber es tat ihm bestimmt keine Sekunde lang leid. Er würde es noch mal ganz genauso machen. Katie auch, da war Jola sicher.

Der Polizist legte den Arm um seine Tochter. »Komm, Lea, lass uns fahren.«

Lea zögerte und schielte zum Haus hinüber, als habe sie ein schlechtes Gewissen. »Kann ich nicht noch ein bisschen bleiben?«

»Heute nicht, Lea«, bestimmte Helen. »Katie muss jetzt mit ihren Gedanken allein sein.«

Lea murmelte einen Abschied, dann schlich sie neben ihrem Vater zum Polizeiauto und stieg wieder auf der Beifahrerseite ein. Sie warf Jola noch einen Blick zu, aber was der bedeuten sollte, konnte Jola nicht erraten.

»Geh mit deinen Schülern bei dem schönen Wetter ausreiten«, sagte Helen zu Niko und rieb sich die Schläfen. »Und bitte keine Dramen, mir reicht es für heute.« Damit drehte sie sich um und verschwand im Stall.

»Du kannst wieder rauskommen«, sagte Stefan zu Colorado, der ängstlich durch den Türspalt lugte. Das Pony schnupperte, und als es sah, dass die Luft rein war, trat es wieder ins Freie. Stefan kraulte ihm die Ohren. »Ihr müsst Helen verstehen. Wir wissen doch gar nichts von diesem Pferd. Und dann ist er auch noch ein Hengst. Wer weiß, was der im Kopf gehabt hat. Es geht nicht darum, dass sie euch den Spaß nicht gönnt, im Gegenteil – ich wette, am liebsten würde sie ihn selbst längst reiten! Aber wir müssen vernünftig sein, wir alle. Bevor wir nicht wissen, wo er herkommt und was mit ihm passiert sein könnte, ist der Schimmel tabu.«

»Ich weiß«, murmelte Niko. »Schon klar.«

»Dann ist ja gut.« Stefan hob seine Nase in die Sonne und schloss für einen Moment die Augen. Hinter ihm öffnete sich die Tür zur Werkstatt und Katies Großvater trat ins Freie.

»Geht es ihr gut?«

»Na ja.« Stefan sah ihn an. »In drei Tagen geht es ihr besser«

»Ich sehe mal nach ihr.« Der alte Mann wollte zum Wohnhaus hinüber, aber Stefan hielt ihn am Arm fest.

»Lass sie – die darf jetzt ruhig ein bisschen schmollen. Es ist ja nichts passiert.« Er schob Colorado zurück in die Werkstatt. »Außerdem müssen wir drei noch einen Sattel fertig machen!«

Jola lief neben Niko her und half ihm, Stricke und Halfter aus der Kammer zu holen. Durch den Unterstand ging es zur Koppel. Sie sahen Helen weit draußen auf der Wiese, mit einer Mistkarre und einem Bollensammler auf dem Weg zum Unterstand.

»Mensch, wie blöd.« Niko schwang sich über den Zaun und schnalzte mit der Zunge. Sofort kamen die ersten Pferde angelaufen – es waren die drei mit der blonden Mähne. Niko packte sie routiniert am Schopf und zog ihnen die Halfter über die Ohren. Er ließ sich nicht von ihnen rumschubsen, aber bei ihm versuchten sie auch gar nicht, in den Taschen nach Essbarem zu wühlen.

»Du, Niko«, sagte Jola und streckte die Hand aus, um eines der Pferde zu streicheln. »Warum hat er verrücktgespielt? Was wollte er?«

Niko hatte sich schon das nächste Pony geschnappt, den frechen Grauschecken mit der Stachelschweinfrisur. »Keine Ahnung. Pferde haben das manchmal. Vielleicht haben die anderen rumgesponnen und er ist deshalb durchgegangen. Ich weiß auch nicht, warum. Einen wirklichen Grund gab es nicht.«

Als er fertig war, öffnete Jola das Tor. Niko klinkte zwei Stricke seitlich ins Halfter des Grauen und schwang sich mit einem Satz auf seinen blanken Rücken.

»Heya«, schrie er und ließ den Arm kreisen.

Die Pferde vor ihm schnaubten, dann fegten sie alle gleichzeitig los.

»Machst du zu?« Niko trieb sein Pony an und galoppierte hinterher.

Immerhin, die anderen machten keine Anstalten, ebenfalls mitzulaufen. Sie wussten anscheinend genau, dass Niko nur die mitnahm, denen er ein Halfter anlegte. Sorgfältig verschloss sie das Tor und kontrollierte zweimal, ob es auch wirklich richtig zu war. Nicht noch ein Drama, hatte Helen gesagt.

Einen Moment lang blieb Jola unschlüssig stehen. Niko gab eine Reitstunde, Katie hatte Hausarrest oder Reitverbot, was für sie wahrscheinlich ein und dasselbe war. Außerdem wartete noch ein Berg Hausaufgaben auf sie. Doch als sie sich in Bewegung setzte, liefen ihre Füße wie von selbst am Zaun entlang, bis sie vor dem abgetrennten Teil der Koppel stand.

Der Hengst hatte sich ans andere Ende der Wiese verzogen, nah zum Zaun, und schaute raus. Was gab es da zu sehen? Dichtes Gestrüpp schirmte den Blick ab. Dahinter lagen nur Felder, abgeernteter Mais, eine Ackerwiese, wieder Sträucher. Ginsterbüsche.

Was siehst du?, dachte Jola. Wo willst du hin?

Sie spähte zur Weide, wo Helen die Schubkarre jetzt auf die Bäume zuschob. Ganz oben am Waldrand, weit genug weg. Mit Schwung stemmte sie sich hoch und hockte sich auf den obersten Balken. Die Sonne kitzelte auf ihrer Haut, warm und wohlig. Dafür schwirrten winzige, nervige Fliegen vor ihrem Gesicht herum. Die hatten wohl immer noch nicht mitbekommen, dass der Sommer eigentlich schon vorbei war.

Sie stieß einen leisen Pfiff aus, aber nichts geschah. Die Fliegen ließen sich davon auch nicht vertreiben, also machte sie die Augen zu und hoffte, sie würden ihr nicht in die Nase kriechen.

Wenn es mein Pferd wäre, könnte ich es rufen, dachte sie. Dann hätten wir Geheimsignale, die nur wir beide kennen. Ein Schnalzen, ein Pfeifen. Vertraute Bewegungen.

War das bei ihrer Mutter und ihrem Pferd so gewesen? Sie konnte sich nicht mehr erinnern, da war nur ein Stall in ihrem Kopf, eine Box, groß, geräumig, warm und hell. Bestimmt hatten auch sie diese Geheimsprache beherrscht.

Ein Luftzug wehte über die Koppel, ein kühler Wind, der die Fliegen wegwirbelte. Sie breitete die Arme ein Stück aus. Dann stellte sie sich vor, sie würde vor ihrer Mutter auf dem Pferd sitzen, gehalten und geschützt von ihrem Körper, und sie hätte nicht die geringste Angst, der Ritt würde sich anfühlen, als würde sie fliegen … Sie machte die Augen wieder auf und wäre beinah rückwärts vom Balken gefallen.

Vor ihr stand der weiße Hengst. So nah, dass sie seine Wimpern zählen konnte.

»Wow«, wisperte sie. »Kannst du Gedanken lesen?«

Der Hengst stand ganz still und schaute sie an. Sie blies die Fliegen weg, die wieder in ihr Blickfeld sirrten, Fliegen, die nur sie attackierten, nicht aber den Hengst. Sein Blick war dunkel und tief. Dann wieherte er und seine Stimme klang dumpf und verzweifelt.

»Ich mach ja alles«, rief sie, und ihre Augen brannten plötzlich. »Wenn ich nur wüsste, was du willst!«

Lotte
1944

Sie saß auf der Bank hinter dem Stall und schrubbte Lederzeug, als Herr von Weyke und seine Frau vom Remontemarkt zurückkamen. Die Erwachsenen sahen besorgt aus, und sie fragte sich, ob die Geschäfte schlecht gelaufen waren. Sie war nicht traurig darüber. Kein Pferd, das dort verkauft wurde, sah sie jemals wieder. Sie wollte gar nicht darüber nachdenken, was in der Armee mit ihnen geschah.

Zum Glück gilt das nicht für Wolkenherz, dachte sie, und ihr Herz machte einen Sprung, als sie zum Reitplatz hinübersah.

Max trainierte den Hengst an der Longe. Er brauchte nicht viel zu tun, nur ganz leicht mit der Zunge zu schnalzen, und schon wusste Wolkenherz, was von ihm verlangt wurde. Sie fühlte unbändigen Stolz, wenn sie ihn betrachtete. Natürlich gehörte er nicht ihr, das würde er nie, aber sie hatte geholfen, ihn an das neue Reithalfter zu gewöhnen und ihm die Signale beizubringen, die Max benutzte. Alles, was sie je von ihrem Vater gelernt hatte, funktionierte bei dem Hengst, als würden sie dieselbe Sprache sprechen.

Nein, Wolkenherz konnten sie nicht fortschicken. Niemals. Sie mussten doch sehen, was für ein einmaliges Pferd er war! Sein Fell glänzte in der untergehenden Sonne. Noch war es silberschwarz, aber die weißen Stichelhaare, die sich durch sein Fell schoben, ließen es an manchen Stellen bereits grau erscheinen.

»Max!« Herr von Weyke wedelte mit den Armen, bis Max zu ihm hinübersah.

Sofort blieb Wolkenherz stehen. Max trat zu ihm und nahm ihm die Longe ab und der Hengst folgte ihm über den Hof wie ein Hund.

»Was ist denn los?«

»Ich muss mit dir sprechen. Sofort.«

Es klang ernst, und wieder spürte sie, wie besorgt Herr von Weyke war. Ihr Herz schnürte sich zusammen. Es ging um Wolkenherz, ganz bestimmt! Er durfte ihn nicht verkaufen, niemand durfte Max und Wolkenherz trennen!

Max sah sie an und lächelte ganz leicht, und sofort fühlte sie sich federleicht, als würde sie schweben. Er vertraute ihr sein Pferd an, ihr und keinem sonst.

Ich habe auch ein Herz aus Wolken, dachte sie und lächelte scheu zurück. Ohne ein Wort legte sie ihre Arbeit zur Seite und breitete leicht die Arme aus. Max wartete, bis Wolkenherz mit tiefem Kopf zu ihr herübertrabte und seine Stirn gegen ihren Bauch drückte. Dann erst folgte er seinen Eltern.

»Keine Angst, mein Großer. Du bist hier sicher.«

Aber ihre Worte klangen hohl. Als würde sie lügen. Dabei wusste sie selbst nicht mehr, was sie glauben sollte. Seit ihr Vater fort war, war nichts mehr sicher.

Zwei Reiter und ein Pferd

Jola sah Katie den ganzen Tag nicht mehr. Sie hatte sich in ihrem Zimmer eingeschlossen und kam auch nicht zum Abendessen runter. Am nächsten Morgen lief Anna mit ihnen zum Schulbus und Katie zog sich nur ihre Kapuze ins Gesicht und stapfte wortlos nebenher.

Herr Ernst schrieb einen Test in Geschichte und ließ Jola in Englisch von Neuseeland erzählen. Er wollte alles ganz genau wissen und malte ihre Reiseroute auf der Landkarte mit. Jola kam sich vor wie eine Streberin, dabei erzählte sie sachlich und ohne jede Angeberei. Trotzdem liefen die anderen nach der Stunde tuschelnd in die Pause und Jola blieb wieder allein zurück.

Es dauerte eine Weile, bis sie bemerkte, dass Katie nicht bei den anderen war. Sanne und Lea saßen mit ein paar Mädchen aus der Klasse zusammen und diskutierten die Mathehausaufgabe. Sie ging zu ihnen.

»Habt ihr Katie gesehen?«

Sanne zuckte nur mit den Schultern und steckte ihre Nase wieder ins Mathebuch.

Lea schaute sie eine Weile prüfend an, dann deutete sie auf den Gang, der zur Schulbibliothek führte. Zu beiden Seiten des Gangs lehnten Schüler an den Wänden und kauten auf ihren Pausensnacks oder lachten miteinander. »Sie ist vorhin mit Niko in der Bib verschwunden.«

»Danke.« Jola nickte ihr zu und wandte sich um.

In der Bibliothek war sie noch gar nicht gewesen, deshalb musste sie auch zuerst den Eingang suchen, der im Untergeschoss lag. Über eine schmale Treppe gelangte man dorthin.

Die Bibliothek war ein staubiger, hoher Raum mit langen Regalreihen voller bunter Buchrücken. Oben gab es eine Empore, die man über eine offene Treppe erreichte. Dort standen ebenfalls Bücher und dazwischen akkurat ausgerichtete Tischchen mit je zwei Stühlen und einer Leselampe.

Jola schlenderte durch den Raum, der ihre Schritte zu verschlucken schien. Aber die Bibliothek war nicht groß, und ziemlich schnell stand sie vor dem letzten Regal, das an der Wand lehnte. Entweder gab es hier auch ein Geheimzimmer oder Katie und Niko waren nicht da.

Sie lief den Mittelgang zurück, ohne groß auf die Bücher zu achten. In Neuseeland hatte sie eine Geschichte nach der anderen verschlungen. Wenn sie einen Ort kannte und es nichts weiter zu erkunden gab, hatte sie sich im Zeltdach des Bullis aus Kissen ein kuscheliges Lager gebaut und stundenlang dort gelesen.

Am Eingang, gegenüber den langen Buchreihen, stand ein breiter Schreibtisch, hinter dem eine Frau mit dicker Hornbrille und knallroten Haaren hockte. Sie sah Jola nur minder interessiert an. Jola wollte schon an ihr vorbei aus der Bibliothek schlüpfen, da fiel ihr die Treppe wieder auf. Oben gab es auch noch Bücher. Und vor allem Tische, an denen man sitzen und viel besser lesen konnte.

Die Stufen waren mit blauem Teppich ausgelegt, damit man sich auch hier lautlos bewegte. Jola stieg Stufe um Stufe höher, bis sie über das Geländer auf die Empore sehen konnte. Niko entdeckte sie zuerst. Eigentlich nur sein Hinterteil. Er hatte sich tief über einen Tisch gebeugt, auf dem irgendetwas lag. Katie saß ihm schräg gegenüber und hielt sich mit einer Hand an der Tischkante fest, als hätte sie Angst, gleich vom Stuhl zu kippen.

»Sag ich doch!«, quiekte Katie und schlug mit der flachen Hand auf den Tisch. »Wir haben auf der falschen Seite gesucht!«

»Pssst!«, kam es unwirsch von unten. Die rothaarige Bibliothekarin schüttelte mahnend den Kopf.

Jola stieg die Treppe weiter nach oben und blieb unschlüssig stehen. Die anderen bemerkten sie nicht, sie waren viel zu vertieft in ihren Fund. Da zerriss ein Gong die verordnete Stille und Katie sprang auf und stellte das Buch hastig zurück ins Regal.

Niko grinste ihr zu, als er sie auf der Treppe entdeckte, und lief wortlos an ihr vorbei.

Katie griff nach ihrem Arm. »Komm schnell, es hat schon gegongt. Und ich muss noch aufs Klo!«

Jola ließ sich von ihr mitziehen, aber vor dem Mädchenklo schüttelte sie Katies Hand ab. »Warte doch mal, was habt ihr …« Katie tanzte von einem Bein aufs andere. »Ich muss echt mal, wartest du hier? Bin gleich wieder da.«

Jola blieb im Gang zurück und sah den Schülern zu, die eilig in die Klassenräume verschwanden. Warum erzählten die beiden ihr nicht, was sie rausgefunden hatten? Sie brannte darauf, Katie nach dem Geist zu fragen. Aber dauernd war sie anderweitig beschäftigt. Zum Beispiel damit, verbotene Pferde zu reiten. Bestimmt hatten die zwei etwas über den Geist rausgekriegt, und es fuchste sie, dass sie sie schon wieder behandelten wie eine Zuschauerin.

Kurzerhand machte sie kehrt und lief zurück in die Bibliothek. Es war ihr egal, dass sie zu spät zur fünften Stunde kam. Sie musste einfach nach dem Buch suchen, das eben zwischen Katie und Niko auf dem Tisch gelegen hatte!

Sie stieg die Treppe wieder hinauf und achtete nicht auf den tadelnden Blick der Bibliothekarin. Oben suchte sie den Tisch, an dem Katie und Niko gesessen hatten, und drehte sich dann zu dem Regal um. Hier waren die Buchrücken gar nicht mehr bunt und unterschiedlich, hier oben sahen sie sich alle schrecklich ähnlich. Jola schaute hoch. »Biologie/Zoologie« stand auf dem Schild am Ende der Reihe. Fachliteratur? Sie ließ ihren Blick wieder über die Titel wandern. »Tiermedizin – ein Lexikon«. »Bachblütenheilkunde für Tiere«. »Die Physiologie des Pferdes«. Sie stutzte, fuhr mit dem Finger die Buchtitel entlang. Pferdefachbücher! Natürlich! Aber wonach hatten sie gesucht?

Dabei war es so einfach. Katie hatte in ihrer Hektik das Buch nur nachlässig zurück ins Regal gestellt und damit ein anderes Werk gerammt, das nun hinter dem ersten klemmte und sich mit ihm verkeilt hatte. Es schaute zu einem Viertel aus dem Regal heraus. Jola griff danach, und ihre Finger kribbelten, als hielte sie ein Geheimnis in Händen.

Ein altes, verstaubtes Buch. Abgegriffen und fleckig. Sie schlug es auf, blätterte darin. Fachliteratur erklärte doch normalerweise etwas, oder? Dieses Buch erklärte nichts. Es enthielt nur seltsame Hieroglyphen, Seite um Seite. Darunter standen Namen – nein, Bezeichnungen. Arabisches Vollblut. Bayerisches Warmblut. Connemara. Irritiert klappte sie das Buch wieder zu.

Als der zweite Gong ertönte, der den endgültigen Beginn der fünften Stunde verkündete, schob sie das Buch zurück ins Regal, sorgfältiger als Katie, damit es ganz hineinpasste. Erst da fiel ihr auf, dass sie den Titel überhaupt nicht gelesen hatte. Sie legte den

Kopf schräg und las: Brandzeichen. Brandzeichen? Enttäuscht schüttelte sie den Kopf.

Was immer Katie gesucht hatte, mit dem Geist hatte es wohl nichts zu tun.

Beim Mittagessen saßen drei Jugendliche am Tisch, die Jola noch nie gesehen hatte. Sie bekam schnell mit, dass sie zu Annas Band gehörten und gekommen waren, um für das geplante Konzert zu proben.

Katie stocherte lustlos in ihrem Mais und rollte ihre Kartoffelknödel über den Teller. Die war mit ihren Gedanken ganz woanders, so viel war klar.

»Mach mal lauter«, rief Anna plötzlich.

Ein Junge sprang auf und drehte am Lautstärkeregler des Küchenradios. »… niemandem zu gehören scheint. Es handelt sich um einen Schimmelhengst, Stockmaß etwa 1,70, ohne Abzeichen oder sonstige Markierungen. Das Pferd ist wahrscheinlich ein Warmblut und schon etwas älter. Wenn Sie das Pferd kennen oder Hinweise zu seiner Herkunft machen können, wenden Sie sich bitte an die Steinbacher Polizeidienststelle. Und nun ein aktueller Hit aus unserer …«

Helen drehte das Radio wieder leiser.

»Jetzt werden sie uns die Bude einrennen«, stellte Anna fest und streckte sich. »Warum macht ihr das? Ist doch egal, wem es gehört. Wenn es niemand vermisst, gehört es eben uns.«

»Das geht nicht so einfach. Warum versteht ihr das nicht?« Helen seufzte tief. »Außerdem haben sie mit keinem Wort den Ginsterhof erwähnt. Die Hinweise werden also alle erst einmal bei der Polizei eingehen.«

Katie sprang auf und kippte die Reste ihres Essens – eigentlich war es ihre gesamte Mahlzeit – in den Hundenapf. Dann räumte sie den Teller in die Spüle, murmelte etwas von »voll viel lernen« und verschwand aus der Küche.

»Die kriegt sich schon wieder ein.« Anna grinste Jola an. »Ist jedes Mal ein Riesendrama, wenn sie Reitverbot kriegt.«

Die Bandmitglieder fingen an, von Riffs und Textstellen zu reden, also beeilte Jola sich mit dem Essen und stand ebenfalls auf. Sie hatte wenig Lust, wieder allein draußen herumzustreifen, zumal Niko heute nicht hier war – Voltigierstunden mit Helen standen auf dem Plan –, also schlich sie zur Treppe und lauschte in den ersten Stock. Sie erwartete, wieder die Musik zu hören oder wenigstens irgendein Geräusch aus Katies Zimmer, aber die Luft im Haus war so still wie ein schlafendes Kind.

Langsam schlich Jola nach oben. Die Stufen knarrten leicht, obwohl sie vorsichtig auftrat. Holzdielen auch im Gang. Sie wusste noch, unter welchem Zimmer sie damals den Lichtschein gesehen hatte, also klopfte sie zaghaft an die Tür. Keine Antwort. Sie klopfte noch mal, diesmal deutlicher.

»Was ist? Lass mich in Frieden!«

»Katie?« Jola wagte nicht, einfach die Klinke zu drücken. Brauchte sie auch nicht – kurz darauf flog die Tür von selbst auf und Katie streckte ihren Kopf auf den Gang.

»Ach, du bist es. Ich dachte schon, meine Mutter nervt wieder.«

»Ich muss mir dir reden.« Jola schielte an Katie vorbei ins Zimmer. Viel sah sie nicht, ein zerwühltes Bett unter dem Fenster, auf dem ein abgewetztes weißes Kuschelpony lag. Poster an den Wänden. Poster von Pferden, die über Büsche sprangen oder durch schlammige Gräben stampften.

Katie gab den Weg frei und Jola durfte eintreten. Ordnung war nicht Katies Stärke, das sah man gleich. Überall lagen Dinge verstreut, Schulhefte, Klammerhalter, Klebestifte, Zeitschriften, CDs, einzelne Socken, Reithosen, Papierschnipsel, alles durcheinander. In einem Regal an der Wand türmten sich Brettspiele, Pferdebücher und Barbiepferde. Es gab einen Teppich, aber von dem war nicht mehr viel zu sehen.

Katie schob mit dem Fuß ein paar Zeitschriften und Klamotten beiseite und setzte sich. »Ich soll die Zeit nutzen und Englisch lernen.« Sie verdrehte die Augen. »Dabei ist heute keine Stunde und ich hätte mit Billy rausgehen können. Mit Billy kann man richtig Spaß haben im Wald!«

Jola ließ sich ihr gegenüber auf den Fußboden sinken. Über dem Bett hing eine Lichterkette aus winzigen zartblauen Schneeflocken. Plötzlich musste sie an ihr eigenes Kinderzimmer denken. Darin hatte es auch eine Lichterkette gegeben, eine aus roten und gelben Blüten, die ihre Mutter jeden Abend für sie eingeschaltet hatte.

»Kannst du nicht mit deiner Mama reden?«, fragte sie. »Wenn du dich entschuldigst, erlaubt sie es dir vielleicht.«

»Kannst du vergessen«, brummte Katie. »Da ist die total streng.«

Jola biss sich auf die Lippe. Seit gestern wartete sie darauf, mit Katie allein zu sein, und immer war etwas dazwischengekommen. Jetzt saß sie hier und ihr fielen nicht die richtigen Worte ein.

Katie spielte mit den Fransen ihrer Jeans und malte das Teppichmuster nach. »Sie hat gesagt, ich soll mit dir Englisch reden. Damit ich übe. Aber ich lerne das nie, ich hasse die Sprache nämlich.«

Da hatte Jola eine Idee. Sie holte tief Luft und fragte: »Do you believe in ghosts?«

Einen Moment dachte sie, Katie hätte die Frage nicht verstanden. Sie starrte weiter auf den Teppich und ihre Miene blieb starr und komplett ernst.

»Yes«, sagte sie nur.

Die Mädchen sahen sich an, und Jola kam es so vor, als wären sie nicht allein hier, als wäre der Geist mit ihnen da und würde zuhören, was sie über ihn sagten. Unruhig spähte sie im Zimmer herum.

»Lass uns rausgehen.« Katie sprang auf. »Das Reitverbot gilt nur für mich, nicht für dich! Komm, wir setzen dich jetzt endlich auf ein Pferd.«

Ein neues Gefühl erwachte in Jola. Warm und weich und süß. Wie Kaiserschmarrn mit Puderzucker und Apfelmus. Sie stand ebenfalls auf und merkte, dass ihre Knie ein klein wenig zittern – aber das würde sie Katie auf gar keinen Fall verraten.

»Hier.« Katie griff nach einer Hose, die quer über der Stereoanlage hing. »Die ist relativ neu. Probier mal, ob sie dir passt.«

Jola tauschte ihre Jeans gegen die Reithose.

Sie passte wie für sie gemacht.

Das Pony folgte Katie willig zum Stall und ließ sich ohne ein Wimpernzucken von ihr satteln. Es war die Stute mit dem Eierschalenfell.

»Braves Mädchen«, murmelte Katie und klopfte ihren Hals. Dann klinkte sie zwei weitere Stricke ins Halfter ein, warf sie über den Hals und knotete sie lose zusammen.

»So. Fertig.« Katie betrachtete Jola kritisch. Ihre Füße steckten in quietschgelben Gummistiefeln und auf ihren Kopf hatte sie ein schwarzes Ungetüm von Helm gestülpt. Es gab einen ganzen

Schrank voll davon, als Ersatz für Reitschüler, die keinen eigenen mitbrachten. Denn – so war Helens Regel – ohne Helm auf der Rübe kein Pferd unterm Po.

»Du kannst aufsitzen!« Katie zerrte am Gurt herum und hielt ihr den Steigbügel hin. »Bonnie ist superlieb, keine Angst.«

Jola nahm den Bügel und versuchte, ihre Füße zu sortieren.

»Den linken!« Katie grinste. »Warte, ich werf dich schnell rauf.«

Sie griff nach Jolas Unterschenkel, machte eine Räuberleiter und hievte sie mit Schwung nach oben. Zum Glück war Bonnie nicht hoch und zum Glück stand Bonnie sehr, sehr still. Es war ihr sogar egal, dass Jola auf der anderen Seite fast wieder herunterrutschte und ein paar Schrecksekunden lang um ihr Gleichgewicht kämpfte wie ein betrunkener Seemann.

»Schieb die Füße in die Bügel«, kommandierte Katie und hielt ihr die verknoteten Stricke hin. »Deine Zügel. Gewöhn dir gleich an, nie daran zu reißen. Auch nicht, wenn du Angst kriegst. Die sind nur zum Lenken da, nicht zum Festhalten.«

Bonnie war klein, ein Pony. Aber von hier auf den Boden zu plumpsen, tat bestimmt trotzdem höllisch weh. Jola griff nach dem Lederriemen, der vorn am Sattel befestigt war, und hielt die Zügel lose in einer Hand.

»Beine lang!« Katie zog ihre Ferse nach unten. »Richtig auf den Hintern setzen. Mit deinem ganzen Gewicht. Und lass mal locker, sonst kriegst du Verspannungen.«

Jetzt zog Katie an dem Strick, der an Bonnies Halfter eingeklinkt war, und das Pony marschierte los. Seine Beine zuckelten und ihr ganzer Körper wippte im Takt der Schritte. Es war ein seltsames Gefühl, nicht Herr über ihre Bewegungen zu sein, nicht kontrollieren zu können, ob sie anhalten wollte oder langsamer gehen … Aber sie merkte schnell, dass Bonnie sie sehr vorsichtig trug und ihre Gelassenheit auf sie abstrahlte.

»Na, schon cool, oder?« Katie schnalzte mit der Zunge, aber Bonnie stemmte sich gegen den Strick und blieb in ihrem Schneckentempo. »Treib sie mal. Mit den Füßen gegen den Bauch klopfen!«

Jola versuchte es, aber Bonnie hatte keine Lust, schneller zu gehen. Sie blieb im Zappelschritt und riss nur den Kopf hoch, um sich gegen Katies Gezerre zu sträuben. Schließlich gab sie nach und zockelte los, aber es war kein angenehmes Tempo. Jola fühlte sich wie auf einer Waschmaschine im Schleudergang.

»Puh, ist echt was anderes, als im Galopp hier raufzufegen!« Katie keuchte und ließ Bonnie anhalten. Sofort hatte das Pony einen grünen Zweig zwischen den Zähnen und malmte zufrieden. »Bonnie ist faul und Bonnie ist alt. Aber sie ist auch frech und merkt genau, wenn jemand keine klaren Anweisungen gibt. Deshalb wackelt sie so rum.«

»Du meinst, sie merkt, dass ich keine Ahnung habe?«

Kluges Pony, dachte Jola. Auch wenn sie sich dadurch wie ein noch blutigerer Anfänger vorkam.

»Klar. Ich könnte ihr sofort Beine machen. Obwohl …« Katie kniff die Augen zusammen und beäugte Jola kritisch. »So schlecht sieht das gar nicht aus. Dein Sitz ist prima und du kippst nicht ständig vor. Du hast auch nicht ein Mal hektisch am Zügel gerissen. Alle Anfänger machen das, deshalb kriegen die bei uns auch nur Stricke. Aber du bleibst ziemlich locker da oben. Das ist gut.«

Jola biss sich auf die Lippe. Es war seltsam, für etwas gelobt zu werden, was sie nicht fühlte. Ihr kam es null so vor, als würde sie prima auf dem Pferd sitzen. Sie tat, was sie immer tat, wenn sie nachdenken und ein paar Sekunden lang allein sein musste – sie schloss die Augen. Sie versuchte, das Pferd zu fühlen, seinen Rhythmus, sein Wesen, seine Umrisse.

Bonnie setzte sich wieder in Bewegung und sie spürte ihren Widerwillen. Sie wollte nicht vorwärts, sie wollte lieber stehen bleiben und Zweige futtern. Alles wurde etwas klarer. Ihr Körper zuckelte, weil sie so kleine Trippelschritte machte. Und sie versuchte, Jolas prima Sitz auszubalancieren, denn immer, wenn Jola mit dem Hintern zu weit nach links oder rechts rutschte, steuerte Bonnie dagegen. Sie war ein echter Schatz.

»Und? Was sagst du?«

Jola klappte die Augen wieder auf. »Es macht Spaß! Auch wenn – also, euer Galopprennen letztens war sicher lustiger.«

Katie grinste. »Du hast keine Ahnung, wie wir vorher im Wald unterwegs waren! Aber damit musst du dich noch ein bisschen gedulden.«

Sie folgten einem breiten Waldweg, der sich in sanften Kurven unter dichten Nadelbäumen durchschlängelte. Es roch harzig und herb und waldig. Pilze quetschten sich in großen Familien aus dem Boden und bevölkerten ganze Mooslandschaften. Ein Bussard schrie, dann hörten sie seinen Flügelschlag und dann wieder die Stille des Waldes.

»Jola?« Katie knetete den Strick in ihrer Hand. »Du … ich meine, du glaubst doch an Geister. Das hast du gesagt.«

Jola nickte. Der Helm rutschte ihr ins Gesicht und sie schob ihn nachlässig wieder zurück.

»Diesen Geist gibt es schon, seit ich denken kann«, flüsterte Katie. Ihre Stimme schnitt trotzdem laut durch die Stille. »Er – oder sie – wohnt bei uns im Stall und wacht über unsere Pferde.«

Jola lehnte sich auf Bonnies Hals. Die Stute schien das nicht zu stören, sie zockelte unbeeindruckt weiter. »Wacht? Woher weißt du das?«

»Na, weil es ein guter Geist ist. Sagt man das so? Er stellt nichts an. Nichts Gemeines. Er tut niemandem was. Er … ich weiß nicht … er ist einfach da, und manchmal, wenn der Vollmond durch die Scheiben scheint und wir im Heu schlafen, da … also, ich bilde mir manchmal ein, ihn hören zu können.«

Jola musste an die Gestalt denken, die sie beobachtet hatte. Sprach Katie von ihr?

»Ich glaube dir«, sagte sie, ebenso leise. »Vielleicht habe ich ihn sogar gesehen.«

»Ehrlich?« Katie schrie fast. Ihre Wangen glühten. »Wie sah er aus?«

»Ein bisschen so, wie du ihn gemalt hast. Also … nicht ganz. Ohne das Bettlaken. Ich dachte sogar, dass es eine Frau war.«

»Wahnsinn!« Katie schüttelte den Kopf. Sie bog nach rechts ab, sodass sie in einem Bogen liefen. »Weißt du, dass ich das noch nie jemandem erzählt habe? Lea würde mich ein Leben lang auslachen. Und Sanne … die kriegt ja schon Bammel, wenn sie nur an Geister denkt. Die würde es schon deshalb nicht glauben, weil sie viel zu viel Schiss vor ihm hätte.«

»Du sagst aber doch, es ist ein guter Geist.«

»Das denke ich halt. Früher hatte ich totale Angst vor ihm. Ich habe mich nachts nicht allein in den Stall getraut. Aber es ist nie was Schlimmes passiert. Manchmal lagen Sachen herum, die vorher aufgeräumt waren. Oder das Stroh aus den Boxen war im Gang verstreut. Ich konnte ihn hören … und irgendwie … spüren. Klingt das bescheuert?«

»Nein, gar nicht! Die meisten Leute haben Angst vor Geistern. Dabei sind sie gar nicht gefährlich. Man muss nur rausfinden, was sie wollen.«

»Was sie wollen?« Katie verzog den Mund. »Wie meinst du das?«

»Ich hab dir doch mal von der Frau erzählt, die wir getroffen haben. In Kaikoura. Die von ihrem toten Sohn Besuch bekommen hat.«

»Weil er sie vor einem Unwetter warnen wollte?«, sagte Katie langsam.

Jola nickte. »Genau. Das war am Anfang natürlich gruselig für sie, aber als sie rausgekriegt hat, dass er ihr nur helfen wollte, war alles gut, und er – er ist danach verschwunden.«

Katie stöhnte. »Oh Mann! Das ist doch verrückt. Was will er denn von uns? Warum haben wir einen Geist auf dem Hof?«

Sie bogen auf einen Pfad ab und landeten wieder auf dem Weg, der zum Ginsterhof zurückführte. Bergab zu reiten, war gar nicht so leicht, ständig hatte Jola das Gefühl, über Bonnies Hals nach unten zu rutschen. Sie kamen am überdachten Reitplatz vorbei, wo Helen eines der blonden Pferde im Kreis laufen ließ, während ein Mädchen auf seinem Rücken eine akrobatische Verrenkung vollführte. Fünf weitere Mädchen hopsten auf Gymnastikschläppchen in der Mitte herum und auf den Bänken saßen die Mütter und filmten die Show mit ihren Handys.

Helen sah auf, als sie vorbeikamen. Sie bemerkte Jola auf dem Pferderücken und lächelte überrascht.

»Wenn sie fragt: Wir haben uns nur auf Englisch unterhalten«, raunte Katie und grinste.

Jola schloss die Augen und merkte, dass sie ihren Schwerpunkt anders verlagern musste. Nicht zurücklehnen, sondern aufrecht bleiben.

Ihre Gedanken flogen wild in ihrem Kopf herum. Ein Geist auf einem alten Gutshof. Irgendwie passte das sogar. Ob die anderen wirklich nicht an ihn glaubten? Hielten die das alles nur für eine Spukgeschichte?

»Geister spuken nicht ohne Grund«, sagte sie leise. »Sie haben eine Mission zu erfüllen.«

»Eine Mission«, murmelte Katie. »Nur welche?«

Jola lächelte. Ein Ameisenhaufen erwachte in ihrem Bauch zum Leben. Sie machte die Augen wieder auf und sah, dass Katie zu ihr hochschaute.

»Es gibt nur einen Weg, das rauszufinden.«

Katie begann zu grinsen. »Wir lauern ihm auf!«

Geisterjagd

Die Woche verflog, ohne dass sich eine Gelegenheit ergab, ihr Vorhaben in die Tat umzusetzen. Bis zum Wochenende schrieben sie einen Test in Deutsch, mussten ein Projekt für Geschichte vorbereiten – »Stell dir vor, es wäre das Jahr 1945. Wie sieht dein Alltag aus? Mit welchen Problemen hast du zu kämpfen? Recherchiere, berichte, referiere.« – und Halloweenkürbisse für einen guten Zweck schnitzen. Katie durfte wieder reiten und verschwand jeden Nachmittag für eine gute Stunde im Wald, um, wie sie sagte, zu trainieren. Manchmal sah Jola sie auch oben auf dem Reitplatz ihre Übungen reiten, unermüdlich, bis sie selbst zufrieden war. Und manchmal machte sie das sogar vor der Schule, wenn die Sonne noch gar nicht richtig aufgegangen war.

Jola fragte sich, wozu dieses Training gut war. Katie war doch schon eine grandiose Reiterin. Und mit Billy oder Justin sah es immer so aus, als könnte das Pferd ihre Gedanken lesen.

Die Einzige, mit der es nicht so richtig klappen wollte, war Keira, die nervöse Stute mit dem feurigen Blick. Sie schielte immer wieder nervös umher, hüpfte plötzlich aufgeschreckt in die Luft oder wieherte zu den anderen Pferden hinüber. Etwas störte sie extrem, und Katie schaffte es nicht, sie zu beruhigen. Trotzdem bewunderte Jola ihren Mut. So wie Keira sich benahm, brauchte es schon eine gehörige Portion Pferdeliebe, um überhaupt auf ihren Rücken zu steigen.

»Mit Billy bin ich schon Turniere geritten, als ich noch im Kindergarten war«, erzählte Katie einmal, als sie nach dem Mittagessen an den Hausaufgaben saßen. »Der ist cool und hat vor nichts Angst, aber er ist eben zu klein, um bei einem richtigen Vielseitigkeitsturnier mitzuhalten. Justin muss fast jeden Tag Reitstunden gehen, ihn lieben die Kids, weil er so schöne weiche Gänge hat. Er ist rasend schnell, aber er hat Flausen im Kopf, das kannst du auf einem Turnier nicht gebrauchen.«

Sie seufzte.

»Die Einzige, die echt was taugt, ist Keira. Das Gute an ihr ist, dass niemand sie freiwillig reiten mag, weil sie so schreckhaft ist. Dabei verpasst man aber was. Sie hat traumhafte Gänge, sie liebt Springen und sie hat Energie ohne Ende. Tja. Aber solange sie vor jeder Ameise Schiss kriegt, wird sie nie ein gutes Turnierpferd.«

Am Nachmittag half Jola auf dem Hof, so gut es ging. Sie fütterte die Hühner, sammelte Eier ein, pflückte Obst, brachte Heu auf die Koppeln oder prüfte die Wassertanks auf der Wiese. Nach der Reitstunde mussten der Sattelplatz gefegt und das Putzzeug wieder ordentlich sortiert werden. Sie lüftete die Sattelkammer, räumte hinter den Reitschülern her, reinigte Trensengebisse und stellte herumliegende Gerten zurück in den Schirmständer. Und wenn Pferde vor oder nach der Reitstunde in den Boxen standen, entfernte sie die Pferdeäpfel und brachte sie sogar unfallfrei auf den Misthaufen.

Ihr Vater fand endlich einen Job. Das Postamt in Steinbach brauchte jemanden, der die Sortiermaschine mit Briefen fütterte und aufpasste, dass kein Kuvert verloren ging. Es war kein toller Job, aber er hatte sowieso nur seine Fotos im Kopf, und da störte das niemanden.

»Kommst du klar?«, fragte er sie, als er zu seinem ersten Arbeitstag antrat.

»Na logo!« Jola stellte sich auf die Zehenspitzen und küsste ihn auf die stachelige Wange. »Soll ich dir was zu essen machen, wenn du nach Hause kommst?«

»Au ja. Pancakes mit Himbeereis.«

Sie lachte. »Du hast Glück, das ist zufällig mein Lieblingsessen.«

»Meines auch!«

Sie verabschiedeten sich, und Jola fühlte sich seltsam, weil sie plötzlich wieder so was wie einen Alltag besaßen. Ab sofort würde sie jeden Tag für ihn zu Abend kochen. Sie fragte Helen, ob sie die Waschmaschine im Wäscheraum mitbenutzen durfte, und kaufte Vorräte ein, als einmal die letzte Stunde ausfiel. Ab sofort würde sie alles tun, damit er sich wohlfühlte, und wenn sie bis in die Nacht hinein schuften musste. Hauptsache, sie blieben erst einmal auf dem Ginsterhof.

Der weiße Hengst bekam ein größeres Koppelstück, damit er mehr Auslauf hatte. Stefan trennte einfach einen Teil der Weide mit dem Stromzaun ab. Dafür gab es jetzt einen schmalen Durchgang, durch den man die Ginsterhof-Pferde wieder direkt in den Paddock führen konnte, ohne außen herumgehen zu müssen.

Inzwischen redete das halbe Dorf über das seltsame Pferd, das niemandem zu gehören schien. Überall tauchten neue Geschichten und haarsträubende Erklärungen auf, wo es hergekommen sein könnte. Es wurde sogar schon gemunkelt, die Webers selbst hätten es gestohlen.

Am Samstag versuchte Katie, bei ihrer Mutter die Erlaubnis für eine Nacht im Heu zu erbetteln.

»Kommt gar nicht infrage. Ihr habt doch mitgekriegt, dass eine

Bande Satteldiebe in der Gegend unterwegs ist. Das fehlt noch, dass die in den Stall einsteigen und ihr zwei schlaft auf dem Heuboden.«

»Minnie ist doch dabei!«

»Ja, die ist eine große Hilfe da oben. Willst du sie die Leiter hochtragen?«

»Es reicht doch, wenn sie unten aufpasst.«

»Ich habe Nein gesagt, Katie.«

Katie warf Jola einen hilflosen Blick zu. Die rettende Idee war ziemlich einfach, aber sie würde Katie nicht gefallen. Jola trat neben Katie und versuchte, ganz unschuldig auszusehen.

»Und wenn ich meinen Vater frage, ob er mitkommt?«

Katie schaute sie fassungslos an und schüttelte unmerklich den Kopf.

»Jan? Warum sollte er das tun?«

Jola grinste breit. »Weil er es total cool finden würde, im Heu zu schlafen.«

Helen verdrehte die Augen. »Ihr raubt mir noch den letzten Nerv. Also schön. Wenn Jolas Vater einverstanden ist, von mir aus. Aber ihr nehmt ein Handy mit, und Minnie schläft unten im Stall, und wenn ihr irgendwas …«

»Jaa-haa«, riefen Katie und Jola gleichzeitig.

Als sie allein waren, zog Katie Jola zu sich heran und flüsterte: »Das war genial von dir! Aber meinst du echt, dein Vater spielt da mit? Also, vor meiner Mutter so tun, als würde er bei uns im Heu schlafen?«

»Nein«, gab Jola ebenso leise zurück. »Das macht er nicht. Er kommt tatsächlich mit.« Sie lachte, als Katie ein entsetztes Gesicht machte. »Wir können ihm vertrauen. Du wirst schon sehen.«

Diesmal stand kein Vollmond über dem Stall und leider fehlte auch der Duft nach frisch gebackenen Schokoladenmuffins. Dafür hatte Helen am Nachmittag Käsestangen gebacken und ein halbes Blech davon in eine Dose gefüllt.

Jolas Vater schleppte den Korb mit Wasserflaschen und einer Notration an Keksen und Apfelchips in den Stall. Er musste Helen mehrfach versichern, dass es ihm wirklich nichts ausmache, auf »die Kids« aufzupassen. Da er kein Handy besaß, musste Katie ihres abgeben. Aber er reichte es ihr wieder, sobald sie den dunklen Stall betraten.

»Es passiert schon nichts. Was glaubt ihr, dass Diebe in einen Stall einsteigen und die Sättel auf dem Heuboden suchen?«

»Die kommen gar nicht bis in den Stall«, behauptete Katie. »Nicht, solange Minnie dabei ist. Habt ihr sie schon mal bellen hören? Außerdem sieht sie im Dunklen echt gruselig aus. Wenn man sie nicht kennt, meine ich.«

Jola legte dem Hund eine Hand auf den runden Kopf und streichelte ganz leicht über ihre Ohren. Sie war froh, dass Minnie dabei war. Sie war sogar froh, dass ihr Vater dabei war. So ganz geheuer war ihr die Vorstellung dann doch nicht, dass Katie und sie oben schliefen, während unten womöglich Fremde durch den Stall schlichen.

Sie ließen Minnie in einer der Boxen zurück und stiegen nacheinander die Leiter hoch. Jolas Vater warf die Schlafsäcke nach oben und kam mit dem Proviant als Letzter hinterher.

»Oh, wow«, staunte er und sah sich um. »Von so einem Lager habe ich als Kind geträumt!«

Katie warf ein paar Heuballen von einem der pyramidenartigen Türme, und zusammen bauten sie eine Barriere, sodass man ihr Taschenlampenlicht von unten nicht sehen konnte. Dahinter breiteten sie zwei kratzige Wolldecken über den losen Halmen aus und schlugen ihre Schlafsäcke auseinander.

»Jetzt packt mal aus, Mädels.« Jolas Vater hockte im Schneidersitz auf seinem Schlafsack und machte sich über eine Käsestange her. »Worum geht es hier wirklich?«

Katie sagte nichts, also schüttelte Jola den Kopf. »Können wir nicht sagen. Geheime Mission.«

Ihr Vater grinste. »Okay. Schon verstanden. Tja, wisst ihr, ich bin auf einmal schrecklich müde.« Er gähnte ausgiebig. »Ich denke, ich lege mich aufs Ohr. Weckt mich, wenn ihr Gruselgeräusche hört, ja? Ich rette euch dann.«

Katie und Jola sahen sich an und Jola musste lachen. »Gute Nacht, Papa. Schlaf gut!«

Sie warteten noch eine Weile, dann grub Katie die Taschenlampe ins Heu, bis nur noch ein schwacher Lichtschein durch die Halme drang. Sie legten sich bäuchlings auf die Wolldecken und deckten sich mit den Schlafsäcken zu.

»Sind Sanne und Lea nicht sauer, wenn du ohne sie im Heu übernachtest?«

Katie zuckte mit den Schultern. »Kann schon sein. Aber ich muss es ihnen ja nicht erzählen.«

»Sie mögen mich nicht besonders«, stellte Jola fest.

»Ach, weißt du … Sanne ist eigentlich nicht so. Die denkt halt, Niko findet was an dir, weil er dich letztens auf dem Motorrad mitgenommen hat. Deshalb ist sie so biestig.« Katie gluckste leise. »Und Lea … Mit Lea reite ich schon, seit wir klein waren. Die war mal genauso pferdeverrückt wie ich. Aber sie hasst es, wenn ich besser bin als sie. Deshalb hat sie mit den Turnieren aufgehört.«

»Weil du sie immer besiegt hast?«

Katie nickte. »Kann ich ja nichts dafür. Für Lea ist alles ein Wettkampf. Nur leider ist sie eine ganz miese Verliererin.«

Sie verstummten und lauschten auf Geräusche aus dem Stall. Eine der Leitungen gluckste, dann raschelte etwas im Stroh.

Jola hob den Kopf, aber Katie blieb ruhig liegen. »Minnie«, erklärte sie nur.

Sie machten sich über die Apfelchips her und Jola kippte eine halbe Flasche Wasser in sich hinein.

»Vielleicht kommt er nicht, solange es hell ist«, vermutete Jola, also krochen sie in ihre Schlafsäcke und löschten das Licht.

Dunkelheit schwappte über den Stall und um sie war es plötzlich unheimlich still. Erst nach und nach kehrten die Geräusche zurück, das Knacken im Gebälk, das leise Rascheln im Heu unter ihren Körpern, das Knistern und Schaben winziger Mäusefüßchen.

»Katie?« Jola flüsterte nur. »Wann hörst du die Geräusche normalerweise?«

»Manchmal, wenn wir gerade unter die Decken kriechen. Manchmal höre ich was im Schlaf. Manchmal weckt es mich auch. Und am Morgen ist dann der Eimer umgekippt oder die Schubkarre verrückt oder so.«

Jola fiel etwas ein. »Warum wolltest du nicht, dass ich in den Stall gehe? In meiner ersten Nacht hier? Du hast gesagt, ich könnte im Dunkeln die Leiter runterfallen. Aber das war nicht wirklich der Grund, oder?«

Katie tastete im Dunkeln nach ihrem Arm und hielt ihn fest. Oder hielt sie sich daran fest? »Ich wollte nicht … also, ich hab plötzlich Schiss gekriegt. Vor Lea und Sanne tu ich immer so, als wäre das alles nur ein Witz. Aber unheimlich war mir das dann schon, als du auch was gehört hast.«

Jola dachte nach. Wenn Katie sich insgeheim vor dem Geist fürchtete, war es vielleicht doch keine so gute Idee, was sie hier taten. Ihr Vater würde sich jedenfalls nicht so leicht davon abhalten lassen, in den Stall hinunterzuklettern, um einen Geist zu stellen, der möglicherweise ein Einbrecher war.

»Hörst du schon was?«, flüsterte sie nach einer Weile.

»Nein«, gab Katie zurück.

Jola rollte sich auf den Rücken und versuchte, sich den Geist vorzustellen. War es wirklich eine Frau? Die Frau, die sie gesehen hatte? Es hätte auch ein Junge gewesen sein können. Ein schlanker, schmaler Junge. Sie glaubte nicht, dass sie ihn sehen würden, nicht heute Nacht. Aber es gab sicher einen Weg, mit ihm in Kontakt zu treten – sie mussten nur rausfinden, wie.

Sie gähnte, drückte sich aber gleich die Fäuste an die Schläfen. Der Schlafsack war so warm und kuschelig weich, und das Heu roch so gut, nach Sommerwiese und Blumenblüten … Sie fühlte die Müdigkeit – Nein, nicht schlafen, dafür sind wir nicht hergekommen! –, aber sie konnte sich nicht dagegen wehren. Bevor sie Katie warnen konnte, war sie schon fest eingeschlummert.

Ihre volle Blase weckte Jola. Sie schrak hoch, tastete nach Katie, wo war sie, wo? Da. Nur ein Stück zur Seite gekullert. Sie lag auf dem Bauch und schnaufte gleichmäßig.

Na, eine tolle Mission war das! Hatten sie nicht Wache schieben wollen? Wie spät war es überhaupt?

Vor den Fenstern herrschte noch tiefe Nacht, also beschloss sie, kurz in einer der Boxen pinkeln zu gehen und anschließend wach zu bleiben, bis der Geist auftauchte. Sie tastete nach der Taschenlampe, die noch immer halb im Heu steckte, knipste sie an und schälte sich aus ihrem Schlafsack. Hinter der Strohmauer, die sie gebaut hatten, war es stockduster, also grub sie die Lampe doch aus und verbarg sie so in ihrer Faust, dass nur ihre Finger glühten. Sie schwang ein Bein über den Rand – und erstarrte.

Ein dumpfes Pochen drang aus der Finsternis unter ihnen.

Zuerst ganz leise, dann immer lauter. Es hörte sich an, als würde jemand gegen die Stallwand klopfen, von innen, aus einer der Boxen heraus. Jola presste sich die Hand auf den Mund. War das der Geist? Oder – die Satteldiebe?

Das Geräusch verebbte, schwoll aber gleich wieder an, also zog Jola schnell ihren Fuß zurück und floh hinter die Barriere.

Vor dem Geist fürchtete sie sich nicht. Einem waschechten Einbrecher wollte sie aber lieber nicht gegenüberstehen, schon gar nicht beim Pinkeln.

Eine Weile lauschte sie vergeblich, aber der Druck auf ihre Blase wurde schier unerträglich. Verdammt.

Es pochte wieder, diesmal kam das Geräusch von links. Ihr Vater schnarchte leise, aber Jola wusste genau, dass er markierte. Er schnarchte nämlich sonst nie.

»Papa?«

»Na, ihr Schlafmützen«, sagte er leise. »Eine abenteuerliche Nacht ist das! Superaufregend, wirklich.«

Leise robbte sie zu ihm und drückte sich an seine Brust. Er zog sie an sich und strubbelte ihr durch die Haare.

»Ich muss mal.«

»Dann geh.«

»Aber – hast du nichts gehört?«

Ihr Vater richtete sich auf. »Doch, schon. Aber ich dachte, das wärst du gewesen.«

»War ich aber nicht.«

»Dann müssen wir wohl nachschauen.« Er wollte aufstehen, aber Jola hielt ihn am Arm fest.

»Nein. Bleib hier. Wenn das der ... also, wenn das diese Einbrecher sind ...«

Ihr Vater ließ sich wieder ins Heu sinken. »Du hast ja recht. Aber wir machen beide kein Auge mehr zu, wenn wir nicht nachschauen.«

»Können wir nicht von hier oben gucken, ohne nach unten zu steigen?«

»Zu dunkel. Da sieht man nichts. Es sei denn ...« Er schüttelte ihren Arm ab und kramte in dem Korb, den Helen ihm in die Hand gedrückt hatte.

»Was hast du vor?« Jola biss sich auf die Lippe.

»Doch, wir können dort unten was sehen. Ich muss nur nach vorn an den Rand.«

Ihr Vater griff nach einem schweren Gegenstand, der in dem Korb gelegen hatte, und kroch durch das Heu zur Luke. Jola atmete tief ein und folgte ihm.

Als sie über dem Rand der Luke klebten, sah sie, was ihr Vater in der Hand hielt. »Du willst ein Foto machen? Aber den Blitz sieht man doch da unten.«

»Warte doch mal ab.« Er grub die Kamera ins Heu und drückte darauf herum. Es klackte leise, dann sirrte der Verschluss. Jola kannte das Geräusch wie ihren eigenen Atem. Aber diesmal brach der Ton nicht ab, sondern sirrte weiter ... und weiter ... und weiter.

»Langzeitbelichtung«, klärte ihr Vater sie auf. »Ziemlich lang bei diesen Lichtverhältnissen.«

Sie wartete, ungeduldig, bis das erlösende Ticken das Ende der Belichtungszeit verkündete. Die Kamera brauchte einen Moment, bis sie das Bild ausspuckte. Dann glomm auf einmal der Bildschirm auf und zeigte ein schattenhaftes, gespenstisches Trugbild aus dem Stall unter ihnen.

Jola spürte, wie ihr Herz schneller klopfte. Auf einmal hatte sie doch Angst. Ihr Vater nahm die Kamera hoch und zoomte in das Foto hinein. Schließlich hielt er ihr den kleinen Bildschirm unter die Nase.

»Das ist der Übeltäter. Sieht aus, als kämen die Geräusche von dort.«

Jola starrte auf das Display. Das unheimliche Dämmerbild zeigte Minnie, die schlafend ganz am Rand einer Box kauerte. Nur ihre Beine lagen nicht still, die mussten permanent ausgetreten haben, denn auf dem Bild war nur ein dunkler Streifen zu sehen, der geisterhafte Schatten einer Bewegung. Vielleicht rannte sie im Traum einem Hasen nach. Poch, poch. Wenn man genau hinhörte, klang es wirklich so.

Nur der Hund. Es war nur der Hund.

Ihr Vater nahm ihr die Lampe aus der Hand. »Jetzt muss ich auch mal.«

Jola folgte ihm die Leiter hinunter und sah sich verstohlen nach allen Seiten um. Sie glaubte Katie, sie glaubte ihr wirklich! Aber zumindest in dieser Nacht hauste kein Geist in diesem Stall.

Drei Reiter und ein Pferd

»Achtung, da kommt das Mädchen, das noch an den Weihnachtsmann glaubt!«

Die Jungs brüllten vor Lachen und klatschten Tim ab für seinen Spruch. Jola konnte es langsam nicht mehr hören. Sogar Jonas machte heute mit.

Blödmann, dachte Jola, als sie neben ihn auf ihren Stuhl rutschte. Ich hätte dein doofes Handy ins Klo werfen sollen.

Herr Ernst betrat den Klassenraum und sofort verstummten die Jungs.

Er sieht heute wirklich verdammt ernst aus, dachte Jola. So als wäre er sauer.

Vielleicht war er das auch, denn er bellte nur: »Stifte raus, Hefte weg! Wir schreiben einen längst fälligen Vokabeltest.«

Die Klasse stöhnte. Alle versuchten, schnell noch mal einen letzten Blick ins Buch zu werfen.

Jola nahm den Testbogen von Herrn Ernst entgegen und überflog die Aufgaben kurz. Einfache Wörter, bei denen nur die englische Entsprechung verlangt war. Eine kurze Übersetzung. Kinderspiel für sie.

Als sie mit der Übersetzung fast fertig war, hörte sie Klopfzeichen aus der Reihe hinter ihr. Dreimal kurz, dreimal lang und wieder dreimal kurz. Jemand sendete SOS. Kurzerhand zog sie ein Taschentuch aus ihrer Hosentasche, tat, als müsse sie schnäuzen, und wartete, bis Herr Ernst – der durch die Reihen marschierte wie ein übereifriger Wachhund – ihr den Rücken zuwandte. Schnell kritzelte sie die Antworten auf das Taschentuch.

Als Herr Ernst hinter ihr vorbeilief, drehte sie sich blitzschnell um und stopfte das Tuch mit einem Zipfel in seine Gesäßtasche. Irritiert blieb er stehen und wandte sich zu ihr um, aber sie lächelte ihn nur an und reichte ihm ihr Blatt. Katie reckte beide Daumen in die Luft und zog unbemerkt das Tuch aus seiner Tasche.

Dass Katie nichts gelernt hatte, überraschte Jola nicht – dafür war definitiv keine Zeit gewesen. Nach ihrer Reinfallnacht im Stall hatten sie den ganzen Sonntag damit verbracht, nach Spuren im Stall zu suchen, die irgendwie von dem Geist stammen könnten.

Es gab zum Beispiel einen Hufabdruck im Beton, der entstanden sein musste, als der Stall renoviert worden war. Ein einzelner Abdruck, mitten im Gang. Ein Pferd hätte fliegen müssen, um ihn zu hinterlassen. Wahrscheinlicher war, dass jemand ein Hufeisen genommen und in den noch feuchten Beton gedrückt hatte. Aber wer? Und warum?

In der Box, vor der sich der Abdruck befand, fiel regelmäßig die Selbsttränke aus. Stefan hatte sogar schon mal die Wand aufgeklopft und das Rohr freigelegt, aber keinen Grund dafür finden können.

Die Schubkarre, die manchmal wie von allein umfiel, stand bombenfest am Boden. Wenn sie voll beladen war (Katie hatte sich reingehockt, um volle Beladung zu simulieren) und man die Griffe anhob, war das eine kippelige Angelegenheit. Stand sie aber auf ihren Füßen, musste man sich schon mit seinem ganzen Gewicht auf eine der Ecken stützen, um sie umzuwerfen.

Am Abend hatten sie schließlich aufgegeben und waren wieder ins Haus umgezogen, und Katie hatte die halbe Nacht in ihrem Zimmer damit verbracht, Geister und Geistererscheinungen zu googeln.

»Du hättest mir ruhig auch helfen können«, beschwerte sich Jonas, als alle ihre Testbögen abgegeben hatten.

»Du mir auch«, gab Jola zurück und notierte mit Genugtuung, wie Jonas einen knallroten Kopf bekam.

Am Donnerstagnachmittag kam Lea zum Reiten vorbei. Niko hatte wieder seine Schüler auf dem Platz versammelt, und Katie wartete großmütig, bis die Pferdeverteilung vorbei war.

»Wir nehmen, was übrig bleibt«, sagte sie.

»Das ist ja ganz was Neues«, beschwerte sich Lea. »Bist du schlimm krank?«

Aber Katie tanzte voran in die Sattelkammer. »Nö. Ich kriege nur morgen meine erste gute Note in Englisch raus!«

»Du meinst, Jolas gute Note.«

Katie machte eine wegwerfende Handbewegung. »Spitzfindigkeiten. Hauptsache, das Ergebnis stimmt. Übrigens kommt Jola mit zum Reiten.«

Lea warf Jola einen argwöhnischen Blick zu. »Ich dachte, du kannst nicht reiten.«

»Kann ich auch nicht.«

Hilfe suchend schaute Lea zu ihrer Freundin, aber die verteilte bereits Zaumzeuge und Sättel. »Du nimmst wieder Bonnie. Ihr kennt euch jetzt schon und sie setzt dich auch nicht ab.«

Bonnie trippelte zwischen den anderen Ponys zum Wald hinauf. Sie hatte eindeutig mehr Spaß an der Sache als beim letzten

Mal, was aber vermutlich an der Pferdegesellschaft lag und nicht an ihren Reitkünsten. Katie saß links von ihr auf Billy, dem grauen Pony mit der Stachelschweinfrisur. Rechts marschierte Taylor, einer der drei Blondschöpfe. Lea musste die Stute dauernd bremsen, damit sie sich nicht an die Spitze setzte, und machte nach einer Weile ein ziemlich genervtes Gesicht.

Katie versuchte, die Stimmung zu retten, und plapperte irgendwelches Zeug über die Ponys und ihre Namen. »… und Bonnie und Clyde war die Idee meiner Mutter, sie hat sie nach irgend so einem uralten Schwarz-Weiß-Schinken benannt. Billy the Kid hieß schon so, als er zu uns kam, den Namen durfte er behalten. Er passt sowieso besser als jeder andere. Stups heißt so wegen seiner langen Ohren. Als wir ihn gekriegt haben, war ich gerade in der Grundschule und habe das Lied vom kleinen Osterhasen Stups rauf und runter gesungen. Miley, Taylor und Justin, unsere Haflinger, wurden von meiner lieben Schwester getauft. Benannt nach ihren etwas berühmteren Musikerkollegen. Und dann gibt es da noch …«

»Du, Katie.« Lea war aus ihrer Starre erwacht und deutete auf einen Feldweg, der sich zwischen Acker und Waldrand entlangschlängelte und leicht anstieg. »Was hältst du von einem kleinen Wettrennen?«

Katie schielte zu dem Weg hinüber, schüttelte aber den Kopf. »Geht nicht. Bonnie würde uns nachlaufen.«

»Na, toller Ausritt«, murrte Lea und ließ die Zügel locker, sodass Taylor ein paar Schritte trabte und vor ihnen lief. Gleich wollte Bonnie auch loslaufen und Jola zog schnell an den Zügeln.

»Oh Mann, Lea! Ich würde ja auch gern. Aber es ist fies, sie mit Bonnie allein zu lassen.«

Jola griff die Zügel strammer und ließ Bonnie anhalten. Die Stute schlug mit dem Kopf. Sie wollte lieber hinter den anderen her und tippelte ein paar Schritte seitwärts.

»Beine zu«, rief Katie ihr zu. »Und setz dich gerade hin. Richtig schwer machen.«

»Macht nur euer Rennen. Ich warte hier.«

Katie kämpfte sichtlich mit sich. »Bist du sicher? Aber du musst absteigen. Sie läuft uns sonst nach.«

Das Gefühl hatte Jola auch, also zog sie ihre Füße aus den Bügeln und sprang neben Bonnie auf den Boden. Sofort war die Stute wieder ruhig und begann, nach den Halmen am Wegrand zu schnappen.

Lea stieß ein Indianergeheul aus, dann jagte sie auch schon los. Ihr Pferd schlug vor lauter Begeisterung nach hinten aus, aber Billy ließ sich davon nicht stören. Er wich geschickt aus und kämpfte sich außen an Taylor vorbei. Sein Körper wurde ganz flach und seine Hufe donnerten über den weichen Boden wie kleine Erdbeben.

Bonnie stampfte mit dem Fuß, als sie die Pferde davonrasen sah, aber als Jola ihr eine Hand auf den Hals legte, widmete sie sich wieder ihrem Grünzeug. Billy und Taylor waren jetzt oben an der Kurve, gleich würden sie aus ihrem Blickfeld verschwinden. Und Billy führte. Um eine ganze Pferdelänge.

Das Geräusch schwoll so plötzlich und unerwartet an, dass Jola zuerst gar nicht sagen konnte, woher es kam. Aber auf einmal war da dieses Motorrad, das genau auf sie zuraste. Bevor sie wusste, was geschah, hatte Bonnie sich schon losgerissen und galoppierte quer über den Acker davon.

Sie schrie: »Bonniiiiieee!«, sprang in das Gestrüpp am Wegrand, stolperte, schlug hin. Das Motorrad raste an ihr vorbei und der Fahrer sah sie vermutlich nicht einmal. Jola kam wieder auf die Knie und wischte sich Erdklumpen und feuchtkühles Laub aus dem Gesicht. Fassungslos starrte sie der davonrasenden Bonnie hinterher.

Ein ferner Aufschrei ließ sie hochspringen. Ein zweites Pferd kam quer über den Acker, Taylor – reiterlos. Viel zu schnell, um ihr nachzujagen. Sie stieg über die Sträucher zurück auf den Weg und lief den Feldweg entlang, auf dem Katie und Lea eben noch ihr Wettrennen veranstaltet hatten.

Billys Hinterteil bewegte sich im Kreis um seine Vorderbeine herum, aber Katie saß noch fest im Sattel. Lea lief neben ihr, die Hose dreckverkrustet, das Gesicht glutrot vor Scham.

»Wahnsinn. So ein Arsch!«

»Wo ist Bonnie?«, fragte Katie und gab Billy einen Klaps, damit er mit der Tanzerei aufhörte.

»Abgezischt.«

»Dann läuft sie heim. Genau wie Taylor. Na, wenigstens bist du nicht vom Pferd gefallen.«

Jola suchte mit den Augen die Umgebung ab, aber der Acker machte einen Schlenker nach unten. Von den beiden Pferden war nichts mehr zu sehen. »Sollen wir nicht lieber nach ihnen suchen?«

»Nicht notwendig. Ist nicht das erste Mal, dass sie, äh, ihre Reiter verlieren.« Katie grinste auf Lea runter, die nur wütend schnaubte.

»Jetzt komm schon, Lea! Das gehört dazu. Sei nicht sauer.«

»Dieser Kackmotorradfahrer kann was erleben, wenn ich ihn erwische!«

Sie liefen den Hauptweg zurück bis zu dem Pfad, der am oberen Ende der Weide rauskam. Es stank nach verbranntem Benzin. Abdrücke von Reifen hatten tiefe Furchen in den Waldboden gegraben, durch die Billy nun stapfen musste. Lea hob den Kopf und lief schneller.

Sie folgten der Abgasspur und landeten wieder auf dem Weg neben der großen Koppel. Ein paar Pferde kamen gelaufen, um Billy zu begrüßen, und ihr Freund wieherte lautstark zurück. Von Bonnie und Taylor keine Spur.

»Hoffentlich ist ihnen nichts passiert«, murmelte Jola.

Katie drehte sich halb zu ihr um und ließ Billy plötzlich ruckartig anhalten. »Das glaub ich ja jetzt nicht!«

Jola folgte ihrem Blick. Das Geländemotorrad war denselben Weg heruntergekommen wie sie, aber es war nicht am Ginsterhof vorbeigefahren, sondern durch den Obstgarten und lehnte jetzt an der Scheune. Der Fahrer stand nicht weit davon entfernt. Er hatte sein Visier hochgeklappt und hing regelrecht über dem obersten Balken der Pferdekoppel.

»Was will der da?« Katie runzelte die Stirn.

Aber es war nur zu offensichtlich, was der Fremde hier suchte: den weißen Hengst.

Fremde Schatten

Sie zerrten Billy mit sich und Katie baute sich hinter dem fremden Motorradfahrer auf.

»He, hallo? Das hier ist ein Privatgrundstück. Was machen Sie hier?«

Langsam drehte sich der Motorradhelm zu ihnen um. Es war schwer zu sagen durch das schmale Visier, aber gefährlich sah der Typ nicht aus. Eher …

Der Fahrer griff sich in den Nacken und zog den Helm herunter. Ein Schwall langer blonder Haare fiel heraus. Das Mädchen – oder war sie schon eine Frau? – lächelte etwas schräg.

Katie schnappte überrascht nach Luft und Jola kniff die Augen zusammen und suchte die Koppel ab. Der Hengst stand am anderen Ende des Zauns. Billy schnaubte und stampfte mit dem Huf auf. Da hob der Schimmel den Kopf und schaute zu ihnen herüber.

»Du hast unsere Pferde erschreckt«, rief Lea aufgebracht. »Ich bin deinetwegen runtergeflogen!«

»Was?« Das Mädchen riss die Augen auf. Sie hatte schöne Augen. So glitzernd. »Oh nein. Das tut mir leid, ehrlich! Ich habe euch gar nicht gesehen. Ist dir was passiert?«

Lea murmelte etwas, schüttelte dann aber den Kopf.

»Motorräder haben im Wald nichts verloren.« Katie stemmte die Arme in die Hüften. »Und was suchst du hier?«

Das Mädchen zögerte, dann sah sie wieder auf die Koppel. Ihre Augen weiteten sich.

»Ihn«, sagte sie nur.

Katie und Jola tauschten einen Blick.

»Du kennst ihn? Gehört er etwa dir?«, hakte Katie nach.

»Nicht direkt. Er gehört zu dem Hof, auf dem ich arbeite. Ich musste ihn sehen. Ob er es wirklich ist.«

Katie ließ die Arme herunterfallen. Jola konnte sich denken, wie es ihr ging. Auch ihr schoss die Enttäuschung wie ein Blitz in den Magen.

»Dann … bist du gekommen, um ihn abzuholen?« Jola schluckte. Jetzt passierte genau das, was Helen prophezeit hatte, und sie konnten nichts dagegen tun. *Freunde dich nicht mit ihm an*, hatte Niko sie gewarnt. *Er ist bald nicht mehr hier …*

Das Mädchen lächelte. Ihre Haare glänzten in der Herbstsonne wie pures Gold. Alles an ihr sah schön aus. Sie deutete mit dem Kopf auf ihr Motorrad. »Na ja, nicht sofort. Ich kann ihn ja schlecht an meiner Maschine anbinden.«

»Bist du denn sicher, dass es wirklich euer Pferd ist?« Katie drehte sich zu dem Hengst um, der sie immer noch vom anderen Ende des Zauns aus beobachtete. »Ich meine, auf die Entfernung täuschst du dich vielleicht.«

Aber das Mädchen lachte nur. »Ihn würde ich unter Tausenden erkennen! Er ist ein ganz besonderes Pferd. Mit ihm habe ich meine ersten Turniere gewonnen.«

»Und warum habt ihr nicht schon längst nach ihm gesucht?«, wollte Lea wissen. »Er ist doch schon zwei Wochen hier.«

»Das haben wir, aber natürlich nicht hier, in eurer Gegend. Er war auf der Laufkoppel mit den jungen Hengsten. Da muss er irgendwie rausgekommen sein! Ich kann mir nicht erklären, warum er weggelaufen ist, das ist noch nie passiert. Normalerweise verlassen sie ihre Herde nicht.« Ihr Blick wurde ganz weich. »Mann, bin ich froh, dass es ihm gut geht! Ich habe euren Aufruf im Radio gehört. Zum Glück, sonst wäre ich niemals auf die Idee gekommen, bis zu euch rauszufahren!«

»Dann bist du … von einem Gestüt?«, fragte Katie. Ihre Stimme klang dünn und hohl.

»Ja, genau. Draußen bei Siebenecken. Ich bin dort Bereiterin. Wir haben über hundert Pferde.«

»Wie heißt er?«, wollte Jola wissen, aber Katie fragte im selben Moment: »Wie alt ist er?«

Das Mädchen lachte. »Er ist stolze siebzehn Jahre alt. Und er heißt Whisper.«

»Whisper«, flüsterte Katie andächtig. Sie tauschte einen vielsagenden Blick mit Lea. »Ach, schade. Ich habe so gehofft, er kann bleiben und Mama erlaubt mir doch noch, ihn zu reiten …«

Das Mädchen grinste. »Na, wenn das so ist – das lässt sich machen. Du besuchst uns einfach, sobald er wieder zu Hause ist.«

Katie grinste ebenfalls. »Ehrlich? Darf ich? Oh, das wäre mein absoluter Traum! Und ich darf ihn wirklich reiten? Was habt ihr für Pferde? Worin trainiert ihr sie?«

Sie begann, mit dem Mädchen über die Pferde zu fachsimpeln, aber Jola hörte nicht mehr hin. Sie trat an den Zaun und schaute den Hengst an.

Whisper. Ein wirklich schöner Name. Schön … aber trotzdem passte er nicht zu ihm. Sie kletterte auf den ersten Balken und breitete ganz leicht die Arme aus, sodass er es sehen konnte. Ihr Herz überschlug sich beinah, als der Hengst aus dem Stand losgaloppierte und über die Koppel auf sie zuflog. Seine Mähne bauschte sich im Wind und sie spürte seinen Hufschlag im ganzen Körper vibrieren. Die Mädchen verstummten. Whisper bremste dicht vor ihr und senkte den Kopf.

Jola fühlte sich wie in einem Traum. Sie streckte die Hand aus und ließ ihre Finger durch die seidige Mähne gleiten. Sein Fell war kühl, trotz der Sonne, und so weich wie Wattewolken.

»Hey, Whisper«, sagte Katie leise zu ihm. »Jetzt geht es bald wieder nach Hause.«

Das fremde Mädchen hing über dem Zaun und streckte die Hand aus. »Mann, Junge, bin ich froh, dich zu sehen! Dir geht's richtig gut hier, was? Und neue Freunde hast du auch gefunden.«

Der Hengst prustete leise und machte den Hals lang, um Katie zu begrüßen. Seine Lider flackerten, aber sein Blick flog über sie hinweg.

»Er kann es nicht leiden, wenn ich die Motorradkluft trage«, sagte das Mädchen und legte den Helm ins Gras.

»Wann wirst du ihn abholen?«, fragte Katie und blickte sehnsüchtig zu Whisper.

»So bald wie möglich. Das Problem ist, dass wir nur zwei Hänger am Hof haben, und die sind gerade alle unterwegs.« Sie zog ein Handy aus der Tasche und wischte darauf herum. »Gib mir mal deine Nummer. Ich melde mich bei dir, sobald ich einen Hänger organisiert habe.«

Katie nannte die Nummer des Ginsterhofs und außerdem ihre Handynummer. Das Mädchen tippte alles ein, dann richtete sie das Handy auf Whisper und machte ein Foto von ihm.

Sie lächelte wieder. »Guckt doch nicht so traurig! Ihr könnt ihn ja jederzeit besuchen kommen.«

»Ach«, seufzte Katie. »So ein Pferd hätte ich auch gern. Was bist du mit ihm gegangen? Welche Klasse?«

»Vielseitigkeit bis M und Springen bis S, sogar platziert.« Das Mädchen wandte sich vom Zaun ab, hob den Helm auf und griff nach ihrem Motorrad. Dreck- und matschverklebt war das, die Reifen voller dunkelrotem Erdschlamm. Wahrscheinlich musste ein richtiges Geländemotorrad so aussehen, das durfte man gar nicht waschen.

Billy beäugte das seltsame Gefährt ebenfalls skeptisch und versuchte, in den Sattel zu beißen, aber Katie schob ihn auf die andere Seite rüber, damit sie sich weiter ungestört unterhalten konnte. Sie erzählte dem fremden Mädchen ausführlich von ihren eigenen Karriereplänen, davon, dass sie Vielseitigkeitsturniere reiten wollte, professionell. Ihr Traum war der olympische Kader.

Im Hof kam ihnen Niko mit Bonnie und Taylor entgegen. Die beiden Ponys hatten ihre Zügel zerrissen und ihre Mäuler grasgrün gefärbt. Jola war einfach nur froh, dass ihnen nichts passiert war. Sie lief zu Bonnie und schlang ihre Arme um den Hals des Ponys.

»Was ist passiert?« Niko schielte zu dem Motorrad und seiner langhaarigen Besitzerin. »Hattet ihr einen Unfall?«

»Nein, nein«, beeilte Katie sich zu sagen. »Alles geklärt. Die zwei haben sich nur erschrocken.«

Lea schnaubte wie ein Pferd, nahm Taylor aber trotzdem am halb zerfransten Zügel entgegen. Die war noch immer sauer wegen des Sturzes.

»Niko, das ist übrigens – oh, wie heißt du überhaupt?« Katie grinste das Motorradmädchen an.

Sie streckte Niko die Hand entgegen. »Hi! Ich bin Charly. Uns gehört Whisper – der weiße Hengst. Bald seid ihr den Abenteurer wieder los.«

»Ich … äh … wirklich? Whisper?« Niko starrte Charly an, und Jola konnte sehen, dass ihm schier die Augen aus dem Kopf fielen.

»Darf ich meine Hand wiederhaben?« Charly lächelte und entzog ihm ihre Hand. Sie ging in die Hocke, um Minnie zu streicheln, die neugierig aus dem Stall gewankt kam.

Niko schüttelte sich verlegen. »Das ist … schade.«

»Habe ich auch schon gesagt«, mischte Katie sich ein. »Aber weißt du, was? Ich darf ihn reiten! Und Mama kann nichts dagegen sagen, weil Charly es mir nämlich erlaubt. Sobald er wieder zu Hause ist, besuche ich ihn, und dann werdet ihr staunen! Er ist ein echtes Vielseitigkeitspferd, ist das nicht der Hammer?«

»Katie, krieg dich wieder ein.« Lea verdrehte die Augen. »Du hast deine Mam noch nicht mal gefragt.«

»Wo ist Helen überhaupt?« Jola sah sich um. Der Geländewagen war fort, er stand zumindest nicht mehr im Unterstand. Auf einmal hatte sie Angst, dass der Hengst verschwinden würde, bevor sie die Chance hatte, sich von ihm zu verabschieden. Bevor sie verstand …

»Schnell in die Stadt, ein paar Dinge besorgen.« Niko fing an, Minnie ebenfalls zu kraulen. Seine Hand wanderte dabei immer wieder zu Charlys hin. Der Hund wand sich genüsslich.

Charly erhob sich wieder. »Was ist das hier überhaupt? Eine Reitschule?«

»Ponyhof, Reitschule, Ferienlager für Kids und Sattlerei. Such dir was aus.«

»Sattlerei?«, fragte Charly überrascht. »Das heißt, ihr baut euren Pferden die Sättel selbst?«

»Nicht nur denen. Mein Vater hat eine eigene Kollektion. SteWe heißt sie. Im Reiterladen in Steinbach hängen ganz viele Sättel von ihm.« Katie ging auf Stefans Werkstatt zu und klopfte an die Tür. »Aber zurzeit sind keine Sättel da. Wegen der Satteldiebe.«

»Bei uns ist auch eingebrochen worden.« Charly senkte die Stimme. »Haben sie die Typen inzwischen erwischt?«

»Nee, leider nicht. Die Polizei hat uns gewarnt, dass die Bande noch in der Gegend ist. Aber bei uns werden die nichts finden. Außerdem haben wir den besten Wachhund aller Zeiten!«

Die Tür zur Werkstatt quietschte leise und Colorado streckte den Kopf zur Tür hinaus. Charly lachte auf, aber kurz darauf erschien das Gesicht von Katies Großvater.

»Ist Papa gar nicht da?« Katie schielte an ihrem Großvater vorbei ins Innere der Werkstatt.

»Er ist mit Helen nach Steinbach gefahren. Müssten in einer Stunde wiederkommen.«

»Oje«, sagte Charly. »So lange kann ich nicht warten.«

»Dann musst du eben morgen noch mal wiederkommen«, meinte Katie.

Nikos Kopf fuhr herum. »Ich habe eine Idee – warum kommst du nicht am Abend zu Annas Konzert?« Er wurde ein kleines bisschen rot, als Charly ihn fragend anschaute. »Morgen findet hier ein Rockkonzert statt. Unterm Sternenhimmel. Die sind echt gut«, fügte er hinzu, als Charly nicht gleich antwortete.

»Ich weiß nicht«, meinte sie schließlich. »Was werden deine Eltern denken, wenn ich bei einem Konzert auftauche, um mein Pferd abzuholen?«

»Du musst ihn ja gar nicht gleich mitnehmen«, gab Katie zurück. »Er kann ruhig noch eine Nacht länger bleiben. Du hast doch gesehen, es geht ihm gut hier!«

Charly lächelte. »Ach so, darum geht es. Ihr wollt Whisper noch nicht wieder hergeben.«

Bonnie stampfte mit dem Huf auf, bestimmt wurde ihr die Warterei langsam langweilig.

Charly deutete mit dem Kopf auf sie. »Versorgt eure Pferde. Ich melde mich morgen. Danke für alles, Katie.«

Die zwei Mädchen schüttelten sich herzlich die Hand, dann stieg Charly elegant auf ihr Motorrad und stülpte den Helm auf ihren Kopf.

»Das Konzert beginnt um acht«, rief Niko.

»Mal sehen«, sagte Charly und klappte ihr Visier herunter. »Tschüss, Niko!«

Sie startete das Motorrad, legte die Hände auf den Lenker und ließ den Motor aufheulen. Jola machte zwei Schritte rückwärts, um nicht die Abgaswolke ins Gesicht zu kriegen.

»Wow«, machte Niko und schaute der davonbrausenden Maschine hinterher. »Die ist so was von cool.«

»Sie ist cool«, sagte Katie und seufzte. »Aber ich könnte trotzdem heulen.«

Gewissheitsfragen

Die Neuigkeit sorgte für Wirbel auf dem Ginsterhof. Helen konnte es nicht fassen, dass Charly ausgerechnet dann auftauchte, wenn sie einmal nicht zu Hause war. Anna fand es toll, dass Niko die Werbetrommel für ihr Konzert schlug und Leute anlockte, wobei es ihr egal war, ob die Leute wegen ihr oder diesem Pferd kamen, Hauptsache, es kamen viele. Stefan erklärte sich bereit, das Pferd notfalls auch nach Siebenecken zu fahren. Wo war dieses Siebenecken überhaupt? Ein Blick auf Katies Handy zeigte ein winziges Kuhdorf südlich von Steinbach, gute vierzig Kilometer entfernt. Ein Teil der Strecke führte über eine stark befahrene Bundesstraße, die der Hengst wohl kaum genommen haben konnte.

»Wie ist das nur möglich?« Helen hatte ihr Abendessen noch nicht mal angerührt. »Diese Strecke. Und dann kriegt das niemand mit? Das Pferd ist strahlend weiß und noch dazu ziemlich groß, irgendjemand muss es doch gesehen haben! Vor allem von der Straße aus.«

»Es gibt Hunde, die noch weitere Strecken laufen, wenn sie wieder nach Hause finden wollen«, warf Stefan ein.

»Whisper ist aber nicht nach Hause gelaufen«, sagte Jola. »Er ist von zu Hause weggelaufen.«

»Seltsam.« Helen kratzte sich wieder am Kopf. »Und diese Charly, die war seriös, sagt ihr?«

»Wie meinst du das – seriös?« Beleidigt schaute Katie von ihrem dick mit Rührei belegten Brot hoch. »Sie wusste alles über ihn, seinen Namen, wie alt er ist, welche Turniere er gegangen ist, und sie hat uns gesagt, wo sie herkommt. Was ist daran denn nicht seriös?«

»Ich frage doch nur. Leas Vater hat inzwischen schon zehn Anrufe von Leuten erhalten, denen der Hengst angeblich gehört. Aber keiner von denen konnte ihn genau beschreiben oder eine glaubhafte Erklärung liefern, wie ihm das Pferd abhandengekommen ist. Wir sollten schon sichergehen, dass wir den Hengst an seinen wahren Besitzer zurückgeben.«

Stille breitete sich am Tisch aus.

Anna zog ihr Handy aus der Tasche und warf ihrer Mutter einen schnellen Blick zu, aber die bemerkte es kaum. »Leute, schaut euch das mal an. Ich habe euer Sorgenkind vorhin gefilmt. Wir schneiden das in unser Video rein, das wir von dem neuen Song machen wollen. Nach dem Unplugged-Konzert.« Als keiner reagierte, drehte sie das Handy um und hielt es so, dass jeder darauf schauen konnte.

Jola hielt den Atem an. Der weiße Hengst lief im Abendlicht über die Koppel. Er wirkte kein bisschen aufgeregt oder verstört, so wie am Anfang. Im Gegenteil, er schien sich schon richtig heimisch zu fühlen. Sein Fell nahm die Farbe der untergehenden Sonne an, Orangerotglitzergolden, und seine Mähne flog im unsichtbaren Wind, als er am Zaun entlanggaloppierte. Plötzlich blieb er stehen, sah in die Ferne. Es wirkte, als habe er etwas gehört – oder gesehen? Unvermittelt stieg er steil in die Luft und wieherte sehnsüchtig. Dann ließ er den Kopf wieder sinken, drehte um und trabte auf die Kamera zu. Seine Ohren zuckten wachsam, als er langsam den Kopf drehte und ihnen genau in die Augen zu blicken schien. Das Bild zoomte heran, verschwamm mit dem Dunkel seiner Augen und löste sich langsam darin auf.

Jola sah zu Katie, die Tränen in den Augen hatte. Schnell wischte sie mit dem Ärmel darüber. Zum ersten Mal überhaupt wünschte sie sich auch ein Handy, nur damit sie dieses Video wieder und immer wieder anschauen könnte.

»Ein tolles Video, Anna«, murmelte Helen. »Ach, wie schade.«

Anna schob das Handy wieder ein. Bisher hatte Jola gedacht, dass die Pferde ihr egal wären, aber etwas an diesem fremden Hengst schien sogar ihr unter die Haut zu gehen.

»Okay.« Stefan sah in die Runde. »Was machen wir mit dieser Charly?«

»Ein Erkennungsspiel«, schlug Niko vor. »Wir stellen fünf Pferde nebeneinander, und sie muss mit verbundenen Augen rausfinden, welches ihr Hengst ist.«

»Aber sie darf dabei nur die Beine abtasten.« Anna lachte.

»Sie muss sich ans Tor stellen und ihn rufen«, sagte Stefan. »Wenn er nicht kommt, ist es nicht ihr Pferd.«

»Toller Test«, murrte Katie. »Das würde bei fünfzig Prozent unserer Pferde auch nicht klappen. Die haben nämlich einfach keinen Bock zu kommen. Außerdem ist es nicht ihr Pferd. Sie arbeitet nur auf dem Hof.«

»Wir lassen uns die Papiere zeigen«, schlug Helen vor. »Ganz einfach. Bestimmt gibt es eine Eigentumsurkunde oder einen Equidenpass. Den verlangen wir. Nur zur Sicherheit.«

»Manche Pferde sind auch gechippt«, meinte Stefan nachdenklich. »Die Nummer steht im Impfausweis. Daran könnte man ihn auch identifizieren.«

Helen nickte. »Sehr gut! Der Wolf hat bestimmt ein Lesegerät für so einen Chip. Wir rufen ihn an, wenn Charly das Pferd abholt.«

»Vielleicht kommt sie ja zum Konzert«, warf Niko mit leuchtenden Augen ein. »Dann könnt ihr sie gleich morgen kennenlernen.«

Jola hatte sich ihren Teller mit gewürfelten Tomaten, Gurkenscheiben und Rührei vollgeladen, aber ihr Magen war wie verschnürt, und sie bekam kaum einen Bissen herunter.

»Helen?«, fragte sie und wartete, bis Helen ihr zuhörte. »Ist es nicht so, dass ein Pferd die Menschen kennt, die sich um es kümmern?«

Helen lächelte und nickte, ohne zu zögern. »Auf jeden Fall. Katie hat schon recht, wenn sie sagt, dass nicht alle Pferde auf Pfiff oder Ruf kommen. Manche tun es nie, die musst du immer einfangen. Aber sie kennen dich ganz genau. Sie wissen, wer du bist und wozu du gut bist in ihren Augen. Ob du ihren Stall sauber machst und sie fütterst, ob du sie gut behandelst und für sie sorgst. So wie wir sie auch kennen, ihren Charakter und ihre Eigenheiten.«

Jola biss sich auf die Lippe. Sie wusste so wenig von Pferden, vielleicht war es Unsinn, was sie zu sagen hatte – aber wenn sie es nicht erwähnte, würde sie es bestimmt bereuen. »Der Hengst kannte diese Charly nicht. Ich glaube sogar, er hatte sie noch nie vorher gesehen.«

Alle waren verstummt, niemand aß mehr. Und alle starrten Jola an.

»Was redest du da?«, fragte Niko. »Das kannst du doch überhaupt nicht beurteilen.«

»Sie meinte, er mag es nicht, wenn sie in ihrer Motorradkluft zu ihm kommt«, warf Katie nachdenklich ein. »Aber …«

»Aber Niko hat vorhin die Pferde gefüttert. Und er hatte auch noch seine Motorradjacke an.« Jola wäre am liebsten aufgesprungen. »Es ging nicht um die Sachen. Er kannte sie ganz einfach nicht!«

»Mal langsam.« Helen hob die Hand. »Wenn es dieses Gestüt tatsächlich gibt und diese Leute ihn abholen kommen, wird sich das ganz schnell aufklären. Bis dahin machen wir uns nicht damit verrückt, in Ordnung? Dieses Pferd kostet mich schon genug Nerven.« Sie sah ihre jüngere Tochter scharf an, die schon den Mund geöffnet hatte, um etwas zu sagen, aber stattdessen eilig zum Brotkorb griff. »So, und jetzt können wir vielleicht endlich in Ruhe zu Abend essen.«

Als Jola und Katie sich später am Fuß der Treppe verabschiedeten, hingen die ungestellten Fragen wie Nebelwolken zwischen ihnen in der Luft. Jola öffnete die Tür zum Anbau und trat hindurch. Katie lief die Treppe hoch, zwei Stufen, drei. Dann drehten sie gleichzeitig die Köpfe und schauten sich an.

»Fahren wir hin?«

»Wohin?«, fragte Jola, obwohl sie die Antwort schon ahnte.

»Na, wohin wohl. Nach Siebenecken! Dieses Gestüt werden wir schon finden. Über hundert Pferde sind wohl kaum zu übersehen.«

Nebelnachtgeheimnisse

Es war nach acht Uhr, als ihr Vater von seiner Schicht im Postamt nach Hause kam.

»Sorry«, seufzte er müde und ließ sich auf Jolas Couchbett fallen. »Der Bummelbus hat ewig gebraucht. Wird Zeit, dass wir uns ein Auto leisten, was?«

»Hast du schon was gegessen?«

»Hab keinen Hunger.«

Er sah nicht nur müde aus, sondern auch traurig. Jola rutschte zu ihm hin und lehnte ihren Kopf gegen seine Brust.

»Wir haben den Besitzer gefunden«, erzählte sie. »Von dem weißen Pferd. Oder eigentlich hat sie uns gefunden.«

»Aha«, machte ihr Vater. Er tat immer noch so, als würde er die Pferde um ihn herum überhaupt nicht sehen. Wahrscheinlich wusste er nicht einmal, von welchem Pferd sie redete. Auf einmal wurde ihr kalt neben ihm. Sie rückte ein Stück von ihm weg und schaute ihn an.

»Ewig können wir nicht hierbleiben«, meinte ihr Vater langsam. »Das weißt du, oder?«

»Warum sagst du das jetzt so?«

»Weil ich wieder eine Wohnung in Aussicht habe. Hab's zufällig mitbekommen. Bei einer echt netten Dame. Zwei Zimmer, etwa so groß wie hier. Ganz in der Nähe von Steinbach. Was meinst du? Wollen wir uns die morgen zusammen anschauen?«

Jola biss sich auf die Lippe. Sie wollte nicht nach Steinbach ziehen, sie wollte hierbleiben, auf dem Ginsterhof! Aber natürlich konnten sie nicht ewig hier Gäste sein …

»Morgen kann ich nicht«, sagte sie schnell.

»Was?« Ihr Vater streifte seine Schuhe ab und ließ sie quer durch den Raum segeln, bis sie kurz vor der Tür auf den Boden aufschlugen.

»Hab schon was vor. Mit Katie. Etwas Wichtiges. Und sehr dringend ist es auch.«

»Ach, Jola. Du musst schon mitspielen. Wir bleiben nur wegen dir in Steinbach.«

»Ja, ich weiß.« Sie schlang die Arme um ihre Beine. »Aber morgen geht es wirklich nicht.«

Ihr Vater verschwand ins Bad, kurz darauf hörte sie die Dusche rauschen. Es tat ihr weh, ihn so zu sehen. Müde und traurig. Vielleicht hatte er nur kein Glück gehabt mit seinen Verlagen, vielleicht war noch kein neuer Auftrag da, etwas, was ihm Spaß machte … Aber insgeheim wusste sie, was mit ihm los war: Er hatte Fernweh.

Angst kroch in ihr hoch, zäh und klebrig. Bitte noch nicht jetzt, bettelte sie stumm. Doch sie wusste, wie schnell man Orte und Menschen hinter sich lassen konnte.

Der Wecker neben der Schlafcouch zeigte kurz nach Mitternacht, aber Jola lag immer noch wach und starrte an die Decke. Milchige Schimmer krochen im Zimmer umher, weil sie die Jalousie oben gelassen hatte, damit sie die Sterne und den Halbmond sehen konnte. Vom Dach des Bullis aus hatte sie immer in die Sterne geschaut, jeden Abend vor dem Einschlafen. Im Zeltstoff war eine kleine Luke gewesen, die man mit einem Reißverschluss öffnen konnte und die ein Fliegengitter freigab, durch das man den Himmel sah.

Ach, das mit dem Schlafen funktionierte heute doch nicht mehr. Sie strampelte die Decke weg, stand auf und machte das Fenster auf.

Ein kühler Schwall drang ins Zimmer und sofort waren ihre Arme und Schultern von einer Gänsehaut bedeckt. Herbstwolken legten Schatten auf die Sterne und ließen die Bäume im leichten Wind rascheln und flüstern.

Pulli, dachte Jola. Erst als sie vollständig angezogen war, merkte sie, was sie da eigentlich tat.

Sie kletterte aufs Fensterbrett, ging in die Hocke und sprang auf der anderen Seite wieder hinunter.

Unsanft landete sie in den Himbeerbüschen, dicht neben dem Schuppen, wo der Traktor parkte. Ein paar stachelige Äste bohrten sich durch ihre Wolljacke, aber sie bog sie zur Seite und stieg mit großen Schritten aus dem Gestrüpp. Äpfel und Birnen baumelten über ihrem Kopf und darüber die Sterne. Die Nacht war klar und roch nach Pferden und Geheimnissen.

Sie stapfte durchs halbhohe Gras, bis sie den Weg erreicht hatte, den heute das Geländemotorrad entlanggebraust war. Jola konnte sogar noch die Spuren ertasten, die seine bulligen Reifen in den Kies gegraben hatten.

Natürlich sagte Charly die Wahrheit. Es gab keinen Grund, daran zu zweifeln. Sie wollte nur, dass es nicht stimmte, sie wollte, dass der Hengst blieb. Er hatte die Bilder zurückgebracht. Er hatte es geschafft, dass sie sich wieder an ihre Mutter erinnerte, an das Gefühl, von ihr gehalten zu werden, mit ihr den Duft ihres

Pferdes einzuatmen, gemeinsam mit ihrer Hand über sein weiches Fell zu fahren. Ihre Mutter war so lang nur ein Schemen gewesen, ein Geist in ihrem Kopf. Seit der Nacht im Stall, seit Whisper waren die Bilder real. Als ob ihre Mutter in ihr Leben zurückgekehrt wäre.

Sie erreichte die Koppel und stieg, ohne zu zögern, auf den obersten Balken. Die anderen Pferde waren nur Schatten in der Nacht, verstreut auf der großen Wiese. Whisper aber leuchtete. Sein Fell war so hell, als würde es von innen heraus strahlen.

»Whisper«, rief sie mit leiser, lockender Stimme. »Whisper, komm!«

Der Hengst schlief. Er stand so reglos, als wäre er tief in seinen Träumen gefangen.

Wovon träumt ein Pferd?, dachte Jola und ließ sich auf die Koppel plumpsen. Der Stromzaun neben ihr knisterte in der Dunkelheit. Sie lief an dem Geräusch entlang, bis sie den Heuhaufen erreicht hatte. Die Reste davon. Der Hengst stand mit hängendem Kopf da, und alles an ihm wirkte wie zuvor, aber als Jola genauer hinsah, bemerkte sie, dass seine Augen offen standen. Überrascht ging sie in die Hocke. Schlief er doch nicht?

»Whisper«, murmelte sie erneut. »Hey. Bist du wach?«

Der Hengst drehte ganz leicht den Kopf, dann machte er ein paar Schritte auf sie zu, bis er genau vor ihr stand. Wieder verfiel er in die seltsame Haltung, schlafendes Pferd, nur eben – ohne zu schlafen. Sie streichelte seinen Kopf, seine Nüstern, strich ihm die Haare aus der Stirn und hinter die Ohren. Er fühlte sich so weich an, so wattig. Und er roch nach einer Mischung aus Wind und Nebel.

»Kannst du auch nicht schlafen?«, murmelte sie in sein Fell.

Der Hengst lehnte seine Stirn an ihren Bauch und ihr Herz klopfte wie verrückt dabei. »Du willst auch nicht hier weg, oder?«

Ihre Finger tasteten seinen Hals entlang, an die seidige Furche unter seinem Hals. Der Tierarzt hatte versucht, eine Blutprobe von ihm zu nehmen, aber das Röhrchen war leer geblieben. Kein Blut. Er würde auch keinen Chip finden, da war Jola ganz sicher. Der Tierarzt war keine Hilfe.

Wer dann? Wer weiß, wer du wirklich bist? Oder heißt du Whisper? Bist du von zu Hause weggelaufen? Und warum? Vielleicht ging es dir schlecht dort. Sie haben dich nicht gut genug behandelt. Und eines Nachts bist du einfach ausgerissen. Manche Kinder machen das doch auch, warum also nicht ein Pferd?

Aber irgendwie passte die Geschichte genauso wenig zu ihm wie dieser Name. Whisper. Flüstern.

Du bist kein Flüstern, dachte sie. Dafür bist du viel zu groß und zu schön. Und du hast etwas zu sagen, laut und deutlich. Wir verstehen nur noch nicht, was.

Etwas glitzerte auf seinem Fell, ein feiner Schleier aus Traurigkeit. Jola wischte ihn weg. Keine Tränen, nicht heute Nacht, nie. Sie weinte nicht. Sie war traurig, weil der Hengst fortmusste. Aber deshalb weinte sie nicht.

Der Hengst stupste sie in den Bauch. Er sah jetzt nicht mehr müde aus, nicht mehr schläfrig. Seine Augen waren hellwach. Alle schliefen, nur sie beide nicht. Und plötzlich wusste sie, was sie wollte – warum sie hier war. Es war derselbe Wunsch, den Katie hatte, nur war er bei ihr anders … entstanden.

»Tust du etwas für mich?«, flüsterte sie in sein Ohr. Sie lief einfach los, zum Zaun. Und der Hengst kam mit ihr.

Ein Schauder lief ihr über den Rücken, als sie zurück auf den

Balken kletterte. Sie wusste nicht, was passieren würde, sie wusste ja nicht einmal, was sie tun musste! Die zockelige Bonnie konnte man wohl kaum mit dem Hengst vergleichen.

»Du musst näher kommen, sonst schaffe ich es nicht«, sagte sie leise. Der Hengst stand jetzt parallel zum Zaun und legte seinen Kopf auf dem Balken ab. Es sah aus, als würde er in die Sterne gucken.

Jetzt oder nie! Jola griff nach der Mähne. Lang und seidig verwob sie sich mit ihren Fingern. Sie legte ihr Gewicht auf seinen Hals, hob ein Bein und stieß sich mit dem anderen Fuß vom Balken ab. Für einen Moment baumelte sie mit beiden Beinen in der Luft, dann rutschte ihr Körper über den Schwerpunkt, und sie schaffte es, ein Bein über den Pferderücken zu legen. Jetzt hatte sie Halt. Ein kleiner Ruck, dann war sie oben. Ziemlich hoch oben.

Jola atmete tief ein und langsam wieder aus. Dann stemmte sie sich mit den Händen ab, bis sie gerade saß. Wieder hatte sie das Gefühl, auf Watte zu treffen, als ob sein Fell von einer Art Flaum überzogen wäre. Es war, als würde sie träumen. Dann aber schnaubte der Hengst und setzte sich ruckartig in Bewegung und die Welt unter ihr wurde mit einem Schlag ziemlich real.

»Langsam«, bat sie, und ihre Stimme zitterte. Hatte sie Angst? Nein, irgendwie nicht. Es war ganz anders, als auf Bonnie zu reiten. Kein Vergleich.

Der Hengst trug sie einmal um die Koppel, immer am Zaun entlang. Er ging schnell, mit hoch aufgerichtetem Kopf und gespannt flackernden Ohren. Aber er rannte nicht und er warf sie nicht ab. Noch eine Runde. Jola schloss die Augen. Sie wartete auf das Gefühl, wartete, bis der Traum zum Leben erwachte.

Und dann kamen die Erinnerungen, so plötzlich, dass sie beinah vom Pferd gerutscht wäre. Das sanfte, wiegende Schaukeln. Ihre kleinen Finger, die sich in die Mähne krallten. Der warme Körper unter ihr, ohne Sattel, damit sie seinen Herzschlag spüren konnte. Die Stimme ihrer Mutter, ihr Lachen, ihre Freude. Sie hatte es tatsächlich vergessen. Bis heute. Bis jetzt.

Sie würde dieses Gefühl niemals wieder vergessen.

Lotte
1944

Mondlicht schwamm auf dem See, ruhig und still. Die Welt um sie herum hielt den Atem an, ließ sie vorüberziehen und eins werden mit der Nacht.

Sie hielt sich mit beiden Händen an Max' Hüfte fest, ihre Beine hingen lang herab. Einmal hätte sie fast das Gleichgewicht verloren, weil sie sich zuerst nicht getraut hatte, die Arme um ihn zu legen. Jetzt tat sie es, und es fühlte sich so selbstverständlich an, als wäre sie mit ihm verwoben. Mit Max und mit Wolkenherz, der sie beide mühelos durch die Nacht trug.

Der Ausflug war Max' Idee gewesen. Er war aus der Schule gekommen und hatte ein Grinsen auf dem Gesicht mitgebracht, ihr aber nichts verraten. Eine Überraschung, hatte er nur gesagt. Und dass sie sich bis zum Abend gedulden müsse. Sie hatte sich geduldet, aber nicht besonders gut – ihr Herz hatte wie verrückt geklopft, und sie war die ganze Zeit durch den Stall geschlichen, um zu sehen, ob er etwas für sie versteckte. Dann war die Dunkelheit gekommen und die Erwachsenen waren im Haus verschwunden. Und ihr Herz war beinahe explodiert vor Neugier.

Max führte Wolkenherz am Zügel aus dem Stall, einen Sattel hatte er nicht aufgelegt. So hatte er begonnen, den Hengst zu reiten – ohne Gurte und ohne Sicherheit, nur mit gegenseitigem Vertrauen. Und es hatte funktioniert, Wolkenherz hatte ihn noch niemals abgeworfen. Sie hatte erst nicht verstanden, dass sie nun an der Reihe war, ihr Ver-

trauen auf die Probe zu stellen. Und dann hatte sie doch tatsächlich ein klein wenig Angst bekommen.

»Komm schon«, hatte Max geflüstert und sich mit einem geübten Satz auf den Rücken des großen Hengstes geschwungen. »Das ist der Lohn für deine Schufterei.«

Sie liebte dieses Pferd, und sie fühlte, dass der Hengst und sie Verbündete waren. Natürlich durfte sie auf ihm reiten! Max lenkte ihn nah an einen Mauervorsprung, auf den sie klettern konnte. Dann griff sie scheu nach seiner Hand, schwang ihr rechtes Bein über den Pferderücken und – saß. Wolkenherz rührte sich nicht, sein Atem ging tief und gleichmäßig. Sie versuchte, in seinen Rhythmus zu finden.

»Jetzt gehört die Nacht uns«, flüsterte Max. Er wandte ganz leicht den Kopf, sodass sie seine Stirn sehen konnte, seine Nase, seinen Mund. Er lächelte. Sie lächelte mit ihm. Und plötzlich war die Angst wie weggepustet und es gab nur noch Max und Wolkenherz und sie auf der Welt.

Sie ritten durch den Wald, der sich nachts in eine Märchenlandschaft verwandelte. Mondlicht glitzerte in den Wipfeln der Bäume und ein Meer aus Blütenblättern zeichnete ihnen den Weg. Weiches Moos schluckte den Hall von Wolkenherz' Schritten und ein Gefühl tiefer Dankbarkeit erfüllte sie.

Ein Käuzchen schrie, irgendwo schu-schute eine Eule. Der Wind blies ihr die Haare ins Gesicht und wirbelte Wolkenherz' Mähne hoch. Vor ihnen teilte sich der Wald, Bäume wurden zu Horizont, Waldboden zu weichen Wiesen. Der See versteckte sich irgendwo vor ihnen, sie konnte ihn riechen. Sie kannte den See, wusste, wie kalt er war, selbst im Sommer. In ihm hatte sie schwimmen gelernt, als sie noch ein kleines Kind gewesen war.

Dann sah sie ihn, weich und silbrig glänzend. Der Mond stand genau über dem Wasser und tauchte ihn in geheimnisvolles Nebellicht. Alles, die Wiese, die Büsche, selbst Wolkenherz und Max, schimmerte unwirklich im Bann des Zauberlichts.

Max wandte sich zu ihr um, und ehe sie wusste, wie ihr geschah, fühlte sie seine Hand an ihrer Wange. Er öffnete den Mund, als wolle er etwas sagen – aber dann spürte sie seine Lippen ganz zart an ihren. Sein Kuss dauerte nur wenige Herzschläge lang, aber die Berührung brannte sich in ihr Herz wie ein Feuerzeichen. Ihr Körper glühte und gleichzeitig zitterte sie wie eine Erfrierende. Das Gefühl war so widersprüchlich und neu, dass sie ihre Füße an Wolkenherz' Flanken presste.

Ihr Kommando genügte. Wolkenherz schoss los, angetrieben von ihren rasenden Herzschlägen. Er rannte um den See, aber es fühlte sich an, als würde er über die milchige Wiese schweben.

Sie schlang die Arme um Max' Bauch und drückte sich an ihn. Sein Herz klopfte genauso verrückt wie ihres, laut und schnell. Er stieß einen Schrei aus, der Wolkenherz weiter anspornte. Sie jagten um den Mondsee, und sie stimmte ein in den Schrei, bis sie den Wind wieder fühlte, den Wind und die Nacht mit all ihren Schatten.

Nichts und niemand konnte ihr diese Nacht nehmen.

Nichts und niemand durfte ihr Wolkenherz und Max nehmen.

Über sieben Ecken

Katie grinste von einem Ohr zum anderen, als sie am Freitag die Treppe vor dem Schulhaus hinunterhüpfte. »Das gab es noch nie, meine Mama wird ausflippen!«

»Sie wird dich fragen, ob du geschummelt hast«, prophezeite Lea mit vollem Mund. Sie reichte eine Tüte mit Flips herum, aber niemand wollte welche.

»Schummeln ist nicht wild«, sang Katie und umarmte ihre Freundinnen rasch hintereinander. »Solange du dich nicht erwischen lässt!«

»Fährst du wieder mit Niko?«, fragte Sanne hoffnungsvoll. Sie hatte ihn auf seinem Motorrad entdeckt. Er unterhielt sich gerade ziemlich gut gelaunt mit einem anderen Mädchen.

Katie schüttelte den Kopf. »Nö. Jola und ich haben noch eine Mission.« Sie erzählte den beiden anderen in schnellen Worten, was sie vorhatten, aber Sanne hörte nur mit halbem Ohr zu. Sie ließ Niko nicht aus den Augen und schob die Unterlippe vor, als wäre sie zutiefst gekränkt.

»Das ist bestimmt nichts mit den beiden«, versuchte Jola, sie zu trösten. Sie legte Sanne die Hand auf den Arm. »Der flirtet doch die ganze Zeit mit irgendwelchen Mädchen rum.«

»Na, du musst es ja wissen«, knurrte Sanne und wischte Jolas Hand weg. »Du bist ja auch eine von denen!«

»Bin ich gar nicht! Er war nur nett zu mir.«

Zu dir ist er auch nett, wenn er etwas von dir möchte, dachte sie.

»Schön! Super! Kannst dir ja was drauf einbilden!« Sanne drehte sich weg und stapfte wortlos zum Bus, der schon mit offenen Türen auf die Schüler wartete.

Lea verdrehte die Augen. »Hört das denn nie auf?«

»Lass sie doch.« Katie schmunzelte. »Niko, der Herzensbrecher! Bei dem hat sie sowieso keine Chance. Wenn sie das mal kapiert hat, kommt sie schon drüber weg.«

Jola wäre Sanne gern nachgelaufen. Irgendwie tat sie ihr leid. Es war bestimmt nicht leicht, in jemanden verliebt zu sein, der einen so wenig beachtete und bei dem man dann auch noch zuschauen musste, wie er mit einer anderen herumalberte, die ihm offensichtlich besser gefiel.

Vielleicht weiß er nur einfach nichts von Sannes Gefühlen, dachte sie. Er hat es einfach noch nicht bemerkt, deshalb sieht er sie nicht an.

Lea drückte Katie die halb leere Flipstüte in die Hand. »Hier. Nimm sie mit. Falls ihr Proviant braucht auf eurer Mission.«

Sie warteten nicht, bis die Busse abgefahren waren, sondern verließen das Schulgelände über den Fußweg, der am Fluss entlangführte. Katie hatte recherchiert, dass es einen Bahnhof in Siebenecken gab und sie mit dem Zug etwa zwanzig Minuten brauchen würden, was machbar war und auch nicht allzu teuer. Blöd war nur, dass es in Steinbach keinen Bahnhof gab und sie dazu erst ins Nachbardorf gelangen mussten.

»Also los.« Katie stellte sich an den Straßenrand und streckte den Daumen raus.

»Bist du irre?« Jola riss sie am Ärmel zurück. »Am Ende nimmt uns so ein Verrückter mit und wir kommen gar nicht lebend am Bahnhof an.«

»Mensch, Jola«, murrte Katie. »Wie sollen wir denn sonst hinkommen?«

»Wir laufen«, schlug Jola vor und guckte in den Himmel. Wolkenwetter, aber immer noch herbstwarm.

»Das sind fast fünf Kilometer! Dauert doch viel zu lang. Wir werden den Zug verpassen.«

»Dann rennen wir halt!«

»Wir könnten uns Fahrräder klauen. Vor der Schule stehen doch genug.«

Jola musste lachen. »Oder wir weihen Niko ein und fragen, ob er uns fährt. Erst dich und dann mich.«

»Wir weihen Niko auf keinen Fall ein. Glaubst du, der würde es sich entgehen lassen, Charly wiederzusehen? Nein danke. Es geht um den Stall und die Pferde und nicht um Charly. Der würde voll stören.«

Jola warf einen Blick zurück. »Leihen wir uns doch sein Motorrad! Er braucht es gerade sowieso nicht.«

»Dumm nur, dass ich nicht fahren kann. Du?«

Jola blieb stehen. Auf der anderen Straßenseite lag der Reiterladen. Nur ein Auto parkte davor, ein grauer Geländewagen mit einem schwarzen, heulenden Wolf auf der Tür. Hinten auf der Heckklappe stand: Tierarzt im Einsatz.

»Ui«, machte Katie und packte Jola am Ärmel. »Das trifft sich ja gut. Der Wolf hat seine Praxis im Nachbardorf. Drück die Daumen, dass er gerade auf dem Rückweg ist!«

Katie verschwand im Reiterladen, und Jola spähte durch das große Fenster, in dem noch immer das Plastikpferd stand. Es war jetzt nackt, ohne Trense und Sattel, und Jola spürte, wie sie eine Gänsehaut überlief. Hatten die Diebe das gemacht?

Sie ging ein Stück an der Hauswand entlang. Weitere Fenster gaben den Blick frei auf die vielen Ständer mit Reitbekleidung, aber Jola lief weiter, bis sie vor glatter Mauer stand. Ab hier konnte man nicht mehr hineinsehen, an dieser Stelle befanden sich die Umkleidekabinen und dahinter die vielen Balken mit den Sätteln. Über ihr klafften zwei schmale Fenster in der Wand, so hoch, dass man nicht hindurchsehen konnte, außer man benutzte eine Leiter. Beide Fenster waren fest verschlossen. Leas Vater hatte gesagt, eingeschlagen hatten die Diebe sie nicht. Also wie waren sie hineingelangt? Waren die Fenster vorher schon geöffnet worden? Aber wer konnte so etwas tun?

Jeder, dachte Jola. Jeder, der in den Laden geht und die Umkleiden benutzt.

Man musste nur ein bisschen klettern und schon ließ sich von innen ganz einfach der Griff nach oben drücken. Und noch eine Sache war damit absolut klar: Der oder die Diebe waren klein, wie ein Kind, oder zumindest ziemlich schlank. Sonst hätten sie nie und nimmer durch das schmale Fenster gepasst.

»Jola!«

Katie stand neben dem Geländewagen und winkte. Doktor Wolf hielt ihr die hintere Wagentür auf und Jola sprang hinein.

»Er schmeißt uns am Bahnhof raus«, informierte Katie sie und grinste. »Und das Beste: Er muss heute Abend sowieso noch zu uns raus, wegen Minnie – da kann er uns auch gleich wieder mit zurücknehmen!«

Jola streckte beide Daumen in die Höhe, und Katie zog ihr Handy aus der Tasche und erklärte ihrer Mutter, dass sie und Jola nach der Schule noch kurz bei Lea vorbeischauten und deshalb später heimkamen. Doktor Wolf zog nur die Augenbrauen hoch, sagte aber nichts dazu.

»Die erlaubt mir heute sowieso alles, was ich will.« Katie grinste. »Nach der Eins in Englisch …«

Eine Weile fuhren sie schweigend über die Landstraße. Links und rechts wechselten sich hügelige Felder und Wiesen mit kleinen Waldstücken ab. Ein paar letzte Maisfelder wackelten im Wind, einmal überholten sie einen Traktor.

»Was macht euer vierhufiger Gast?«, fragte Doktor Wolf schließlich.

»Sein Besitzer hat sich gemeldet«, berichtete Katie, die vorn neben ihm saß.

»Also doch!« Doktor Wolf kratzte sich am stoppeligen Kinn. »Tja, das ist schade, denn eigentlich hatte ich gehofft … aber dann ist das vielleicht keine so gute Idee.«

»Was denn?« Jola beugte sich zwischen den Sitzen vor.

»Ich war doch bei euch auf dem Hof«, meinte der Tierarzt nachdenklich. »Wir wollten feststellen, ob der Hengst eine ansteckende Krankheit hat oder ob ihr ihn gefahrlos mit den anderen Pferden zusammenlassen könnt.«

»Ich erinnere mich«, murmelte Jola düster. »Das war ein Riesenchaos!«

»Weißt du noch, was passiert ist, als ich die Blutprobe nehmen wollte?« Doktor Wolf sah Jola im Rückspiegel an und zog die Brauen hoch.

»Ja. Es kam kein Blut.«

»Genau. Zuerst dachte ich, ich hätte einfach danebengestochen. Aber es ist nicht so schwer, bei Pferden Blut abzuzapfen.

Zumindest, solange sie ruhig stehen. Ich habe nicht danebengestochen.«

Katie drehte den Kopf und sah den Tierarzt erschrocken an. »Und – was heißt das jetzt? Ist er doch krank?«

»Das weiß ich auch nicht. Aber ich zerbreche mir den Kopf, weil es … hmm … eigentlich nicht sein kann. Deshalb wollte ich fragen, ob ich es noch mal versuchen darf. Aber wenn der Besitzer aufgetaucht ist, müssen wir ihn wohl erst fragen.«

»Das können wir machen«, plapperte Katie. »Wir treffen ihn eh gleich!«

»Ach, tatsächlich?«

Erschrocken hielt Katie sich die Hand vor den Mund.

Aber der Tierarzt lachte nur dumpf. »Keine Angst. Ich verrate euch nicht. So, wir sind da. Und der Zug steht auch schon auf dem Gleis. Ruf mich an, wenn ihr zurück seid, Katie. Dann sammle ich euch wieder auf.«

»Wirklich nett, unser Tierarzt, findest du nicht?« Katie hakte sich bei Jola unter und zog sie zum Gleis. »Los, komm! Nicht, dass der Zug ohne uns abfährt!«

Aber Jolas Gedanken flackerten ineinander wie ein Feuerwerk.

Kein Blut, dachte sie. Keine Fliegen. Kein Schlaf. Wattewolkenweiches Fell. Und eigentlich kann das alles gar nicht wirklich sein …

Der Zug hielt ein Dutzend Mal an, bevor sie endlich in Siebenecken aussteigen konnten. Hier dümpelten keine Schäfchenwolken am Himmel, hier hing eine graue Wolkenwand über ihren Köpfen und leiser Tröpfelregen malte nasse Flecken auf die Straße.

Sie gingen den Weg entlang, den Katies Handy ihnen anzeigte. Vom Bahnhof aus nach links, der Straße folgen, queren, durch eine Bahnunterführung, zwischen den Häusern durch und auf die Bäume zu, die den Blick in Hofeinfahrten versperrten. Vor einem breiten, fest verschlossenen Holztor blieben sie stehen.

»Hier muss es sein«, sagte Katie und hielt ihr Handy hoch. »Ja, genau, da steht es ja: Gestüt Siebenecken. Wir sind richtig.«

»Klingeln wir einfach?« Jola versuchte, durch die Latten zu spähen. »Ich sehe keine Pferde!«

»Der Weg geht noch weiter. Gucken wir doch mal.«

Aus der Straße wurde ein Feldweg, der im Bogen um den zugebauten Hof herumführte.

»Die reinste Festung ist das«, murmelte Katie. Sie deutete nach vorn, links vom Weg. »Zumindest gibt es Koppeln!«

»Aber ohne Pferde drauf.« Jola stapfte durch das kniehohe Gras, um auch in die letzten Winkel sehen zu können.

Die Koppeln sahen anders aus als die riesige, weitläufige Waldwiese hinter dem Ginsterhof mit der alten Eiche und dem Fluss am Ende. Hier war die Graslandschaft in Parzellen unterteilt, kleine, durch Elektrozäune getrennte Rechtecke, die gerade mal halb so groß waren wie Whispers Notunterkunft.

Whisper. Das schlechte Gewissen nagte an Jola, weil sie Katie ihren nächtlichen Geheimritt verschwieg. Sie hatte es ihr erzählen wollen, aber als sie am Morgen aufgewacht war, hatte sich alles angefühlt wie ein seltsamer Traum … ein Traum, der sich wie Zuckerwatte auflöste, sobald man ihn mit jemandem teilte.

»Definitiv kein Pferd zu sehen«, stellte sie fest. »Schon gar keine hundert. Wo verstecken sie die bloß?«

»Vielleicht müssen wir weiter rein.« Katie suchte nach einem abgebrochenen Ast und bog damit den Stromzaun weg, sodass sie auf die Koppel klettern konnte. »Kommst du mit?«

Jola zögerte. Sie traute diesen dünnen Zäunen nicht, außerdem fühlte es sich verkehrt an, einfach in ein fremdes Grundstück einzubrechen. Auch wenn es genau genommen nur eine leere Wiese war. Katie sah sie abwartend an und Jola ließ sich auf die Knie nieder und krabbelte ebenfalls durch den Zaun.

Sie näherten sich dem Hof von der Rückseite und kamen an einer großen Reithalle mit Plexiglasfenstern vorbei. Dahinter stand ein langes, weiß getünchtes Gebäude mit kleinen, staubblinden Fenstern, modern und schmucklos. Sie hörten ein Wiehern, das Stampfen von Hufen auf weichem Boden. Jola lief auf das Geräusch zu, wie ferngesteuert, aber ihr linker Fuß steckte plötzlich in etwas Weichem fest.

»Oh, *shit.*«

Katie lachte. »Gut, Jola! Damit wäre bewiesen, dass es hier tatsächlich Pferde gibt.«

»Und mindestens eins mit Durchfall.«

Sie stiegen auf der gegenüberliegenden Seite wieder durch den Koppelzaun und standen nun hinter der Reithalle auf dem fremden Gestütshof. Jemand rief Kommandos, es klang wie »Aus der Ecke kehren!«, aber Jola war nicht sicher, ob sie richtig verstanden hatte. Sie versuchte, ihren braun gefleckten Schuh im halbhohen Gras zu säubern. Katie grinste, bis plötzlich neben ihnen eine barsche Stimme erklang.

»Was treibt ihr da? Das ist ein Privatgrundstück!«

Erschrocken sahen sie hoch. Ein Mann stand da, in Reiterjeans und Gummistiefeln.

Katie ging direkt auf ihn zu und streckte ihm die Hand hin.

»Bitte entschuldigen Sie, dass wir einfach so reingegangen sind. Wir sind vom Ginsterhof.«

Der Mann starrte auf ihre Hand, dann auf Katie. »Ja und?«

»Ginsterhof! Whisper ist bei uns.«

Der Mann trat einen Schritt zurück und schüttelte den Kopf. »Ihr wollt mich wohl verarschen. Macht, dass ihr hier rauskommt! Das ist kein Spielplatz, sondern ein Privatstall.«

»Ich dachte, Sie sind ein Gestüt.«

Jola stellte sich dicht neben Katie, die jetzt ihre Hand fallen ließ. Sie wäre am liebsten gegangen, auf der Stelle. Aber Katie machte keine Anstalten, das Feld zu räumen, also würde sie auch bleiben.

»Und besonders auf einem Gestüt gehört es sich, am Tor zu klingeln. Wer über die Koppeln einsteigt, braucht keine Freundlichkeit zu erwarten.« Er machte wieder zwei Schritte auf sie zu, wie um sie zu verscheuchen.

»Tut uns wirklich leid!« Jola versuchte, an ihm vorbeizuspähen, aber er versperrte ihr absichtlich den Blick. »Wir wollten nur die Pferde sehen. Wir wussten doch bisher gar nichts von ihm.«

»Die Pferde, so, so«, brummte der Mann. »Oder wolltet ihr vielleicht spionieren? Wo es sich am leichtesten einbrechen lässt?«

Katie und Jola tauschten einen erschrockenen Blick. »Was? Nein! Wir sind doch keine Pferdediebe!«

»Dann verschwindet ihr jetzt besser von hier. Bevor ich doch noch die Polizei rufe.« Er deutete mit dem Kopf zum Tor und wartete, bis Katie schließlich voranging. Zögerlich folgte Jola ihr.

Als sie am Halleneingang vorbeikamen, dessen Doppelschiebetür zur Hälfte offen stand, sahen sie endlich Pferde. Zwei schöne, gut bemuskelte Braune, die vom Körperbau her durchaus

Ähnlichkeit mit dem Hengst hatten. Katie blieb wie angewurzelt stehen und starrte hinein.

»Hannoveraner«, sagte sie bewundernd. »Sie trainieren Vielseitigkeit?«

Der Mann blieb neben ihr stehen, und Jola fürchtete schon, er würde Katie packen und gewaltsam vom Hof schleifen. Aber er folgte ihrem Blick und nickte nur. »Du kennst dich aus?«

»Ich will selber Buschreiterin werden. Aber ich kann nur auf Ponys üben. Oder unseren Haflingern. Als Whisper aufgetaucht ist, da dachte ich …« Sie verstummte und klebte wieder mit den Augen an den beiden Pferden und ihren Reitern fest, die von einer Frau in der Mitte herumkommandiert wurden. »Galoppiere ihn bei K an, dann aus dem Zirkel wechseln!«

Wind zog auf und trug die Worte aus der Reithalle fort. Der Mann trat zwischen sie. Er roch ziemlich intensiv nach Pferdestall. »Woher kommt ihr noch mal?«

»Vom Ginsterhof«, antwortete Katie, ohne wegzuschauen. »Aus Steinbach. Wir haben Ihr Pferd gefunden.«

»Eigentlich hat es uns gefunden«, fügte Jola zaghaft hinzu.

Der Mann schüttelte ganz leicht den Kopf. »Wir vermissen aber überhaupt kein Pferd.«

Katies Kopf schnellte herum. Sie starrte jetzt den Mann an. »Wie bitte?«

»Was immer das für eine haarsträubende Geschichte ist, die ihr euch da ausgedacht habt – uns fehlt kein Pferd.«

Jola schaute sich verstohlen um. »Wo sind denn all Ihre Pferde?«

»Im Stall natürlich.« Der Mann deutete hinter sich, und Jola sah, dass der Stall, den sie von der Koppel aus gesehen hatten, nicht der einzige war. Auf dem Hof gab es noch mindestens drei weitere identische Gebäude.

»Und … da sind Sie ganz sicher?«

Der Mann furchte die Stirn. »Aktuell schon. Und jetzt würde ich vorschlagen, dass ihr verschwindet.«

»Können wir vielleicht mit Charly reden? Ist sie hier?« Katie war entschlossen, noch nicht aufzugeben, und Jola bewunderte sie dafür. Sie stand mit hoch aufgerichtetem Kopf da und sah dem Mann direkt in die Augen.

»Ich kenne keine Charly.«

Katie sah zu Jola. Ihre Miene war so düster wie der Himmel über ihnen. »Und Whisper … Whisper kennen Sie auch nicht?«

Der Mann lachte kurz auf. Es klang aber nicht gerade freundlich. »Oh doch. Whisper. Der Name sagt mir was. Aber dieses Pferd kann nicht bei euch sein.«

Ein Schauder kroch über Jolas Rücken und plötzlich war ihr der Wind unangenehm. Sie fröstelte und schlang die Arme um sich.

»Warum nicht?«, fragte Katie mit dünner Stimme.

Der Mann taxierte sie, versuchte wohl, ihr Alter zu schätzen. Glaubte er immer noch, dass sie spionieren wollten? Aber was? Waren die Pferde, die hier gezüchtet wurden, denn so wertvoll?

Als er sich umdrehte und wortlos in Richtung der Ställe stapfte, folgten sie ihm ganz automatisch, obwohl Jola noch immer ein flaues Gefühl im Magen hatte.

Etwas stimmte hier nicht. Ganz und gar nicht.

Vor einem viereckigen Minihaus blieb der Mann stehen. Ein rotes Giebeldach ragte in den grauen Himmel, es gab sogar einen echten Schornstein. Nur ein Fenster passte auf eine Wandseite, die über und über mit Namen und Zahlen vollgeschrieben war. Jola versuchte, einen Hinweis auf Whisper zu finden, aber es waren einfach zu viele Namen. »Alina und My Time, 3. Okt., Aachen, CC L, 2. Platz.« »Garry und So What?, 24. Mai, München, M-Springen, 4. Platz.« Was hatte das zu bedeuten?

»Da.« Katie stieß sie in die Seite. Jetzt sah sie es auch. Über der Eingangstür hing ein Schild: Sattelkammer. Und auf einmal ahnte sie, warum der Mann sie für Diebe gehalten hatte. Es ging gar nicht um die Pferde – er hatte geglaubt, sie kämen im Auftrag der Sattelbande!

Aber der Mann ging ohne ein Wort um das Sattelkammerhaus herum zur Rückseite. Hier wuchsen hohe Tannen, die beinah den Blick auf die Hauswand versperrten. Das Fenster auf dieser Seite sah neu aus, Folie klebte noch auf dem Glas. Dann sah Jola, dass auch hier Namen auf die Wand geschrieben standen. Allerdings keine von erfolgreichen Reitern und Turnieren – es waren die Namen von Pferden. Von toten Pferden.

Katie griff nach ihrem Arm und drückte ihn fest. Sie sahen sich kurz an. Dann suchten sie die gemalten Kreuze auf der Hauswand ab, bis sie das eine gefunden hatten, wegen dem der Mann sie hierhergeführt hatte. Es befand sich ziemlich genau neben dem Fenstergriff, der ebenfalls neu war und trotz des trüben Regenlichts glänzte. Ein Kreuz mit winzigen Verzierungen, kleinen Blumen und Herzen und Hufeisen darauf. Und in der Mitte, genau da, wo die beiden Balken aufeinandertrafen, stand ein Name: Whisper in the Wind.

Schatten im Wind

Doktor Wolf fuhr mit knirschenden Reifen auf den Hof und parkte neben einem weißen Lieferwagen. Katie sprang als Erste heraus und wurde sofort stürmisch von Minnie begrüßt. Ihr ganzes Hinterteil wackelte hin und her vor Freude.

Die Tür ging auf, und Niko kam die breite Treppe herunter, gefolgt von Helen.

»Unser Wolf! Gut, dass du da bist. Hier steigt gleich eine Riesenparty.«

»Und dazu wolltest du mich einladen?« Doktor Wolf zwinkerte den Mädchen zu.

»Ähm, nein.« Helen schüttelte hektisch den Kopf. »Ich hatte nur gehofft, dass du rechtzeitig vor den anderen kommst. Minnie soll sich nicht noch zusätzlich aufregen. Die Nacht wird so oder so hart für sie.«

»Mach dir keine Sorgen. Sie wird schlafen wie ein Hundebaby. Und ich bin ja auch noch da.«

»Das ist nicht dasselbe.« Helen umschlang Minnies Hals und drückte ihre Wange für einen Moment in das graubraune Stachelfell. Der Hund schleckte ihr hingebungsvoll das Gesicht ab.

»Was passiert mit ihr?«, fragte Jola erschrocken.

»Nichts Schlimmes«, klärte der Tierarzt sie auf. »Nur ein winziger Eingriff. Wir entfernen eine Geschwulst, die aufs Gelenk drückt. Sie bleibt heute Nacht nur bei mir, damit sie in Ruhe aus der Narkose aufwachen kann.« Zu Helen gewandt fügte er hinzu: »Ich bin die ganze Nacht bei ihr.«

Helen seufzte. Dann legte sie eine Hundeleine um Minnies Hals und reichte Doktor Wolf das freie Ende. »Ich hole sie morgen ab. Ruf einfach an.«

Aber Minnie weigerte sich, ins Auto zu springen. Sie stemmte sich mit aller Kraft gegen die Leine, stellte ihr Fell auf und knurrte sogar ein bisschen. Erst als Helen wieder die Leine übernahm und ins Auto voranletterte, folgte Minnie und ließ sich mit einem ergebenen Grunzen im Fußraum nieder.

»Danke.« Der Tierarzt grinste. »Viel Spaß bei der Party.«

Helen winkte, dann drehte sie sich um und lief zum Haus zurück. Jola sah sich nach Katie um und fand sie bei der Feuerstelle, die wie ein Brunnen aussah, mit im Kreis übereinandergeschichteten Ziegelsteinen. An den Holzbänken lehnten lange, angespitzte Stöcke. Stefan war gerade dabei, das Feuer zu entfachen, und Jola entdeckte ihren Vater, der einen Stapel Feuerholz anschleppte und neben den Steinbrunnen fallen ließ. Er und Stefan lachten miteinander, kurz darauf knisterten die ersten Flammen in den dunkler werdenden Himmel.

»Wann geht es los?«, fragte Katie und schnappte sich einen der Stöcke. »Ich sterbe vor Hunger! Wir hatten den ganzen Nachmittag nichts außer pappigen Flips.«

»Selbst schuld. Bei uns gab es heute Mittag Schweinebraten mit Knödeln, aber wenn die Damen Wichtigeres zu tun haben …«

Katie machte ein langes Gesicht. Sie wechselte einen raschen Blick mit Jola. Nein, erzählt wurde erst nach dem Konzert, so hatten sie es abgemacht.

Sie wussten beide, dass die Geschichte total verrückt klingen würde. Ein Pferd, das tot war, tauchte auf dem Ginsterhof auf? Es gab nur zwei Erklärungen, die Sinn ergaben. Erstens: Der Name an der Wand gehörte einem anderen Pferd. Es musste zwar ein ziemlicher Zufall sein, dass zwei Pferde auf einem Hof denselben Namen trugen, noch dazu einen so ausgefallenen, aber möglich war es doch. Zweitens: Charly log und das Pferd war gar nicht dieser Whisper. Damit bliebe allerdings die Frage, die sie sich die ganze Zeit schon stellte: Wer war er dann?

»Jetzt kriege ich den Megaärger, weil ich Mama angelogen und gesagt habe, dass wir nur bei Lea waren«, hatte Katie gemurmelt, kurz bevor sie am Bahnhof wieder ins Auto des Tierarztes kletterten. »Da versteht sie echt null Spaß.«

»Wir müssen es ihnen aber erzählen, Katie.«

»Aber nicht sofort, oder? Wir warten bis nach dem Konzert. Sonst verderbe ich uns allen den Abend, vor allem Anna.«

Jola hätte am liebsten sofort geredet, wenigstens mit ihrem Vater. Aber er und Stefan standen dicht beieinander und sie wollte ihr Versprechen gegenüber Katie nicht brechen. Also presste sie fest die Lippen aufeinander und versuchte, nicht nachzudenken.

Im Hof bauten Anna und die Jungs von der Band ihre Instrumente auf. Sie schleppten Hocker und Stühle aus dem Dachzimmer über dem Durchgang, zwei akustische Gitarren, einen Bass, eine quietschpinke Ukulele und zwei kniehohe Kistentrommeln. Anna montierte eine winzige Kamera auf einem Stativ und postierte sie so, dass sie alle Musiker und Instrumente gut im Bild hatte.

»Du wirst staunen«, sagte Katie hinter ihr leise. »Die sind nämlich echt gut.«

Nach und nach trudelten die Gäste ein. Die meisten kamen mit dem Fahrrad oder auf Motorrollern, ein paar auch mit dem Auto. Lea und Sanne wurden von Leas Vater mit dem Polizeiwagen gebracht. Eine größere Gruppe strömte zu Fuß durch das Tor, lautstark einen Song grölend, den Jola noch nie zuvor gehört hatte. Aber sie hielt ohnehin nur Ausschau nach einer Person.

Die Leute – hauptsächlich waren sie in Annas und Nikos Alter – stapelten sich auf die Bänke und verteilten sich ums Feuer. Helen schleppte zwei große Schüsseln an, eine mit Würstchen, eine mit einer Teigmasse, auf die sich Katie sofort stürzte. Also dafür waren die langen Stöcke gedacht – zum Würstchen- und Stockbrotgrillen.

»Getränke stehen im Freisitz«, rief Helen laut und schnappte sich selbst einen der langen Stöcke.

Katie und Lea steckten die Köpfe zusammen und kicherten über irgendwas. Sanne hatte es geschafft, auf derselben Bank wie Niko Platz zu finden. Nur ein dicker Junge hockte noch zwischen ihr und ihrem Traumprinzen und Sanne streifte ihn immer wieder scheinbar unabsichtlich mit ihrem Stock oder kickte versehentlich sein Würstchen in die Glut.

Jola wickelte eine Teigrolle auf ihren Stock und hielt ihn in die Glut. Sie schaute zu ihrem Vater, der mit Stefan anstieß. Beide verschwanden im Dunkeln und schleppten weiteres Feuerholz an.

Wie die beiden wohl als kleine Jungen gewesen waren? Hatte Stefan, der ältere, vernünftige Sohn, auf das wilde, kleine Ziehkind aufgepasst? Oder hatte es gedauert, bis sie Kumpel geworden waren, wie bei Katie und ihr? Wenn man die zwei so ansah, hätte man denken können, sie wären richtige Brüder. Diese Vertrautheit, das konnte man nicht vorspielen. Jemand stupste sie an, und sie zog hastig ihren Stock aus der Glut, bevor das Brot komplett verkohlte.

Der dicke Junge floh irgendwann vor Sanne, sodass sie endlich neben Niko saß. Jola sah, wie ihre Augen strahlten, als er näher zu ihr rückte und etwas zu ihr sagte, was offensichtlich superwitzig war, denn Sanne lachte sich halb kaputt. Sie erwiderte etwas, doch ein tiefes Brummen durchschnitt die Flammenstille, ein verspäteter Gast, der auf dem mit Abstand lautesten Motorrad anrückte. Nikos Kopf flog herum, genau wie Jolas.

Charly stellte ihre Maschine ab. Heute sah ihr Motorrad gar nicht mehr so dreckverkrustet aus wie am Tag zuvor, der ganze Schlamm war abgewaschen oder heruntergebröckelt. Sie zog ihren Helm vom Kopf und warf ihre langen Haare zurück. Der Feuerschein spiegelte sich in ihren Augen und ließ sie flackern wie die Flammen selbst. Niko starrte sie an wie eine Erscheinung.

Jola packte Katies Arm und zog sie hoch. »Los, wir fragen sie, jetzt gleich!«

Aber genau in dem Moment sprang Anna auf einen der Hocker und stellte sich breitbeinig hin, sodass jeder sie sehen konnte. »Es ist so weit, unser Konzert geht los! Bitte kommt alle zur Bühne.« Sie machte eine ausladende Geste zu ihren Bandkollegen hin.

»Mist«, flüsterte Katie. »Ausgerechnet jetzt!«

Die Leute sprangen auf, holten sich schnell noch mal etwas zu trinken und verließen das Feuer. Überall wimmelte es plötzlich von Menschen, und alle drängten sich um die Insel aus Licht, auf der die Instrumente standen. Anna nahm ihren Platz vor dem Mikrofon ein und vergewisserte sich, dass ihre Bandkollegen bereit waren. Dann senkte sie den Blick, nickte kurz und schnell mit dem Kopf und begann zu singen.

Jola war schon auf Konzerten gewesen, in riesigen Hallen, wo einem schier die Ohren explodierten. Das hier war anders. Anna sang schnell, einen Rocksong, und die Jungs am Bass und den Kistentrommeln lieferten den Beat dazu. Es war laut, aber nicht unangenehm. Die Töne vermischten sich mit der Nacht, und die Menge sang mit und es passte alles zusammen. Sie schoben sich durch die Menge und suchten nach Charly, aber ständig sprang jemand vor ihnen in die Luft oder hob klatschend die Arme.

»Das gibt's doch nicht«, rief Katie dicht an ihrem Ohr. »Die kann sich doch nicht in Luft aufgelöst haben!«

Den nächsten Song kannten alle. Die Menge grölte, klatschte und sprang im Takt mit, die Arme hoch in der Luft. Wie auf einem richtigen Rockkonzert. Anna wirbelte ihre Haare durch die Luft und ließ die Leute den Refrain allein singen. Jola hätte auch gern mitgesungen, aber sie kannte den Text nicht, und außerdem hatten sie etwas zu erledigen. Wieder sah sie sich um.

Nur Helen und Stefan standen noch immer am Feuer und lauschten im Hintergrund. Stefan hatte die Arme um Helens Schultern gelegt, und sie lehnte an ihm, ein verträumtes Lächeln auf den Lippen. Glitzerten da etwa Tränen in ihren Augen? Wegen des Songs?

Nein, dachte Jola. Nicht wegen des Songs. Wegen Anna.

Ihr Blick glitt zurück zu den Zuschauern. Niko und ein Mädchen Arm in Arm. Sanne? Das Mädchen hielt den Kopf gesenkt und tippte etwas auf ihrem Handy, und Jola musste zweimal hinsehen, dann erkannte sie, wer es war. Charly!

Katie hatte sie auch entdeckt und stapfte los. Niko lächelte selig wie ein Schmunzelkeks, aber Katie kämpfte sich durch die Menge und drängte sich einfach zwischen die beiden. Charly umarmte Katie wie eine alte Freundin. Sie gestikulierten kurz herum, dann folgte sie Katie aus dem Gewühl heraus.

»Wir müssen dich was fragen«, rief Katie. »Es geht um das Gestüt in Siebenecken.«

»Was ist damit?«

»Wir waren heute dort.« Katie stemmte die Arme in die Hüften und Jola beobachtete genau Charlys Gesicht.

Einen kurzen Moment schien sie die Fassung zu verlieren – oder sah das nur so aus? Beinahe im selben Augenblick lächelte sie und zuckte mit den Schultern. »Und?«

»Da vermisst niemand ein Pferd«, sprudelte es aus Jola heraus. »Und es gibt auch keine richtigen Koppeln, nur Ställe. Und Whisper – Whisper ist tot!«

Charly runzelte die Stirn und schaute von Jola zu Katie. »Spioniert ihr mir nach oder was?«

»Ihr habt sie ja nicht mehr alle«, mischte sich Niko ein, der hinter Charly aufgetaucht war.

»Ach ja?« Katie ließ Charly nicht aus den Augen. »Und wie erklärst du dir, dass sie dich dort nicht kennen?«

Charly ließ ihren Blick über den dunklen Hof schweifen. »Also bitte. Dort ist es nicht wie hier, wo jeder jeden beim Vornamen kennt. Mit wem habt ihr denn gesprochen?«

Katie warf Jola einen verstohlenen Blick zu. »Ähm …«

Charly lächelte. »Und wie kommt ihr darauf, Whisper sei tot? Wegen dem Kreuz? Dem Kreuz an der Wand?«

»Ähm …«, machte Katie wieder.

»Whisper ist nach einem Pferd benannt, das früher einmal auf dem Hof stand.« Charly verschränkte die Arme vor der Brust. »Wo sind denn deine Eltern, Katie? Vielleicht sollte ich lieber mit denen reden.«

Helen löste sich aus Stefans Umarmung, als sie beim Feuerbrunnen ankamen. Charly streckte erst ihr die Hand hin, dann Stefan. Jola konnte über den Gesang nicht jedes Wort verstehen, das sie sagte, aber zumindest Stefan machte ein hochzufriedenes Gesicht.

»… trotzdem gern einen Nachweis, dass es wirklich euer Pferd ist, Papiere oder ein Impfbuch mit der Chipnummer …«

Charly nickte. Sie sagte noch etwas, was alle zum Lachen brachte.

Katie schaute betreten zu Boden. »Oje«, sagte sie zu Jola. »Die hält uns bestimmt für die totalen Kinder. Wie sind wir bloß auf diese doofe Idee gekommen, einfach dahin zu fahren? Jetzt lässt sie mich sicher nicht mehr auf Whisper reiten.«

»Darum geht es doch gar nicht«, warf Jola ein. »Whisper kennt sie nicht! Das ist der Punkt!«

»Ich will ja auch nicht, dass er verschwindet, aber Charly hat doch …«

Katie verstummte und Jola folgte ihrem Blick. Lea wedelte wild mit beiden Armen und deutete auf etwas in ihrem Rücken.

»Was will sie denn?«

»Na los, gehen wir gucken.«

Sie kämpften sich durch die tanzenden Leute, die schon wieder wie verrückt herumsprangen. Hinter Lea hockte ein zusammengekauertes Etwas in den Schatten.

»Ich schaffe es nicht allein, sorry.« Lea deutete auf das bebende Bündel. »Sie heult schon die ganze Zeit!«

»Sanne!« Katie ließ sich neben ihrer Freundin auf die Knie nieder. »Was ist denn passiert?«

»Diese blöde Tussi«, schluchzte Sanne. »Er hat mich einfach stehen lassen! Ausgerechnet für die!«

»Hä … was ist los?« Katie runzelte die Stirn und warf Lea einen fragenden Blick zu.

»Niko«, murmelte Jola. »Er klebt ein bisschen an Charly.«

»Oh, Sanne, bitte …«, fing Katie an, aber Sanne schniefte nur noch lauter.

Jola ging ebenfalls in die Hocke. »Was hast du gemeint, ausgerechnet die?«

»Die hat doch schon einen Typen! Ich hab sie zusammen gesehen, im Reiterladen. Das war nicht nur so, die waren richtig fest zusammen!«

»Vielleicht haben sie ja Schluss gemacht?«, schlug Katie vor. »Oder sie findet Niko einfach toller.«

Daraufhin heulte Sanne erst richtig los.

Jola packte ihre Handgelenke und sah ihr fest in die Augen. »Wann, Sanne? Wann hast du sie da gesehen?«

»Ach, keine Ahnung! Lass mich bloß mit der Tussi in Ruhe!«

Jolas Gedanken wirbelten durcheinander wie bei einem Sturm. Je länger sie darüber nachdachte, desto seltsamer kam es ihr vor, dass Charly auf dem Ginsterhof aufgetaucht war. Der Radiosprecher hatte schließlich nur auf die Polizeidienststelle verwiesen. Und ihre Erklärung vorhin, warum der Mann auf dem Gestüt sie nicht gekannt hatte … sie hatte glaubhaft geklungen, aber trotzdem …

Warum suchte sie nur so krampfhaft nach einer Bestätigung dafür, dass Charly log? Bloß, weil sie wollte, dass der Hengst auf dem Ginsterhof blieb?

Katie legte die Arme um Sanne und flüsterte leise mit ihr. Lea stand daneben und wusste offenbar nicht, was sie tun sollte.

Ein neuer Song wurde angestimmt, langsamer diesmal. Jola

drehte sich zur Bühne. Anna spielte auf der Gitarre, während einer der Jungs den Rhythmus trommelte. Ihr Gesang klang so weich, dass Jola eine Gänsehaut bekam. Sie schloss die Augen. Die Worte aus dem Lied mischten sich in ihre Gedanken und für einen Moment war sie abgelenkt.

Mit dir hab ich die beste Zeit
Du bist zu jedem Scheiß bereit
Mit dir kann ich oft Dinge sehn
Die andre nicht im Traum verstehn
Jetzt kannst du nicht mehr bei mir sein
Ich hoffe, du bist nicht allein.

Ein weiteres Instrument mischte sich unter die Melodie. Jola brauchte nicht hinzusehen, sie hörte auch so, dass es die Ukulele war. Ein Raunen fuhr durch die Menge.

Du bist das Flüstern im Nebel,
das Mondlicht in der Nacht
Ein Umriss im Regen,
das Gefühl um Mitternacht
Du bist mein liebstes Geheimnis,
wildes Wolkenkind
Silberschwarzes Fernweh –
ein Schatten nur im Wind.

Jola machte die Augen wieder auf. Plötzlich hatte sie Sehnsucht, Sehnsucht nach dem weißen Pferd, das bald schon nicht mehr hier sein würde. Sie schob die Hände tief in die Taschen, trat aus der Menge heraus und lief auf die Schatten zu, die das Feuer warf und die den Hof verschluckten. Annas Stimme folgte ihr durch die Dunkelheit, den Durchgang, bis sie selbst nur noch wie ein Schatten klang.

Der Hengst stand mitten auf der Koppel, umgeben von der Nacht, und strahlte so hell wie der Mond am Himmel. Nur war er diesmal nicht allein, er hatte Besuch bekommen – von Helen. Jola trat leise an den Zaun und traute ihren Augen nicht.

Helen, die immer vor dem Pferd warnte, die stets Verbote aussprach und alle von ihm fernhielt, diese Helen stand nun bei ihm und fuhr ihm mit beiden Händen übers Fell und durch die Mähne! Der Hengst ließ sich alles gefallen, er senkte sogar den Kopf und lehnte ihn an ihre Schulter. Es sah aus … ja, als wären die zwei alte Freunde. Auf einmal legte sie eine Hand auf seinen Rücken, nahm Anlauf – und zögerte. Ihre Schultern hoben sich, als würde sie seufzen, dann begann sie wieder damit, ihm sanft über das Fell zu streicheln.

Plötzlich hob der Hengst den Kopf und trat unruhig auf der Stelle. Helen fuhr herum und entdeckte sie am Zaun und sofort schien sie ein schlechtes Gewissen zu bekommen. Jola sprang hinüber und trat zu ihr.

»Jetzt hast du mich erwischt«, sagte Helen leise und lächelte. »Ob ihr es glaubt oder nicht, mir fällt es auch schwer, ihn gehen zu lassen. Diese Charly scheint seriös zu sein, zumindest besitzt sie Papiere für ihn. Und das bedeutet, wir müssen uns verabschieden.«

Jola schluckte. Sie legte den Kopf schräg, aber der Hengst sah sie nicht an. Er beobachtete den Stall, oder vielleicht lauschte auch er auf die Musik, die vom Hof herüberschwappte.

»Als ich ein kleines Mädchen war, habe ich immer von so einem Pferd geträumt.« Helen trat einen Schritt zurück und betrachtete den Hengst. »Groß und weiß war es, wie ein Einhorn. Ich habe mir eingebildet, es würde bei uns im Stall leben. Meine Eltern konnten es irgendwann nicht mehr hören, also hat mein Vater Colorado für mich gekauft, damit ich einen realen Freund hatte. Colorado war lustig und sehr lebendig. Er war damals mein größtes Abenteuer, mein Ein und Alles. Na ja, und durch ihn habe ich das weiße Traumpferd vergessen.« Ihre Stimme verlor sich beinah und sie schüttelte den Kopf. »Schon seltsam … dass es jetzt tatsächlich hier steht …«

Der Hengst verspannte sich. Seine Ohren zuckten, dann stieg er vor ihnen in die Höhe. Seine Füße baumelten genau über Jolas Kopf, aber er drehte sich noch in der Luft und rannte los, auf den Stall zu. Sein Wiehern klang schrill.

Warnend.

Ein schwaches Leuchten glitt unter der Tür hindurch. Kein richtiges Licht, eher ein Flackern, unstet, suchend.

Helen wirbelte zu Jola herum. »Jola, lauf und hol Stefan und deinen Vater! Ich glaube, da ist jemand im Stall!«

Jola rannte zum Zaun und sprang mit zwei Sätzen hinüber. Ihr Atem ging schnell und ihr Herz raste. Im Laufen drehte sie sich um und sah, wie Helen an der hinteren Stalltür rüttelte und laut dagegenklopfte.

Es gab nur zwei Türen, zwei Ausgänge. Einer ging vorne hinaus, zum Hof, wo gerade über hundert Menschen einem Rockkonzert lauschten. Den zweiten blockierte Helen.

»Papa!«, schrie sie gegen die Musik an. Sie rannte noch schneller. »Stefan! Kommt schnell!«

Spurensuche

Jola rannte den Weg zurück, den sie gekommen war. Im Laufen rief sie immer wieder nach Stefan und ihrem Vater. Sie hatte hinterher keine Ahnung mehr, was sie alles gebrüllt hatte – aber es wirkte. Vorn auf dem Hof verstummten die Instrumente, und ein paar Leute stürmten auf sie zu, Katie, Anna, dann ihr Vater.

Sie deutete hastig zum Stall, keuchte: »Einbrecher, dadrin … Helen … schnell!«

Die Männer fackelten nicht lang. Stefan und ihr Vater tauschten einen Blick und stürmten los. Niko folgte ihnen mit einem Holzscheit in der Hand. Lichter wurden eingeschaltet, Autoscheinwerfer, der Strahler außen am Stall. Jola hörte ein Rumpeln, das Schlagen einer Tür – dann einen Schrei.

Helen!

»Ich verfolge ihn«, brüllte Stefan. Jemand knipste endlich das Licht im Stall an, und Jola stockte der Atem, als sie die Verwüstung sah. Boxen waren durchwühlt worden, die Streu überall verteilt. Loses Heu lag im gesamten Stallgang herum, die Leiter zum Heuboden war aus ihrer Verankerung gerissen und sämtliche Halfter türmten sich zu einem chaotischen Haufen.

Jolas Vater kam zurück, einen Arm um die humpelnde Helen geschlungen. Anna und Katie stürzten sofort zu ihrer Mutter.

»Mama, Mama! Oh Gott! Was ist passiert?«

»Der Kerl hat mir die Tür ins Gesicht geschlagen«, murmelte

sie benommen. Jolas Vater setzte sie vorsichtig auf einem Strohballen ab. »Ich wollte ihn noch packen, aber …«

»Still«, sagte Anna. Sie zog ihre Jacke aus, drückte sie in eine Pferdetränke, wrang sie aus und drückte sie ihrer Mutter gegen die Stirn. Helen stöhnte, lächelte aber.

»Wo ist er hin?«

»Weg«, knurrte Jolas Vater. »Über die Koppel abgehauen.«

»Vielleicht kriegt Papa ihn ja!« Katie wollte hinterher, aber Helen packte ihren Arm und hielt ihn fest.

»Hiergeblieben. Es reicht, wenn Papa so ein Risiko eingeht!«

Sie warteten eine gefühlte Ewigkeit, bis Stefan endlich in den Stall zurückkam. Er atmete schwer und stemmte die Hände in die Hüften. »Zu … langsam … so … ein … Mist!«

»Hast du jemanden gesehen?«, fragte Helen. Ihre Stimme klang belegt.

»Ja … einen … Typen.«

»Nur einen?«

Stefan richtete sich auf und holte ein paarmal tief Luft. »Nur … einen. Ihr hättet mal euren Hengst stehen sollen! Der ist dem Kerl hinterher wie ein Wilder. Er hat ihn regelrecht verjagt!«

Lea quetschte sich aus der Menge und beugte sich zu Helen herunter. »Mein Paps kommt gleich. Hab ihn gerade angerufen. Ist was geklaut worden?«

»Wohl kaum«, sagte Helen und schloss die Augen. »Dafür ging alles viel zu schnell.«

»Verdammter Mist«, fluchte Jolas Vater. »Wenn wir nur etwas schneller da gewesen wären, hätten wir ihn erwischt!«

»Macht euch nicht verrückt«, tröstete Helen. »Hauptsache, niemandem ist was passiert und der Kerl ist nicht fündig geworden.«

Katie legte den Kopf schräg. »Schon seltsam, oder? Dass der Dieb ausgerechnet in dieser Nacht zu uns kommt. Wir waren doch alle auf dem Hof, wir hätten ihn schon viel eher sehen können!«

»Aber das ganze Licht war auf die Bühne gerichtet«, warf Stefan ein. »Und alle haben nur dorthin geschaut. Außerdem muss der Dieb ja irgendwie das Schloss geknackt haben und das macht sicher Lärm. Glaubst du, das wäre heute jemandem aufgefallen?«

»Hm«, machte Katie nachdenklich. »Trotzdem. Jede andere Nacht wäre besser gewesen für einen Einbruch.«

Jola sah hinaus auf den hell erleuchteten Hof. Die Band hatte die unfreiwillige Unterbrechung offiziell zur Pause erklärt und blitzschnell für Nachschub an Stockbrot und Würstchen gesorgt. Leas Vater kam mit Blaulicht auf den Hof gefahren. Er und sein Kollege ließen sich von Helen und Jola noch einmal ganz genau berichten, was vorgefallen war. Dann gingen sie raus auf den Paddock, um vielleicht doch noch die eine oder andere Spur zu finden.

Der Hengst stand wieder völlig ruhig auf seiner Wiese und beobachtete die vielen fremden Leute mit hoch aufgerichtetem Kopf.

»Ist euch sonst etwas Ungewöhnliches aufgefallen?«, fragte Leas Vater, als er und sein Kollege zurück waren. »Mal abgesehen davon, dass der Dieb nicht nur in die Werkstatt, sondern auch in euren Stall eingebrochen ist.«

»Sieh dich doch mal um«, sagte Helen müde. »Wer soll bei dem Gewimmel da draußen noch den Überblick behalten?«

»Da stand ein Auto, als wir angekommen sind«, fiel Katie ein. »So ein schrottiger Lieferwagen ohne Aufschrift.«

»Kannst du vergessen«, murmelte Anna. »Der hat uns die Cajones gebracht.«

Whisper, dachte Jola. Er hat den Einbrecher vor uns gehört. Whisper hat uns gewarnt. Er hat aufgepasst, weil …

»Minnie!«, rief sie. »Natürlich! Heute ist die einzige Nacht, in der Minnie nicht auf dem Hof ist. Ihr wisst doch, was sie für einen Radau macht, wenn sie in der Nacht Geräusche hört.«

Helen runzelte die Stirn. »Du hast recht, Jola. Das war kein normaler Einbrecher. Dazu war er zu gut informiert. Irgendwer muss ihm gesagt haben, dass wir die Sättel versteckt haben und Minnie ihm heute nicht in die Quere kommen kann.«

Katie starrte sie an. »Aber das würde ja bedeuten …«

»… dass der Dieb wahrscheinlich schon die ganze Zeit unter den Zuhörern war.«

Am Samstagmorgen rief Doktor Wolf an und teilte mit, dass Minnie wohlauf war und später abgeholt werden konnte. Helen lächelte den Hörer an, als sie auflegte, und schloss für einen Moment die Augen. Anscheinend war die Operation doch nicht so harmlos gewesen, wie der Tierarzt behauptet hatte.

Niko erschien mit verschlafenen Zwergenaugen am Frühstückstisch und brauchte exakt zwei Brötchen mit dick Himbeergelee, bis er ansprechbar war und auf Fragen reagierte. Jola bekam mit, dass er bei Anna auf der Ausziehcouch geschlafen hatte.

»Ich übernehme deinen Ausritt heute«, bestimmte Helen und schaute ihre jüngere Tochter an. »Kommst du mit?«

»Ach nee, Mama …« Katie verzog das Gesicht. »Ich hab noch einen Haufen Hausis zu erledigen.«

Helen lachte auf. »Du und freiwillig Hausaufgaben? Das kannst du deinem Großvater erzählen. Wo ist der überhaupt?«

»Schläft noch«, murmelte Anna. »Der hat ja gestern nichts mitgekriegt von dem ganzen Drama. Von unserem Konzert natürlich auch nicht.«

»Lasst ihn. Der Mann geht auf die neunzig zu, in seinem Alter tanzt ihr auch nicht mehr auf Rockkonzerten.«

Anna grinste. »Ich würde auch mit hundert noch auf Rockkonzerte gehen. Die Wette gilt!«

Stefan und Jolas Vater waren noch mal losgezogen, um nach verdächtigen Spuren zu suchen, die der Kerl in dem Acker hinterlassen haben könnte, und erschienen verspätet zum Frühstück. Helen versorgte sie mit aufgebackenen Semmeln und einer Ladung Kaffee, dann verschwand sie aus der Küche, um kurz darauf in Reithosen und Stiefeln noch mal hereinzuschneien. »Bevor ich es vergesse – kann jemand von euch Minnie holen, bitte? Ich schaffe das nicht bis Mittag.«

Niko und Anna verzogen sich nach dem Frühstück wieder in Annas Zimmer, um sich noch mal aufs Ohr zu legen. Katie stand ebenfalls auf und Jola blieb mit den beiden Männern am Tisch zurück.

»Habt ihr was rausgekriegt?«, wollte sie wissen.

»Nicht viel. Aber es gibt vielleicht eine Spur.«

Jolas Kopf fuhr hoch. »Welche?«

»Der Typ, den ich verfolgt habe, ist durch die Ginsterbüsche geflohen. Dabei muss er sich verletzt haben, denn in den Zweigen hingen ein paar blutige Stofffetzen. Von mir sind die nicht, durch die Büsche bin ich ihm nicht gefolgt.«

»Aber das ist doch super! Mit Blut kann man doch rauskriegen, wer der Typ ist, seinen Namen über die DNA und dann …«

Stefan lachte. »Ja, theoretisch schon. Aber nur, wenn er schon polizeilich registriert ist. Sonst führt die Spur ins Leere.«

»Hat sonst niemand was gesehen?«, fragte ihr Vater. »Die Zuhörer?«

»Nein. Wir haben rumgefragt, aber die haben ja alle nur auf das Konzert geachtet.« Stefan seufzte. »Auf jeden Fall bin ich froh, wenn wir unsere Minnie wiederhaben. Die hätte den Dieb nie und nimmer in den Stall gelassen.«

Jola stand auf. Sie brauchte dringend frische Luft. An der Tür schlüpfte sie in ihre Schuhe, zog die Wolljacke vom Haken und lief nach draußen, wo neun Pferde am Ständer vor dem Stall angebunden warteten und ungeduldig mit den Hufen scharrten. Ein kühler Wind blies und wirbelte die bunten Kastanienblätter durcheinander.

»Och Mann, schade, dass Niko heute nicht mitkommt.« Das Mädchen, das bei Billy stand, drehte sich halb zu ihrer Mitreiterin um. »Kannst du mir deinen Hufkratzer leihen?«

»Was ist mit deinem passiert? Futtert Billy jetzt auch Hufkratzer?«

»Haha. Ich weiß auch nicht, eben lag er noch da. Aber jetzt ist er verschwunden.«

»Bestimmt hat ihn unser Geist geklaut«, warf Helen im Vorbeigehen ein und lächelte verschwörerisch. »Ihr wisst doch, auf dem Ginsterhof spukt es!«

Jola lief an den Pferden vorbei zu der Putzbox an der Wand. Sie hatte jetzt oft genug zugesehen, um zu wissen, wie man das machte. Niemand schien sie zu beachten, als sie den blauen Gummistriegel, eine Kardätsche mit weichen Borsten und einen gelben Hufauskratzer aus der Wandkiste nahm und damit in den Durchgang marschierte.

Der Hengst sah hoch, als sie auf die Koppel kam. Er wartete, bis sie halb auf ihn zugelaufen war, und setzte sich ruckartig in Bewegung. Einen Schritt vor ihr blieb er stehen und schielte auf sie herunter.

»Hallo«, sagte Jola zu ihm. Sie wollte ihn nicht mit Whisper anreden, für sie war das einfach nicht sein Name. »Ich dachte mir, wenn du schon abgeholt wirst, sollten wir dich vorher noch mal so richtig schön sauber machen, was meinst du?«

Der Hengst rührte sich nicht, als sie langsam neben ihn trat und mit dem Striegel sanfte Kreise auf seinem Rücken zog. Staub wirbelte hoch, und der Wind blies ihr die Partikel in die Augen, sodass sie blinzeln musste, um wieder scharf zu sehen. Wie durch einen Schleier sah sie die Reitgruppe hinter Helen zum Wald hochtraben. Einen Moment lang wünschte sie sich, auch dabei zu sein und zu ihnen zu gehören. Der Hengst stupste sie an, ganz leicht nur, aber die Berührung brachte sie zurück auf die Koppel.

Sie fuhr mit den weichen Borsten der Kardätsche über das glänzende Fell und streifte sie am Striegel ab, so wie die Mädchen es gemacht hatten. Dem blauen Striegel …

Die Bürste fiel ihr aus der Hand, und der Hengst machte einen Schritt seitwärts, um das seltsame Geschoss zu beschnuppern. Jola starrte darauf, ohne etwas zu sehen. *Der Geist hat ihn geklaut*, hatte Helen gesagt. Gerade eben. Aber der Geist klaute keine Striegel und bestimmt auch keine Hufauskratzer. *Er wohnt bei uns im Stall und passt auf die Pferde auf …*

Auf einmal wurde ihr kalt in ihrer Wolljacke. Eine Gänsehaut zog sich über ihre Arme und der Wind pfiff heulend in ihren Ohren. Ein Geist in einem Stall. Und ein totes Pferd. Was, wenn sie wirklich etwas übersehen hatten? Das Allerwichtigste überhaupt?

»Jetzt drehe ich völlig durch, oder?« Jola hob die Hand und

strich dem Hengst über das Fell. Wattewolkenweich, wie immer. Die Mähne zerfloss förmlich unter ihren Fingern. Seine Schönheit war kaum greifbar, kaum erklärbar. Nur seine Ruhe strahlte auf sie ab, seine kraftvolle Gelassenheit.

Er weiß, was zu tun ist, dachte Jola. Nur wir haben es noch nicht kapiert.

»Bist du … bist du Whisper?«, fragte sie leise. »Bist du doch dieses Pferd? Wenn ja, dann gib mir ein Zeichen! Schlag einmal mit dem Huf, okay? Dann weiß ich Bescheid.«

Sie starrte auf seine Beine und kam sich komplett dämlich vor, weil nichts geschah. Der Hengst senkte den Kopf und begann zu grasen, ein ganz normales Pferd – was hatte sie denn erwartet?

Jola hob die Hände und fuhr wieder über sein Fell, von vorn nach hinten, bis ihre Fingerspitzen über eine Unebenheit strichen. Da waren tatsächlich Verwirbelungen im Fell. Sie sah sie jetzt ganz deutlich, Haarbüschel, die sich in unterschiedliche Richtungen bogen und so ein Muster bildeten. Noch immer konnte sie nicht erkennen, worum es sich handelte. Ein Zacken, wie von einem Blitz. Was bedeutete das?

»Wenn«, sagte sie leise und streichelte weiter über sein Fell, »nur wenn du tatsächlich dieser Whisper bist …«

Weiter kam sie nicht, denn der Hengst hob ruckartig den Kopf und versteifte sich.

»Ich such dich schon überall!« Jolas Vater stand am Zaun und ließ einen Schlüssel in seiner Hand klimpern. »Los, komm – wir zwei machen einen Ausflug.«

Geheimlichkeiten

Sie fuhren nicht dieselbe Strecke, die der Schulbus immer nahm. Stefans Geländewagen mit den Zebrastreifen ruckelte über unbefestigte Feldwege und bucklige Waldpfade. Jola kam sich vor wie auf Bonnies Rücken, aber ihrem Vater gefiel die wilde Fahrt, also ließ sie ihm seinen Spaß.

»Genial, das Teil«, sagte er immer wieder. »Stell dir mal vor, damit durch die Wüste zu fahren!«

»Papa«, fragte Jola, als sie das Dorf erreichten und ihre Reifen wieder über Asphalt rollten. »Glaubst du eigentlich an Geister?«

Ihr Vater warf ihr einen schnellen Seitenblick zu. »Na klar. Hast du die Frau vergessen, die wir in Kaikoura getroffen haben?«

»Natürlich nicht. Aber – glaubst du es? Ich meine, wirklich?«

Er strich sich die langen Haare aus dem Gesicht und nickte. »Na ja. Nur weil wir Geister nicht sehen können, heißt das noch lange nicht, dass es keine gibt. Und wer weiß? Vielleicht werden sie ja erst greifbar, sobald jemand an sie glaubt.«

Jola starrte aus dem Fenster. Der Wind bewegte die Äste der Bäume und ließ Blätter wie Schneeflocken zu Boden rieseln. Bunter Schnee. Ein weißes Pferd. Erst als sie anhielten, fiel ihr auf, dass sie die Straße kannte.

»Die Tierpraxis ist dahinten«, sagte sie und runzelte die Stirn. »Wollten wir nicht Minnie abholen?«

Ihr Vater drehte sich zu ihr. »Machen wir auch gleich. Guck mal da hoch.«

Jola folgte seinem ausgestreckten Zeigefinger und runzelte die Stirn. »Meinst du das Fenster da oben?«

»Zweiter Stock. Unter dem Dach. Einen Balkon gibt es leider nicht, aber ein großes Dachfenster, von dem aus man den Himmel sehen kann.«

Die Wohnung, die er ihr zeigen wollte! Das hatte sie total vergessen. Jola biss sich auf die Lippe. »Können wir nicht doch …«

Aber ihr Vater schüttelte vehement den Kopf. »Nein, Jola. Wir bleiben nicht auf dem Ginsterhof.«

»Warum nicht? Wegen der Pferde?«

»Auch. Aber vor allem, weil wir Helen und Stefan nicht ewig auf der Tasche liegen können. Die sind eine Familie, Jola. Mit einem eigenen Leben. Wir gehören da nicht dazu, verstehst du das?«

Jola biss die Zähne zusammen, ganz fest. Sie schaute hoch, zu den winzigen Fenstern in der Dachwohnung, und wusste im selben Moment, dass sie da oben nie und nimmer leben konnten. Sie beide nicht. Ihr Vater würde sich wegwünschen, irgendwo in die Wüste, kaum dass sie eingezogen waren. Sie würden nur an den nächsten Ort ziehen, der kein Zuhause war.

»Wir können sie uns leisten. Und du kannst mit dem Rad zur Schule fahren.«

»Aber Helen hat doch gesagt …«

»Nein, Jola! Es wird Zeit, dass wir ausziehen. Wir waren schon viel zu lange dort.«

Ohne ein weiteres Wort fuhr er weiter zur Tierarztpraxis und sie stiegen aus und klopften an die verschlossene Tür. Doktor

Wolf sah müde aus, so als hätte auch er die halbe Nacht nicht geschlafen, im Gegensatz zu Minnie, die hellwach schien und sofort einen kleinen Freudentanz aufführte, als sie das Auto ihres Herrchens erkannte. Sie trug einen trichterförmigen Ring um den Hals, den sie widerwillig mit den Pfoten bearbeitete, als er sie am Herumspringen hinderte.

»Schaut, dass sie das Ding dranlässt«, sagte der Tierarzt und gab Jolas Vater eine Tüte mit Medikamenten. »Wenigstens für die nächsten vierundzwanzig Stunden.«

»Geht es ihr gut?«

Der Tierarzt beugte sich zu Minnie und tätschelte ihren wulstigen Nacken. »Natürlich. Meine große Lieblingspatientin war sehr tapfer.«

Minnie versuchte, sich am Kopf zu kratzen. Ihre Augen guckten so leidend, dass Doktor Wolf lachen musste.

Jola legte ihr die Hand auf die Stirn. »Bestimmt war dir langweilig so allein, was?«

»Sie war nicht allein. Ich habe noch einen Patienten. Einen Findelhund, der angefahren wurde. Vermutlich ausgesetzt.«

Jola verzog das Gesicht und der Tierarzt deutete auf Minnie. »Ja, weißt du das gar nicht? Minnie war auch so ein Fall. Ein Welpe in einer Kiste, abgestellt unter einer Autobahnbrücke. Helen hat sie gefunden und sofort adoptiert.«

»Und da kann man gar nichts machen? Die Besitzer irgendwie finden?«

Der Tierarzt schüttelte den Kopf. »In der Regel nicht. Solche Leute chippen ihre Hunde nicht und ihre Adresse hinterlassen sie natürlich auch nirgends. Ich finde ja, jeder, der ein Tier einfach aussetzt, sollte eine saftige Strafe kriegen.«

Jola kraulte Minnie hinter den Ohren. Jetzt war ihr klar, warum Helen so an ihr hing und warum der Hund alles tun würde, um seine Menschen zu beschützen. Minnie wedelte ganz sacht mit ihrem Stummelschwanz, und plötzlich fiel ihr etwas ein, was Helen gesagt hatte.

»Dieser Chip – wie funktioniert der genau?«

»Der Hund oder die Katze bekommt den Mikrochip unter die Haut gespritzt. Das tut nur einen kurzen Moment lang weh und ist überhaupt nicht schlimm für das Tier. Man kann ihn unter der Haut fühlen, er ist nur ein bisschen größer als ein Reiskorn. Auf dem Chip ist eine Nummer gespeichert, ein Zahlencode, den man mit einem bestimmten Lesegerät anzeigen lassen kann. Leute, die ihr Haustier chippen lassen, können es bei TASSO registrieren. Geht der Vierbeiner mal verloren, kann man dort anhand der Nummer rausfinden, wem er gehört, und ihn zurückbringen.«

»Und Minnie hat so einen Chip.«

»Aber sicher. Ich habe ihn selbst injiziert.«

»Und diesen Chip … haben den auch Pferde?«

»Ja, natürlich. Nicht alle. Pferde tragen gewöhnlich ein Brandzeichen mit einer Nummer, anhand der man auch feststellen kann, wem das Pferd gehört, oder zumindest, von welchem Zuchtstall es stammt. Seit ein paar Jahren ist es allerdings üblich, auch Pferden einen Chip setzen zu lassen. Du kannst dein Tier damit eindeutig identifizieren.«

»Wer hat so ein Lesegerät, um diese Nummer anzuzeigen? Die Polizei?«

»Tierheime haben zum Beispiel eines. Tierärzte auch. Ich prüfe bei jedem Chip, den ich setze, ob er funktioniert.«

Jola versuchte, ihre Aufregung zu verbergen. »Können Sie uns dieses Gerät vielleicht leihen? Nur für einen Tag?«

Der Tierarzt schmunzelte. »Lass mich raten: Es geht um das weiße Pferd, das Katie am liebsten behalten würde. Warte schnell, ich hole das Teil.«

Als der Tierarzt zurückkam, hatte Minnie schon ihr halbes Ohr aus der Halskrause gewetzt und gab seltsame Würgegeräusche von sich. Doktor Wolf schimpfte ein bisschen mit ihr und rückte den Trichter wieder gerade. Dann gab er Jola ein rechteckiges grau-weißes Kästchen, das ein bisschen an eine Fernbedienung erinnerte.

»Ist kinderleicht. Einfach an den Hals des Tieres halten und den Knopf hier drücken. Die Nummer erscheint im Display. Wenn ihr den Chip nicht findet, probiert es an Billy aus, der trägt einen.«

Jola steckte das Gerät ein und versprach, es bald zurückzubringen. Dann bedankten sie sich und stiegen mit Minnie in den Geländewagen.

»Wir fahren noch einen kleinen Umweg«, verkündete ihr Vater und lenkte den Wagen in Richtung Steinbacher Ortsmitte. In der Nähe des Reiterladens bog er auf den halb belegten Parkplatz einer Pizzeria ab.

»Warte du bei Minnie. Ich bin gleich wieder da.«

»Was hast du vor?«

»Ich hole Pizza für alle. Als Dankeschön. Du weißt schon.«

Er stieg aus und Jola blieb mit der unglücklich dreinschauenden Minnie allein zurück. Ihr Magen verkrampfte sich, als ihr klar wurde, was ihr Vater vorhin gesagt hatte. Sie waren nur Gäste. Geduldet, nicht adoptiert, so wie Minnie. Und seine Pizza-Attacke fühlte sich an wie ein Abschiedsgeschenk.

»Ich will nicht weg«, flüsterte Jola und ließ ihre Stirn auf das Armaturenbrett sinken. »Ich würde so gern auf dem Ginsterhof bleiben.«

Es war langweilig zu warten. Minnie legte den Kopf schwer auf ihr Knie und Jola strich ihr über die faltige Stirn. Eigentlich war sie gar nicht so hässlich mit ihren sanften Augen und dem schrumpeligen Fell, das immer ein bisschen aussah wie ein zu groß geratener Mantel. Die Hündin hatte ihr geholfen, als sie zu den verrückten Ponys auf die Weide geklettert war, obwohl sie keine netten Sachen über sie gedacht hatte. Sie schämte sich fast ein bisschen.

Jemand klopfte von außen an die Scheibe und Jola hob erschrocken den Kopf. Sanne stand draußen und starrte sie ebenso geschockt an.

Jola ließ das Seitenfenster herunter. »Hallo, Sanne.«

»Äh – hi. Ich dachte, du bist Katie.«

Jola warf einen schnellen Blick in den Seitenspiegel. Nein, ihre Haare waren immer noch schwarz. Und Locken waren ihr auch nicht gewachsen.

Sanne grinste etwas schräg. »Ich hab das Auto gesehen. Du hast den Kopf unten gehabt, ich konnte nur erkennen, dass da jemand sitzt.«

»Ach so. Was machst du hier?«

»Dasselbe wie ihr vermutlich. Pizza essen. Ich bin mit meinen Eltern da. Wir sitzen im Restaurant.«

Ein paar Sekunden lang sagte keine etwas. Hinter Sanne fuhr ein schwarzes Auto auf den Parkplatz und hielt genau gegenüber von Stefans Geländewagen. Eines der Vorderlichter war beschädigt, die Splitter ragten aus der Fassung wie ein geöffnetes Raubtiermaul. Jola kaute auf ihrer Lippe.

»Das wegen Niko …« Sanne malte mit dem Finger ein Muster auf den Spiegel. »Also, das war blöd von mir.«

»Bist du denn jetzt nicht mehr so traurig?«

Sanne wurde rot. »Doch. Schon.«

»Aber du bist nicht mehr sauer auf mich.«

»Nein. Ich glaub nicht.«

Jola lächelte. »Er hat dir ganz schön den Kopf verdreht.«

»Nicht nur mir. Leider.«

»Bei mir ist es anders. Ich finde ihn nett. Vielleicht mag ich ihn sogar. Ich weiß es nicht mal genau. Manchmal nervt er, weil er sich so besonders vorkommt.«

Sanne nickte. »Aber dir hat er nicht den Kopf verdreht.«

»Nein.«

Der Einzige, der mir den Kopf verdreht hat, ist Whisper, dachte Jola.

Sie war froh, dass Sanne so offen mit ihr redete. Vielleicht konnte sie auch eine Freundin werden.

Die Tür des schwarzen Autos schwang auf, und ein Typ stieg aus, groß, kräftig, braun gebrannt. Ein Schönling. Er trug eine braune Lederjacke und knallenge, ausgebleichte Jeans.

Das ist auch einer von den Kerlen, die Mädchen den Kopf verdrehen, dachte Jola.

Sie musste ihm nachgestarrt haben, denn Sanne drehte den Kopf und sog heftig die Luft ein.

»Das ist der Typ!«

»Welcher Typ?«

»Na, der von dieser Charly! Ihr Freund! Mit dem hab ich sie gesehen, im Reiterladen. Die haben sich geküsst und sind Arm in Arm rumgeschlendert wie die Turteltauben!«

Der Typ ging um die Pizzeria herum und schaute dabei unauffällig in alle Richtungen. Dann stopfte er die Hände in die Jackentaschen und marschierte los, scheinbar planlos, obwohl er dafür ziemlich zielstrebig wirkte. Jola spähte zur Tür, ins Restaurant, aber soweit sie sehen konnte, stand ihr Vater immer noch in der Schlange und wartete darauf, seine Bestellung aufgeben zu können.

Ohne noch einmal nachzudenken, löste sie den Gurt und klappte die Seitentür auf.

»Was hast du vor?«

»Komm mit!«

Sanne riss die Augen auf. »Willst du ihn verfolgen?«

»Psst! Wir gucken nur mal, was der so vorhat. Vielleicht muss er mal und will sich nur nicht im Restaurant anstellen.«

»Igitt! Das will ich aber nicht sehen.«

»Sanne – ich kann es nicht beschreiben, aber mit dieser Charly und Whisper, da stimmt was nicht! Wenn wir sie wenigstens angetroffen hätten auf diesem Gestüt. Vielleicht kriegen wir ja irgendwas raus, wenn wir dem Typen ganz unauffällig nachlaufen. Bitte. Einen Versuch ist es doch wert, oder?«

»Das ist ganz schön gruselig«, fiepte Sanne. »Außerdem warten meine Eltern bestimmt schon auf mich.«

»Es ist nicht so gruselig, wenn wir Minnie dabeihaben, oder?« Jola griff nach der Leine und Minnie sprang freudewedelnd aus dem Auto.

Okay, das Thema Unauffälligkeit war damit erledigt. Minnie fiel ja so schon auf mit ihrer Rüffelnase und dem gestauchten Fell, aber mit der leuchtend weißen Halskrause war sie der mit Abstand auffälligste Hund auf dem Planeten.

»Wir gehen hier nur spazieren«, murmelte Jola und packte die Leine fester. Sanne folgte ihr mit unsicheren Trippelschritten.

Der Typ war zwischen der Pizzeria und dem Gebäude daneben verschwunden, einer Kneipe mit Kegelbahn. Wo war er hin? Verdammt, sie hatten zu lang gebraucht und jetzt war er weg.

Minnie blieb stehen und schnüffelte an einem Hundehaufen. Jolas Hand fühlte sich schwitzig an und ihr Mund war so trocken wie Wüstensand. Da sah sie den Kerl in eine schmale Seitengasse abbiegen.

»Und wenn er uns erwischt?« Sanne schielte ihm ängstlich hinterher.

»Ach, Quatsch. Er weiß ja nicht, was wir vorhaben und dass wir ihn verfolgen.« Minnie hob ruckartig den Kopf und wankte ein paar Schritte hinter ihm her. »Außerdem können wir notfalls immer noch sagen, dass wir Charly kennen.«

Von dem Typen war nichts mehr zu sehen. Erst als sie um die Ecke bogen, konnte sie ihn am anderen Ende der Gasse ausmachen. Minnie schien schon kapiert zu haben, worum es ging, und Jola ließ ihr mehr Leine. Über eine Holzbrücke, links, die Gasse entlang, dann an einer dusteren Garageneinfahrt vorbei, wieder rechts.

»Mist, ich habe keine Ahnung, wo wir sind!«

Sanne hielt sich hinter ihr und keuchte vor Aufregung. »Ich weiß es. Da vorn geht's zum Pferdeladen.«

»Echt?« Jola hielt Minnie zurück, um dem Typen wieder mehr Vorsprung zu geben. »Was will er denn dort? Da ist doch jetzt keiner mehr.«

»Nichts«, meinte Sanne und zeigte nach vorn. »Er nimmt einen anderen Weg. Komisch. Der geht im Kreis.«

Bei der nächsten Biegung machte die Straße einen Knick, und sie mussten laufen, um den Typen nicht aus den Augen zu verlieren. Dafür waren sie plötzlich ziemlich nah an ihm dran. Fast schon zu nah.

»Stopp«, flüsterte Jola und hängte sich in die Leine. Minnie hatte eine Spur entdeckt und zerrte Jola fast von den Füßen. Sie dachte gar nicht daran, langsamer zu machen.

Der Typ hatte einen Daumen in die Gesäßtasche seiner Jeans gehakt. Am Gelenk trug er ein Bärchenpflaster, das halb von seinem Ärmel verdeckt wurde. Bärchenpflaster? Jola war so vertieft in das kindliche Muster, dass sie gar nicht mitbekam, welche Spur Minnie verfolgte. Erschrocken stemmte sie sich mit ihrem ganzen Gewicht in die Leine, aber es brauchte all ihre Kraft und die von Sanne dazu, um Minnie zu stoppen.

»Was soll das, du verrückter Hund? Du verrätst uns noch«, schimpfte Jola halbherzig mit ihr.

»Oh Mann, wenn Niko wüsste, was wir hier machen.« Sanne seufzte.

»Wir tun ihm einen Gefallen«, gab Jola zurück. »Wenn Charly uns belügt, dann belügt sie ihn womöglich auch. Was macht dieser Typ? Wo will der nur hin?«

Besagter Typ war schon am Ende der Gasse angelangt und bog gerade um die nächste Kurve.

»Komm, wir rennen ein Stück hinterher!« Jola lief los, aber Sanne bremste sie nach wenigen Schritten.

»Warum fragen wir ihn nicht einfach? Wenn er Charly kennt, ist er doch kein völlig Fremder, oder?«

Beinah hätte Jola gelacht. »Okay. Frag ihn, was er hier sucht.«

Sanne machte große Augen. »Ich? Nein, bestimmt nicht.«

Die nächste Hausecke führte wieder in eine schmale, gepflasterte Gasse. So langsam wurde Jola doch mulmig zumute. Der Typ lief nicht weit vor ihnen, aber er ging jetzt nicht mehr so zielstrebig wie zuvor. Mit einem Ruck blieb er stehen, drehte sich um und kam die Gasse zurück, genau auf sie zu.

Sanne wand sich und verkroch sich halb hinter Jolas Rücken. Minnie dagegen wäre dem Kerl am liebsten ins Gesicht gesprungen, sie schnüffelte herum und legte sich mit aller Kraft ins Halsband.

Jola packte die Leine fester und ging mit langsamen, hohl widerhallenden Schritten weiter, als wäre nichts seltsam daran, dass sie denselben Weg hatten. Ihr Gesicht glühte und ihre Hände brannten vor Anstrengung.

Als er auf ihrer Höhe war, sah er ihr in die Augen, ganz direkt. Er verzog keine Miene, aber man hätte schon blind sein müssen, um nicht zu kapieren, warum sie sich hier begegneten. Jola wäre am liebsten im Boden versunken. Warum war man eigentlich nie unsichtbar, wenn man es mal brauchte?

Sie blieben stehen, als der Typ um die Ecke gebogen und verschwunden war. Schwer atmend lehnten sie sich an die Hauswand.

»Oh mein Gott, oh mein Gott!« Sanne schüttelte den Kopf und konnte sich gar nicht mehr beruhigen. »Hast du seine Augen gesehen?«

Nein, dachte Jola. Wenn es nicht so unheimlich gewesen wäre, hätte ich mich vielleicht auf seine Augen konzentriert.

»Ich glaube, ich will jetzt zurück. Bestimmt fragt sich mein Papa schon, wo wir abgeblieben sind.« Hilflos sah sie sich um. Minnie saß neben ihr und guckte abwartend zu ihr hoch.

»Da entlang«, half Sanne aus. »So kommen wir wieder zum Reiterladen. Und von da kenne ich mich aus.«

Sie fanden die Pizzeria, wo Jolas Vater schon Kreise in den Asphalt lief.

»Wo bleibst du denn?«, rief er. »Die Pizzen werden doch kalt!«

Sanne und sie tauschten einen verschwörerischen Blick. Von der misslungenen Verfolgungsjagd mussten weder Jolas Vater noch Katie und Lea etwas erfahren. Sanne lief wieder ins Restaurant zurück und Jola brachte Minnie zum Auto.

Bevor sie vom Parkplatz fuhren, sah sie sich noch mal um. Aber den Wagen, mit dem der Typ gekommen war, konnte sie nirgends mehr entdecken.

Sie veranstalteten ein Picknick im Freisitz bei der Feuerstelle. Helen freute sich, dass sie einmal nicht für alle kochen musste, und nahm die Pizza dankbar an. Die Reitschüler, die nach dem langen Ausritt noch nicht abgeholt worden waren, durften auch zugreifen, und sogar Katies Großvater setzte sich eine Weile zu ihnen und verspeiste mit Genuss zwei Stücke Schinkenpizza. Die Einzige, die nichts abbekam, war Minnie, die sich stattdessen aus Protest über ihre Halskrause hermachte.

Katies Handy summte, und sie zog es aus der Tasche, um die Nachricht zu lesen. Sie kniff die Augen zusammen, tippte auf dem Display herum und reichte das Handy an Helen weiter.

»Was ist das?« Helens Gesicht wurde ausdruckslos, als sie erkannte, was Katie ihr da zeigte. Sie scrollte herum und vergrößerte das Bild mit ihren Fingerkuppen. »Ach, das sind doch mal gute Neuigkeiten. Hat sie es dir eben geschickt?«

»Ja. Nur ein Foto. Sie bringt die Originale mit.«

»Na also. Dann war unsere Sorge ja umsonst. Wenigstens das Thema wäre also geklärt.«

»Tut es dir denn gar nicht leid?« Katie griff wieder nach ihrem Handy und starrte darauf.

»Natürlich«, sagte Helen sanft. »Aber Pferde fallen nun mal nicht vom Himmel, Katie. Auch wenn man sie sich noch so sehr wünscht.«

Katie seufzte tief. »Weiß ich doch. Ich weiß es ja …«

Jola biss sich auf die Unterlippe und reckte den Hals, um auch etwas zu erkennen. Katie hielt ihr das Handy unter die Nase.

»Charly«, murmelte sie und machte ein Gesicht wie beim Englischtest. »Sie hat uns den Pferdepass und die Papiere abfotografiert. Morgen ist der Hänger verfügbar. Und das heißt, morgen kommt sie, um Whisper zu holen.«

Lotte
1944

Lieber Max,

es ist traurig auf dem Hof ohne Dich. Jeden Abend stehe ich am Stalltor und hoffe darauf, dass Du von der Schule nach Hause kommst wie immer. Deiner Mutter geht es schlecht, sie weint viel und sie hat fürchterliche Angst um Dich. Fast so viel Angst wie ich.

Wir haben keine Neuigkeiten von meinem Vater und den Männern, die sie mitgenommen haben. Aber es kommen immer wieder Nachrichten an, bei Nachbarn, bei den Leuten im Dorf. Es sind keine guten Nachrichten.

Doch es gibt auch schöne Dinge zu berichten: Wolkenherz! Er entwickelt sich prächtig, Du solltest sehen, wie er sich mit den Reitwallachen anlegt! Niemand macht ihm seinen Rang streitig, er ist der geborene Anführer. Er hat das Herz am rechten Fleck. Bestimmt wird er großartig bei der Hengstprüfung abschneiden, genau wie seine berühmten Vorfahren. Ich halte ihn fit, wie ich es Dir versprochen habe. Er läuft mit den Reitpferden mit, und ich muss inzwischen dreimal das Pferd wechseln, um ihn müde zu machen.

Es wird jetzt so schrecklich früh dunkel und ich fürchte jede Stunde. Manchmal leuchtet der Himmel die ganze Nacht, als würde er brennen. Siehst Du das auch? Die Pferde spüren, dass etwas passiert, sie haben genauso viel Angst wie ich. Deshalb schlafe ich auch im Stall, da fühle ich mich nicht ganz so einsam. Deine Familie ist sehr freundlich zu mir, sie haben mir angeboten, ins Haupthaus umzuziehen, bis mein Vater zurückkommt. Aber bei Wolkenherz bin ich Dir nahe und genau da möchte ich am liebsten sein.

Pass auf Dich auf, wir vermissen Dich alle schrecklich.

Deine Lotte

PS: Ich habe von Leuten gehört, die ihren Hof verlassen haben. Ohne etwas mitzunehmen. Plötzlich waren sie fort. Ich weiß, was die Leute erzählen, aber wo wollen sie denn hin? Sie haben alles zurückgelassen, sogar manche ihrer Pferde. Es macht mir Angst, was um uns herum geschieht, Max.

Eine neue Spur

Am Abend setzten sich Jola und Katie aufs Koppelgatter und blickten nachdenklich zu Whisper hinaus.

»Wir müssen was tun«, meinte Jola. »Oder kommt es dir nicht seltsam vor, dass Charly nicht zur Polizei gegangen ist? Woher wusste sie überhaupt, dass sie ihr Pferd auf dem Ginsterhof findet? Und dieser Typ in Siebenecken …«

»Damit brauche ich meiner Mutter gar nicht zu kommen«, murrte Katie. »Die Erwachsenen glauben nur, was in den Papieren steht. Die interessiert es gar nicht, dass da irgendwas komisch ist an der Sache.« Sie wuschelte sich durch die Locken. »Ich werde noch verrückt! Mann, wenn es nur etwas gäbe, womit man ihn eindeutig identifizieren kann!«

»Eine Möglichkeit gibt es noch.« Jola sprang vom Zaun. »Aber dazu müssen wir ihn einfangen.«

Sie holten ein Halfter und einen Strick und nahmen den Hengst mit in den Stall. Er folgte ihnen ohne Zögern. Im Stall lief er schnurstracks auf die Leiter zum Heuboden zu, wo immer ein Sack Karotten stand, und Jola warf ihm zwei Hände voll davon in den Futtertrog. Sie brauchten die Tür nicht zu verschließen, der Hengst blieb auch so bei ihnen.

Er fraß, während Jola das Lesegerät holte, das Doktor Wolf ihr geliehen hatte. Weil sie nicht genau wussten, wie es funktionierte, riefen sie nach Minnie. Die Halskrause hatte das Zeitliche gesegnet und Minnie trug nun einen ausrangierten Hello-Kitty-Schal an ihrer Stelle. Katie schaltete das Gerät ein und drückte eine Taste. Sie fuhr damit an Minnies Hals entlang. Ein Signal ertönte und im Display erschien eine lange Zahlenreihe.

»Alles klar«, murmelte Katie. »Jetzt drück die Daumen, dass er gechippt ist.«

Minnie trollte sich wieder in ihre Schlafbox. Sie sah hundemüde aus, und Jola hatte ein schlechtes Gewissen, weil sie Minnie heute vor der Pizzeria aus dem Auto gelassen und mit auf ihre Verfolgungsjagd genommen hatte. Wahrscheinlich wirkte die Narkose noch nach und Minnie hätte dringend Ruhe gebraucht.

Katie trat wieder zu dem Hengst in die Box und hielt das Lesegerät ganz dicht an seinen Hals.

Jola schaute ihr über die Schulter, und Katie drückte auf den Knopf, denselben wie vorhin. Aber nichts geschah.

»Was ist los?«

»Keine Ahnung.« Katie schüttelte das Gerät und klopfte darauf. »Es ist tot.«

»Batterie alle?«

»Gerade ging es doch noch.« Sie drückte noch mal. Und noch mal. »Das darf ja wohl nicht wahr sein!«

»Gib mal her.« Jola griff nach dem Gerät und trat aus der Box. Sie lief zu Minnie, die müde ein Augenlid aufklappte. »Schlaf ruhig weiter«, flüsterte Jola ihr zu. »Ich probier nur was aus.«

Sie hielt das Gerät an Minnies Hals, genau so, wie Katie es vorhin gemacht hatte. Der Signalton erklang und die Nummer erschien im Display.

»Also, das kapier ich jetzt nicht.« Katie stand hinter ihr und schüttelte ihre Locken. Sie griff wieder nach dem Lesegerät. Diesmal ließ sie es eingeschaltet und trug es vorsichtig wie ein rohes Ei zur Box des Hengstes zurück. »Spinn ich jetzt? Es ist schon wieder aus!«

»Er hat sowieso keinen«, murmelte Jola. »Ich hab's doch geahnt.«

»Aber das wissen wir nicht! Das Gerät spinnt, wir brauchen ein anderes!«

»Bei Minnie spinnt es nicht. Katie, es liegt nicht am Gerät.«

»Das ist doch Bullshit«, murrte Katie. Sie zog die Augenbrauen zusammen, dann schien sie einen Einfall zu haben. »Warte mal, unsere Pferde sind nicht gechippt, außer …«

»… Billy.«

»Ha!« Katie nahm das Gerät und verschwand damit durch die hintere Stalltür. Sie brauchte nicht lang, und als sie zurückkam, machte sie ein grimmiges Gesicht. »Kein Problem. Es hat Billys Kennnummer sofort angezeigt. Das gibt's doch nicht!«

Sie probierte es noch mal, aber wieder blieb das Display schwarz. Kein Signalton, kein Fehler, kein Garnichts.

»Verdammte Technik, auf nichts kann man sich verlassen«, schimpfte Katie. Dann schaute sie Jola an und lächelte traurig. »Na ja. Einen Versuch war es wert.«

Sie wollten noch nicht gehen, also machten sie dasselbe wie Jola am Vormittag, nur gründlicher – sie putzten den Hengst und verwöhnten ihn mit Streicheleinheiten. Sie bürsteten seine Mähne, entwirrten seinen langen, seidigen Schweif. Sie rubbelten gelbgrüne Grasflecken aus seinem Fell und aus seinen Haaren zogen sie bunte Herbstblätter. Sie arbeiteten schweigend, weil Worte die Stimmung kaputt gemacht und den Zauber zerstört hätten.

Es war ein komisches Gefühl, sich von dem weißen Hengst verabschieden zu müssen. So ähnlich wie damals, als sie ihre Wohnung aufgelöst und all ihre Sachen verkauft hatten und auf die andere Seite der Welt aufgebrochen waren.

Als sie fertig waren, schob Jola ihre Hände unter seine Mähne und lehnte sich an ihn. Mit Daumen und Zeigefinger zog sie ganz sanft ein paar lose Haare aus seinem Fell und ließ sie in die Hosentasche gleiten. Für die Erinnerungskiste.

Whisper senkte den Kopf und rieb seine Stirn an ihrem Bein. Als hätte er ebenfalls das Bedürfnis, sie zu berühren. Sich zu verabschieden.

»Ach Mann«, maulte Katie. »Er fühlt sich so wohl hier, das sieht man doch …«

Sie blieben im Stall, bis Stefan kam und sie zum Abendessen rief. Er pfiff vor sich hin; wahrscheinlich war er der Einzige, der froh darüber war, den seltsamen Gast bald wieder los zu sein. »Lasst ihn gleich hier. Dann können sie ihn morgen leichter mitnehmen.«

Sie warfen zwei Arme voll Heu in die Box und machten den Riegel fest zu. Katie zauberte noch einen knallroten Apfel aus einer Kiste und legte ihn feierlich in den Trog. Stefan vergewisserte sich, dass die Geheimtür zum Keller verschlossen und unter zwei Heuballen verborgen war, dann verließen sie zusammen den Stall und schoben die Riegel an der Tür vor.

Jola schlief schlecht in dieser Nacht, immer wieder stürzte sie in wilde Träume ab. Von bunten Pferden im Schnee, von einer Gestalt im grauen Kapuzenpulli, die oben auf dem Heuboden saß und englische Vokabeln sang. Irgendwann gab sie es auf, schlich zu ihrem Vater ins Schlafzimmer und quetschte sich neben ihn auf das schmale Bett. Als Kind hatte sie immer so geschlafen, fest in seine Arme gekuschelt. Aber das klappte auch nicht mehr. Drehte er sich auf den Bauch, bekam sie seinen Ellbogen in die Rippen. Drehte er sich wieder zur Seite, schubste er sie von der Matratze.

Entnervt rappelte sie sich hoch und hockte sich ans Fußende des Bettes. Sie wollte schon gehen, zurück auf die Schlafloscouch, aber ihre Fußspitzen berührten etwas, was unter der Decke lag und leise raschelte.

Worauf schlief ihr Vater da?

Sie tastete unter der Bettdecke herum und stieß auf einen zerdrückten Bogen Papier. Zuerst wusste sie nicht, was sie in den Händen hielt. Auf der einen Seite standen nur drei Worte: White. Foreign. Lonely.

Sie biss auf ihre Unterlippe. Das war die verbale Phantomzeichnung von Whisper, die sie nach ihrem ersten Schultag geschrieben hatte! Wie viel war seitdem geschehen.

Und was war das? Unter den drei Worten erkannte sie ihre krakelige Bleistiftzeichnung. Das, was sie von seinem Brandzeichen zu erkennen geglaubt hatte. Nur dass es keines gab, zumindest nicht …

Plötzlich fiel ihr wieder ein, dass auch Katie und Niko in der Schulbibliothek wegen des Brandzeichens recherchiert hatten. Gedankenverloren drehte sie das Blatt um und stockte, als sie die schräge Handschrift ihres Vaters erkannte. Er musste das halb leere Blatt für Papiermüll gehalten haben und hatte es weiterverwendet. Eigentlich egal, sie brauchte es nicht mehr. Sie wollte es schon falten und zurück unter die Bettdecke stecken, da fiel das Licht des zunehmenden Mondes genau auf die Worte, und was sie las, ließ ihren Atem gefrieren.

»Peru« stand ganz oben, dick unterkringelt. Dann ein Haufen Stichpunkte: Visum, Krankenversicherung, Führerschein, Arbeitsgenehmigung, Botschaft, Impfungen. Darunter, wieder in Stichworten, die Namen von Orten, Gebieten und Nationalparks, durch Pfeile verknüpft. Webadressen. Reiserouten. Lauter an den Rand gekritzelte Notizen. Amazonas. Dschungel.

Ihr Magen krampfte sich zusammen, und sie stieß ihren Vater so heftig in die Seite, dass er benommen hochfuhr.

»Was'n – Jola, he, kannsu nicht …«

»Was ist das?« Sie klatschte ihm den Zettel ins Gesicht. Ihre Stimme bebte. »Sag mir sofort, was du vorhast!«

»Jetzt? Schlafen … Jola, bitte … lass uns morgen reden …«

»Nein. Ich will es wissen. Du planst schon wieder. In deinem Kopf bist du schon in Peru oder sonst wo. Ist auch egal – ich komme diesmal jedenfalls nicht mit, egal, wohin!«

»Jola!«

Er wollte sie in seine Arme ziehen, aber sie blieb stocksteif sitzen und starrte ihn nur an.

»Pass auf«, sagte er mit versöhnlicher Stimme. »Es sind nur Gedanken. Keine Pläne. Okay? Nach Peru wollte ich schon seit – ist auch egal. Ich brauch das, Jola. Nur Gedanken. Nur Wünsche.«

»Neuseeland war auch mal so ein Gedanke«, sagte sie bitter und stand auf. Sie ließ den Zettel in seinen Schoß flattern. »Und dafür haben wir unser Zuhause verkauft.«

»Jola!«, rief er, aber sie stürmte aus dem Schlafzimmer und schlug die Tür hinter sich zu.

Der Englischunterricht am nächsten Tag zog sich endlos in die Länge. Jola hörte nur mit halbem Ohr zu, was Herr Ernst über die

Bauwerke Londons erzählte, und schrieb die Notizen blind mit, ohne auf ihr Heft zu schauen.

Heute wurde Whisper abgeholt. Sie würden kommen und ihn mitnehmen, in diesen biederen Reitstall, wo es kleine Koppeln gab und Pferde in Ställen …

»Jola?« Ihr Kopf ruckte hoch. Aber es war gar nicht Herr Ernst, der sie angesprochen hatte, sondern Jonas. Er drückte seine Handfläche gegen ihre Stirn und tat, als hätte er sich verbrannt. »Geh mal aufs Klo und schau in den Spiegel. Du bist weiß wie ein Gespenst.«

»Was?« Jola starrte ihn an.

»Dein Gehirn ist eingeschlafen. Vor einer Stunde schon. Der Ernst hat das übrigens auch gemerkt, aber er hat nichts gesagt, weil du seine Lieblingsstreberin bist.«

Er packte seinen Rucksack und hastete hinter den anderen Jungs her, die bereits an der Tür waren. Im Laufen drehte er sich aber noch mal um und grinste sie etwas schräg an.

Jola lief hinter Katie und den anderen her wie ein Schatten. Genauso fühlte sie sich auch, schlafleer und energielos. Etwas blockierte immer noch ihre Gedanken. Etwas, was sie gesehen hatte, letzte Nacht, oder nein, nicht letzte Nacht, sondern viel früher schon …

»Ihr seid heute echt zwei Trauerklöße«, stellte Lea fest, als sie in einer Ecke des Pausenhofs standen und Löcher in die Luft guckten. »Jetzt kriegt euch mal wieder ein. Er war nie euer Pferd.«

»Fühlt sich aber so an«, murmelte Katie. Sie hatte beim Frühstück keinen Bissen gegessen, was absolut untypisch für sie war.

»Diese Charly hat bestimmt gelogen«, murrte Sanne. »Ich trau der nicht über den Weg.«

Lea verdrehte die Augen, aber Katie hob nur die Schultern. »Schön wär's! Aber darauf brauche ich gar nicht zu hoffen. Sie hat Papiere, in denen steht, wem Whisper gehört.«

»Und was beweisen die? Wenn er kein Brandzeichen hat und auch nicht gechippt ist …«

»Aber er hat doch eins«, sagten Katie und Jola im selben Moment. Sie sahen sich an.

»Moment mal«, ging Lea dazwischen. »Ein Brandzeichen ist ja wohl kein Geheimnis. Hat er nun eines oder nicht?«

»Es ist kaum noch zu erkennen«, erklärte Jola. »Man sieht nur … Wirbel.«

»Es ist auf der falschen Seite«, sagte Katie langsam. »Unsere Pferde haben ihren Brand – wenn sie einen haben – alle auf dem linken Hinterschenkel. Bei Whisper ist er rechts.«

»Und das ist so ungewöhnlich?«, fragte Sanne.

»Nein, das gibt es häufiger. Es hat mit der Abstammung zu tun, damit, wo das Pferd herkommt.«

»Hm.« Lea überlegte angestrengt. »Aber in den Papieren steht doch das Brandzeichen, oder?«

»Ja. Klar.« Katie drückte auf ihrem Handy herum. »Hier. Das sind die gängigen Brandzeichen. Laut Charly ist Whisper ein Hannoveraner. Sein Brand sieht also so aus.«

Sie drehte das Handy herum, damit die anderen ebenfalls darauf schauen konnten. Das Display zeigte ein kleines Symbol, ein gebogenes H mit Pferdeköpfen auf den oberen Spitzen.

»So sieht sein Brandzeichen aber nicht aus.« Jola kramte Zettel und Stift aus ihrem Rucksack und versuchte, das Zeichen zu malen, das sie gestern auf dem Blatt Papier wiederentdeckt hatte.

Die anderen beugten sich über den Zettel, nur Katie runzelte die Stirn. »Also, in der Bib gibt es ein Buch, da steht genau beschrieben, was es mit welchem Brand auf sich hat. Und ich schwöre euch, sein Brand müsste definitiv auf der anderen Seite sein!«

»Kannst du das besser zeichnen?« Sanne nahm Jola den Zettel aus der Hand. »Man erkennt kaum was.«

»Man erkennt auch in seinem Fell nicht mehr.«

Lea räusperte sich. »Also müsste man es sichtbar machen. Richtig?«

»Sichtbar machen? Wie denn das?« Katie stemmte die Hände in die Hüften, aber jetzt war es Lea, die auf ihrem Handy herumsuchte.

»Könnte es nicht sein, dass er tatsächlich ein paar Verwirbelungen im Fell hat?«, fragte Sanne im Flüsterton. »Dass wir uns täuschen und das ist gar kein Brandzeichen?«

Leas Augen funkelten. »Und wenn doch? Dann steht schon mal was Falsches in den Papieren. Wenn wir jetzt noch das Zeichen lesbar machen und es anders aussieht als dieser Hannoveraner-Brand, dann könnt ihr euer Pferd erst mal behalten!«

Jola sah Katie an. Ihr war heiß und kalt zugleich.

»Das ist doch Bullshit«, murrte Katie. »Wie willst du denn ein verwachsenes Brandzeichen lesbar machen?«

»He, du redest hier mit der Tochter eines Polizisten!« Lea steckte ihr Handy ein und grinste. »Habt ihr noch nie was von Geheimschrift gehört? Die ist unsichtbar, bis man sie mit einer bestimmten Flüssigkeit übermalt oder sie übers Feuer hält. Habt ihr das früher nie gemacht? Mit Zitronensaft oder so?«

Die anderen schüttelten den Kopf. Jola konnte kaum still stehen, so gespannt war sie, was Lea eingefallen war.

»Du willst jetzt aber nicht sein Fell ankokeln, oder?« Katie schüttelte entschieden den Kopf.

»Nein, ich hab eine bessere Idee. Ob es funktioniert, weiß ich nicht. Aber einen Versuch ist es doch wert.«

»Und was?«

Lea lächelte geheimnisvoll. »Sprühfarbe!«

»Spinnst du komplett?«

»Wir müssen es nur bald machen. Damit wir das Zeug wieder abkriegen, bis sie ihn abholen kommen.«

Katie sah immer noch geschockt aus. »Das funktioniert doch nie.«

»Und wenn doch?« Jolas Bauch begann zu kribbeln. Als hätte sie lebende Käfer verschluckt. »Wir müssen es doch wenigstens versuchen!«

»Sprühfarbe auf ein weißes Pferd. Ist dir klar, was meine Mutter mit uns macht? Ich kriege Reitverbot, bis ich volljährig bin!«

»Sie muss es doch nicht mitkriegen«, rief Jola. »Wir sind zu viert, wir lenken sie einfach ab!«

Sie sahen sich an. Katie atmete tief ein und wieder aus, und Jola wusste, dass es keine weiteren Überredungen mehr brauchte.

Lea lächelte zufrieden. »Na dann – wenn wir schon was Verbotenes tun, macht es auch nichts, dass wir dafür ein bisschen Schule schwänzen müssen.«

Geheimzeichen

Sie warteten, bis es läutete und das allgemeine Chaos ausbrach, Schüler, die noch schnell zum Mülleimer rannten, wilde Verabschiedungszeremonien, verspätetes Hausaufgabengekritzel, an die Schulhauswand gelehnt. Irgendwann liefen alle durcheinander und genau in dem Augenblick schlüpften sie durch das Tor.

»Das gibt richtig Stress«, prophezeite Sanne, als sie die Straße überquerten und durch die Gassen Richtung Dorfplatz rannten. »Vielleicht fliegen wir sogar von der Schule!«

»Wegen zwei Stunden Schwänzen?« Lea prustete. »Wenn du so Schiss hast, lauf doch zurück und sag, du warst nur zu lang auf dem Klo.«

»Das ist nicht lustig. Dein Vater ist ja der Oberbulle, den reden sie nicht schief an. Meine Eltern sind nicht so cool. Die machen richtig Stunk, wenn ich in der Schule was verbocke.«

»Jetzt beruhigt euch mal«, warf Katie ein. »Wir konzentrieren uns nur auf unsere Mission. Alles andere klären wir hinterher. Deal?«

»Hm«, brummte Sanne.

»Wir sind da.« Lea blieb vor einem Farbenladen stehen, der sich in einer Seitenstraße versteckte. »Wie viel Geld habt ihr dabei?«

Sie kratzten zusammen, was sie in ihren Taschen fanden, und Lea marschierte in den Laden und kaufte davon eine kleine Dose pinke Sprühfarbe.

»Ausgerechnet Pink?« Katie tat, als müsse sie sich übergeben. »Wehe, wenn das nicht mehr aus dem Fell geht.«

»Wir müssen richtige Sprühfarbe nehmen! Mit Fingermalfarbe kleben wir ihm nur das Fell zusammen. Und jetzt los, damit wir noch den Bus erwischen!«

Sie rannten bis zur Bushaltestelle, wo der Landbus abfuhr. Zum Glück ließ er nicht allzu lang auf sich warten. Katie dachte sich eine wilde Geschichte aus, warum sie unbedingt mitfahren mussten, obwohl sie alle null Bargeld dabeihatten, und nervte den Busfahrer so sehr damit, dass er schließlich die Augen verdrehte und sie durchwinkte.

Der Bus brauchte ewig, obwohl er nicht halb so oft hielt wie der Schulbus. Jola hatte das Gefühl, dass er extralangsam machte, was natürlich Quatsch war. Es war wie immer – ging es um was, schien die Zeit zu rasen, während sich alle um einen herum wie in Zeitlupe bewegten. Als sie endlich am Bushäuschen rausspringen konnten, hatte Jola ihre Lippen blutig gekaut.

Die Straße zum Ginsterhof stieg an, aber heute machte sie sich extrasteil. Keuchend liefen sie hintereinander durch die Allee. Beim Tor blieben sie stehen, und Jola wurde vorgeschickt, um auszukundschaften, ob die Luft rein war.

»Niemand zu sehen«, flüsterte sie und winkte die anderen herein.

Der Stall war unverschlossen, und Jola kam es vor wie ein seltsames Déjà-vu, als sie den Hengst so allein in seiner Box stehen sah.

Genau wie damals, dachte sie, ganz am Anfang. Als er angekommen ist.

Nur dass er sich jetzt nicht aufführte wie ein hungriger weißer

Tiger, sondern ruhig an seinem Heu knabberte und sie gelassen aus den Augenwinkeln beobachtete.

»Wer macht es?« Lea hielt die Sprühdose in die Runde.

»Du«, bestimmte Katie. »Aber warte noch! Zuerst brauchen wir jemanden, der Schmiere steht.«

»Das übernehme ich!« Sanne schien froh, vom Ort des Geschehens flüchten zu können.

Und sie hat recht, dachte Jola, als Lea die Farbdose mit dem pinken Farbpunkt darauf schüttelte. Wenn Helen uns hier erwischt, dann gute Nacht!

Katie schob den Riegel zurück und trat in die Box. Der Hengst machte zwei Schritte auf sie zu und drückte ihr vertrauensvoll die Nüstern in die flachen Hände. Jola folgte. Ihr Herz klopfte so heftig und laut, dass man es bestimmt bis auf den Hof hören konnte. Lea atmete tief ein und wieder aus. Dann zog sie den Deckel von der Sprühdose.

»Bäh, wie das stinkt!«

»Ist gleich vorbei«, murmelte Lea. »Katie, bleib bei ihm. Er muss nur ein paar Sekunden ruhig stehen. Sollen wir lieber ein Halfter …?«

»Nein«, sagten Katie und Jola gleichzeitig, und Katie zischte: »Jetzt mach schon!«

Lea trat an den Hengst heran. Jola fuhr ihm mit der Hand übers Fell und zeigte auf die Stelle mit den Verwirbelungen. Sie schloss die Augen, genau in dem Moment, als Lea zu sprühen begann.

Eine Farbwolke hüllte sie ein und Jola musste niesen. Ihre Nase kitzelte. Sie machte die Augen wieder auf. Lea verwedelte die Farbwolke mit der Hand und versuchte, nicht zu husten. Der Farbstaub rieselte ins Stroh und hinterließ dort feine rosa Spuren.

»Oh, wow«, flüsterte Katie. Hastig sah Jola wieder hoch.

Die Farbwolke war verschwunden. Whispers Fell glänzte auf der rechten Hinterbacke in feinstem Schweinchenrosa. Lea hatte nicht an Farbe gespart und gleich die halbe Dose versprüht. Dafür sah man das seltsame Wirbelzeichen jetzt ziemlich deutlich. Es bildete ein Oval, das auf der einen Seite sieben Zacken besaß und zur anderen Seite hin rund war. Obwohl rund nicht stimmte … das Oval sah verschoben aus. Verrutscht. Weil es kein Oval war. Sondern …

»Das ist nie und nimmer ein Hannoveraner«, hauchte Katie, die schon wieder über ihrem Handy hing. »Hier, schaut euch den Unterschied an! Eindeutiger geht es nicht!«

»Wahnsinn!« Lea jauchzte vor Freude. »Damit wäre es bewiesen. Diese Charly lügt!«

»Was ist er dann?« Sanne gab ihren Posten auf und kam näher. Als sie das Kunstwerk auf Whispers Hinterhand sah, fiel ihr die Kinnlade runter.

»Es sieht aus wie …«

»Dieses hier!« Lea deutete auf das Handy. »Oder?«

»Die Elchschaufel ist das Brandzeichen für das Ostpreußische Warmblut«, las Katie. »Auch Trakehner genannt.« Sie verglich die beiden Zeichen noch mal miteinander und runzelte die Stirn. »Hm, das ist seltsam … eigentlich müsste es zweimal da sein. Da steht doppelte Elchschaufel. Ich sehe aber nur eine.«

»Die zweite ist vielleicht wirklich mit den Fellwechseln verschwunden«, schlug Sanne vor.

»Oder wir müssen noch mal …« Lea hob die Sprühflasche, aber Katie schüttelte heftig den Kopf.

»Bist du irre? Wir haben gesehen, was wir wollten.« Sie hielt ihr

Handy hoch und machte ein paar Fotos von der Stelle. »Leute, es ist kurz vor eins! Wir haben nur noch eine knappe Stunde Zeit, und meine Mama kommt bestimmt vorher in den Stall, um nach ihm zu sehen. Also lasst euch mal schnell was einfallen, wie wir die Farbe wieder runterkriegen!«

Sie schleppten einen Eimer mit lauwarmem Wasser, einen Schwamm und zwei Bürsten in unterschiedlichen Härtegraden an. Aber sie schafften es nur, das Wasser hellrosa zu färben. Das Hinterteil des Hengstes leuchtete immer noch grell und intensiv.

»Oh nein, oh nein«, jammerte Sanne. Jola rubbelte mit den Fingern, aber auch so bekamen sie die Farbe nicht aus dem Fell. Katie rannte ins Haus und kam kurz darauf mit einer Tube Shampoo zurück. Damit klappte es, zumindest verfärbte sich das Wasser im Eimer dunkelrosa. Zu viert rubbelten sie blubberndes Shampoo in das weiße Fell. Katie musste niesen und Sanne bekam ein paar rosa Schaumreste ins Gesicht. Sie quiekte auf und warf sie zurück und im Nu war eine wilde Schaumschlacht im Gange.

Niemand von ihnen hörte die Schritte im Gang, niemand außer dem Hengst. Jola sah, wie seine Ohren nach oben schossen. Aber da war es bereits zu spät.

Ausnahmezustand

»Seid ihr völlig verrückt geworden?«

Jola hatte noch nie jemanden so schreien hören wie Helen in dem Moment. Ihr Gesicht glühte vor Wut und sie schnappte hektisch nach Worten.

»Ihr … das … wie könnt ihr nur … Katie!«

Sanne ließ ihre Schaumhände sinken und drückte sich in die Ecke der Box. Lea war nicht so feige, sie blieb stehen und wich nicht von Katies und Jolas Seite.

»Ich kann es erklären«, begann Katie, aber ihre Mutter brüllte bereits weiter.

»Du willst mir erklären, warum ihr ein Pferd einshampooniert, dessen Besitzer es in weniger als einer halben Stunde abholen kommen? Und was ist das – Farbe? Ja, seid ihr völlig wahnsinnig geworden? Katie, ich verstehe ja, dass du das Pferd am liebsten behalten würdest. Aber das … diese Aktion hier … das geht zu weit!«

»Hör uns doch wenigstens mal zu!«, schrie Jola.

Helen verstummte und sah sie fassungslos an. Ihre Augen schrumpften zu schmalen Schlitzen, aber wenn sie jetzt nicht redeten, dann war alles umsonst gewesen. Dann würde das Pferd verschwinden und von nun an Whisper heißen und sie würden es wahrscheinlich nie, nie wiedersehen.

»Helen«, sagte Jola ruhig. »Wir haben was rausgefunden. Das

ist nicht Whisper. Wir haben sein Brandzeichen sichtbar gemacht. Sieh dir das an!«

Schnell trat Katie vor und zog ihr Handy aus der Tasche. Ihre Finger zitterten ein bisschen, als sie ihrer Mutter die Bilder zeigte, die sie eben geschossen hatte. Helen presste die Lippen fest aufeinander, aber immerhin schrie sie nicht mehr herum. Schließlich gab sie Katie das Handy zurück und sah die Mädchen der Reihe nach an.

»Wie seid ihr nur auf so eine bescheuerte Idee gekommen?«

»Geheimschrift entziffern«, sagte Lea nur und hob die Schultern. »Hat funktioniert.«

Helen setzte sich auf einen Strohballen, der gegenüber der Box am Rand lag. »Noch mal langsam. Whisper ist laut seinen Papieren ein siebzehn Jahre alter Hannoveraner Hengst.«

»Ein Hannoveraner Brand sieht aus wie …«

»Das weiß ich auch. Wir sind immer davon ausgegangen, er hätte kein Brandzeichen. Oder keines mehr. Wenn er doch eines besitzt, wenn er ein anderes besitzt als das, das in Charlys Papieren steht – dann kann er nicht das Pferd sein, das sie sucht.«

Sie nickten synchron. Helen schloss die Augen.

»Und das konntet ihr nicht ein paar Stunden eher herausfinden?«

Katie warf Jola einen schnellen Blick zu. Sie grinste – das Gewitter war überstanden, ab jetzt hatten sie Helen auf ihrer Seite!

»Diese Charly ist eine Betrügerin«, plapperte Katie hastig weiter. »Das erklärt auch, warum der Typ auf Siebenecken sie nicht kannte. Sie und Whisper.«

»Moment mal, woher wisst ihr das schon wieder?«

»Äh …«

»Was machen wir denn jetzt?«, fragte Jola schnell. »Wir können sie doch nicht einfach davonkommen lassen!«

Plötzlich war es sehr still im Stall. Sie sahen sich der Reihe nach an, alle, sogar der Schimmel.

»Also gut.« Helen stand auf. »Katie, Sanne – wascht das Shampoo aus seinem Fell und rubbelt ihn trocken. Wenn man das Brandzeichen nicht mehr sehen kann, sprüht ihn noch mal mit der Farbe ein. Doppelt und dreifach, wenn es sein muss. Wir brauchen einen handfesten Beweis.« Sie drehte sich zu Lea. »Ruf deinen Vater an. Er soll herkommen, so schnell er kann. Das ist ein Fall für die Polizei.« Und zu Jola sagte sie: »Kannst du deinen Vater erreichen? Ich suche Stefan und Anna. Alle müssen kommen. Wenn wir gemeinsam auftreten, hat sie keine Chance.«

Jola fühlte sich, als würden sie in eine Schlacht ziehen. Alle waren aus dem Haus oder der Werkstatt, der Schule oder dem Postamt getrommelt worden und versammelten sich auf dem Hof, alle bis auf Katies Großvater, dem Helen die Aufregung nicht zumuten wollte. Katie führte den weißen Hengst aus seiner Box und stellte ihn zwischen sie, genau in die Mitte. Groß und schön stand er da, den Kopf hocherhoben, als wüsste er, worum es ging – dass sie alle nur hier standen, um ihn zu schützen.

Als das Auto die Auffahrt heraufrollte, schmeckte Jola Blut auf ihrer Lippe. Katie, die neben ihr stand, griff nach ihrer Hand und drückte sie fest.

»Es wird gut gehen«, flüsterte sie. »Wirst schon sehen! Wir haben Mama auf unserer Seite. Damit ist die Sache schon halb gewonnen.«

Charly lächelte, als der Wagen auf den Hof fuhr und wendete.

Jemand saß neben ihr, ein Mann – war es der Typ, den sie in Steinbach verfolgt hatten? Er trug eine Kappe, die er sich tief in die Stirn gezogen hatte. Der Hengst zuckte ganz leicht, als er den Hänger sah.

Er will nicht weg, dachte Jola, er will hierbleiben, bei uns!

»Guten Tag!« Charly ließ sich nichts anmerken. Fröhlich ging sie reihum und gab jedem die Hand. Als sie an dem Hengst vorbeikam, ruckte sein Kopf nach oben, und er legte die Ohren flach an.

»He, Whisper«, sagte sie leise zu ihm. »Jetzt nehmen wir dich mit.«

»Das glaub ich kaum«, blaffte Katie.

»Es gibt da ein Problem mit den Papieren«, sagte Helen sachlich.

»Oh, nein, kein Problem. Ich habe alles mitgebracht!« Lächelnd reichte Charly einen Pferdepass und ein offiziell aussehendes Dokument an Helen weiter.

Helen runzelte die Stirn und studierte es eingehend. Dann reichte sie es an Charly zurück. »Die Brandzeichen stimmen nicht überein. Tut uns leid, aber in diesem Fall können wir Ihnen das Pferd nicht mitgeben.«

Charly wurde blass. Sie warf einen kurzen, Hilfe suchenden Blick zum Auto, aber der Fahrer machte keine Anstalten auszusteigen.

»Er hat kein Brandzeichen mehr«, sagte sie langsam. »Keines, das man sieht.«

»Und was ist das?« Lea gab Katie ein lautloses Signal. Die führte den Hengst einmal im Halbkreis, sodass er mit der rechten Hinterhand zu den Menschen stand. Charly keuchte auf. Der weiße

Hengst sah zum Fürchten aus, als wäre er mit rosafarbenem Blut überströmt.

»Was habt ihr mit ihm gemacht?« Ihre Stimme klang schrill. Sie trat auf ihn zu, blieb aber wie angewurzelt stehen, als sie das Zeichen erkannte. Das Zeichen, das nicht dasselbe war wie das in ihren Papieren.

»Ich frage mich schon, wie gut Sie Ihr Pferd kennen, wenn Sie nicht gemerkt haben, dass es sich bei diesem hier um ein ganz anderes handelt.« Helen ließ Charly nicht aus den Augen.

Charly starrte auf das Brandzeichen. Zum ersten Mal fehlten ihr die Worte.

Stefan trat vor und baute sich vor ihr auf. »Ich hab eben mit dem Zuchtstall in Siebenecken telefoniert, von dem Sie angeblich kommen.« Er sah in die Runde. »Offenbar hatte dieses Pferd, Whisper, vor einigen Monaten einen schlimmen Unfall. Es kann also gar nicht verschwunden sein, weil es nämlich tot ist. Interessanterweise sind aber seine Papiere verschwunden. Und wissen Sie, seit wann? Seit in die Sattelkammer des Hofs eingebrochen wurde, mitten am Tag! Die Diebe haben sämtliche Unterlagen mitgehen lassen. War ein ganz schöner Ärger.«

Charly versteifte sich. Ihre Mundwinkel zuckten, aber sie rechtfertigte sich mit keinem Wort.

»Wir geben Ihnen das Pferd nicht«, sagte Helen einfach. »Alles Weitere klären Sie bitte mit der Polizei.«

Unfairer Kampf, dachte Jola. Wir sind so viele. Sie hat echt keine Chance.

Charlys Hand umkrampfte die Papiere. »Das … muss alles ein riesiger Irrtum sein. Er sieht Whisper so ähnlich, ich dachte wirklich … ich habe ihn ja nur auf der Koppel gesehen …«

Der Hengst zuckte mit den Ohren, aber Jola hatte es auch gehört. Sirenengeheul! Auf einmal tat ihr Charly beinahe leid. Ihr Gesicht wurde kreidebleich.

Gib es doch einfach zu, dachte Jola, gib es zu und steh dazu, dass du gelogen hast! Dann passiert dir doch nichts …

Mit einem Satz war Charly am Auto. Sie riss die Beifahrertür auf und schrie: »Fahr, fahr, schnell!«

Der Wagen schlingerte in der Kurve und hätte um ein Haar das Tor erwischt. Stefan und Jolas Vater rannten los, dem Auto hinterher, aber sie waren zu langsam.

Plötzlich bremste das Auto scharf ab. Der Anhänger schlitterte seitwärts, rammte den Pfosten und stellte sich quer. Jola sprintete los, gefolgt von den anderen. Vor dem Tor stand Niko auf seinem Motorrad und starrte das Auto an. Im selben Moment wusste Jola, woher sie die Szene kannte. Das war schon mal passiert, mit Niko und diesem Auto, genau so! Vor dem Reiterladen. An dem Tag, als sie Niko belauscht hatte. Der Tag vor dem Einbruch dort …

Charly und der Fahrer stürzten aus dem Auto und versuchten wegzulaufen, einer linksrum, der andere nach rechts. Aber der Typ mit der Kappe kam nicht weit. In dem tiefen, weichen Ackerboden sanken seine Schuhe ein, als würde er im Moor stecken bleiben. Im Nu waren Stefan und Jan bei ihm und packten ihn, jeder an einem Arm.

Charly hatte sich durchs Gestrüpp gekämpft und den Ententeich umrundet, wo der Kiesweg begann. Der führte schnurstracks zum Wald. Wenn sie es bis dorthin schaffte, würde sie entkommen! Und die Polizei kam nicht durch, die Einfahrt zum Hof war versperrt von dem verkeilten Anhänger …

»Sie rennt zum Wald«, schrie Jola. »Sie haut ab!«

»Minnie, lauf – hol sie dir!« Anna wollte den Hund losschicken, aber Minnie sah sie nur mit großen Augen an. Da stürmte jemand an Jola vorbei und drängte sie grob zur Seite. Helen riss ihrer Tochter den Strick aus der Hand, griff mit einer Hand in die Mähne und schwang sich mit einem gekonnten Satz auf den blanken Rücken des Hengstes. Jola traute ihren Augen kaum, als sie – nur mit einem Strick in der Hand! – das Pferd aus dem Stand in den Galopp trieb und hinter der flüchtenden Charly herjagte.

»Ja, Mama!« Katie schrie vor Begeisterung und dann stürmten sie alle los.

Der Hengst war natürlich viel schneller als sie. Er hatte Charly erreicht, bevor sie im Wald verschwinden konnte, und überholte sie haarscharf. Helen versperrte ihr den Weg, und der Hengst machte zwei Schritte auf sie zu, mit hoch aufgerichtetem Kopf. Er tänzelte auf der Stelle und sah aus, als würde er jeden Moment steil in die Luft steigen.

»Yeah!« Katie klatschte in die Hände. »Super, Mama! Super, Whis… äh … gut gemacht!«

»Sie gibt auf«, rief Lea und zeigte auf Charly, die den Kopf hängen ließ und den Weg zurücktrottete.

Die Polizei sammelte Charly ein und legte ihr Handschellen an. Dann musste sie zu ihrem Freund ins Polizeiauto klettern, hinten rein, da, wo die Verbrecher saßen.

Helen ließ sich vom Rücken des weißen Hengstes gleiten und klopfte ihm dankbar den Hals. Ihre Augen glühten.

Katie stemmte die Hände in die Hüften. »Also ehrlich, Mama. Was man selber macht, darf man seinen Kindern aber nicht verbieten!«

Stefan und Jolas Vater lachten laut los.

Helen wuschelte ihrer Tochter durch die Haare. »Manchmal vergesse ich, dass ich die Erwachsene bin. Außerdem wollte ich ihn schon reiten, seit ich ihn zum ersten Mal gesehen habe.«

»Was passiert denn jetzt mit ihm?«, wollte Sanne wissen.

»Nichts. Er bleibt natürlich bei uns.« Helen grinste.

Katie jauchzte auf, und sogar Anna sah aus, als hätte sie eben einen Plattenvertrag gewonnen. Jola legte ihre Hand auf die Stelle mit dem rosa Brandzeichen.

Eigenartig, dachte sie. Er fühlt sich gar nicht mehr so watteweich an. Eher fest und muskulös. Als ob er vorher nur ein Traum war und jetzt, wo er hierbleiben darf, Wirklichkeit.

»Damit das klar ist«, versuchte Helen, den Tumult zu übertönen. »Wenn der wahre Besitzer auftaucht, will ich keine Spielchen mehr hinter meinem Rücken erleben, klar?«

Vier Köpfe nickten widerwillig. Ein schlechtes Gewissen hatten sie alle nicht. Der Hengst blieb auf dem Ginsterhof – nur das zählte!

Wolkensterne

Das Feuer glühte warm und knisternd unter dem Sternenhimmel. Genau zwölf waren zu sehen – Jola hatte sie gezählt. Die anderen versteckten sich hinter unsichtbaren Wolken. Zwölf Sterne. Einer für jeden, der hier am Feuer saß. Wenn man Minnie mitzählte.

Es war herbstlich kühl geworden, also hatte Helen dicke Wolldecken aus einer Truhe im Freisitz gezaubert und an alle Anwesenden verteilt. Die Männer weigerten sich natürlich und reckten Knie und Finger lieber dem Feuer entgegen. Die Frauen hüllten sich in die Decken, und Jola fand, nichts hatte je so gut gerochen wie dieses Lagerfeuer und der leicht verkohlte Duft ihrer warmen Ummantelung.

Stefan kam aus dem Haus zurück, zwei große Thermoskannen in der Hand. Er setzte sich neben Jolas Vater auf die Bank und stieß seinen Ziehbruder mit der Schulter an. Beide verteilten den warmen, süßen Punsch auf die Becher der Anwesenden.

»Dann erzähl mal«, wandte Stefan sich an Leas Vater.

»Da wärt ihr beinah einem schönen Pärchen auf den Leim gegangen«, sagte der Polizist und nippte genüsslich an seiner Tasse. »An den Papieren für das Pferd war nichts auszusetzen. Die hätten jeder Überprüfung standgehalten. Grundsätzlich ein genialer Coup.«

»Wenn wir das Brandzeichen nicht gefunden hätten«, warf Katie ein und schmunzelte zufrieden.

»Jaja. Ihr müsst wissen, der echte Whisper wurde vor einigen Monaten bei einem Autounfall getötet. Sein wahrer Besitzer hatte die Papiere – also den Equidenpass, die Eigentumsurkunde und die Zuchtabstammung – noch in der Kammer des Gestüts liegen, als es zum Einbruch kam. Die Diebe suchten wohl nach Bargeld und nahmen die Papiere rein zufällig mit. Als diese Charly von eurem Findelpferd gehört hat, witterte sie eine Chance, das unbeabsichtigte Diebesgut zu Geld zu machen.« Er warf Niko einen Blick zu und grinste. »Du hast im Reiterladen so mit ihm geprahlt, dass sie prompt zum Ginsterhof gefahren ist und ihn auskundschaftete.«

»Was, ich?« Niko runzelte die Stirn. »Kann nicht sein. Ich hab sie dort nicht gesehen, bestimmt nicht.«

»Du meinst, sie wäre dir sicher aufgefallen«, stichelte Anna und zwinkerte ihm zu.

Niko senkte den Kopf, aber der Polizist schüttelte den Kopf. »Konntest du auch nicht. Sie hat alles von der Umkleidekabine aus mit angehört.« Er runzelte die Stirn. »Wo sie übrigens auch das kleine Fenster geöffnet hat. So geschickt, dass man es nicht merkte. Durch dieses Fenster sind sie dann nachts in den Reiterladen eingestiegen und haben ordentlich Beute gemacht, aber das wisst ihr ja schon.«

»Also doch keine Verbrecherbande?«, fragte Lea.

»Nein, nur Charly und ihr Freund. Die zwei waren ein richtiges Verbrecherpärchen.«

»Und woher wussten die von dem Versteck im Stall?«, fragte Helen nachdenklich.

»Äh …« Niko wurde so rot wie ein reifer Apfel. »Also, na ja … Das habe ich ihr wohl erzählt.«

Der Polizist beugte sich vor und legte ihm kurz die Hand auf die Schulter. »Dieser Freund von ihr, der hat Schulden. Ziemlich viele Schulden. Es sollte eine einmalige Sache werden, ein einziger Einbruch in einem schicken Reitstall. Denen fehlt das Geld nicht, dachten sie. Charly stammt aus einer Pferdefamilie, sie kennt sich aus, wusste, wonach sie Ausschau halten mussten. Was sich verkaufen ließ. Und verkauft haben sie. Die ganze Sache lief so gut, dass sie weitermachten. Sie räuberten sich durch den ganzen Landkreis, ohne dass wir ihnen auf die Spur gekommen sind.«

»Unfassbar«, murmelte Niko. »Wie man sich in jemandem täuschen kann.«

»Charly hatte ein Problem«, sagte der Polizist. Er schaute Lea an und fuhr fort: »Dieser Typ von ihr steckt richtig in der Klemme. Er ist wegen seiner Schulden schon mehrfach verprügelt worden. Ist da irgendwie an die falschen Leute geraten. Ich erspare euch die Details, sie gehören auch gar nicht zur Sache. Charly kommt aus einem guten Elternhaus, hat Abitur, studiert. Sie hat es nicht nötig zu stehlen.«

»Und warum tut sie es dann?«, wollte Lea wissen.

»Sie ist verliebt«, brummte Niko. »Wenn man verliebt ist, macht man die bescheuertsten Sachen.«

Der Polizist nickte. »Keine Entschuldigung. Aber eine Erklärung.«

»Wir sollten uns weniger über unsere Kinder beschweren«, sagte Stefan zu Helen und zwinkerte ihr zu. »Das bisschen Lärm und die Buschreiterei sind harmlos gegen das, was andere Eltern ertragen müssen.«

»Stellt euch mal vor, sie hätten Whisper wirklich mitgenommen«, warf Sanne ein. »Was wohl aus ihm geworden wäre?«

»Nenn ihn doch nicht immer Whisper«, sagte Katie leise. »So heißt er doch gar nicht.«

Stefan beugte sich vor und warf noch weitere Scheite ins Feuer. Die Flammen zuckten, und es knackte, als das neue Holz von ihnen verschluckt wurde.

»Das mit unseren Personalien hat sich dann ja wohl erledigt«, sagte Jolas Vater zu dem Polizisten und sah in die Runde. »Es gibt nämlich bald eine kleine Adressänderung.«

Der Polizist lächelte. »Hoffentlich muss ich nicht bis Neuseeland fliegen, wenn ich Sie oder Jola treffen will.«

Ihr Vater lachte. »Nein, keine Sorge. Vorerst bleiben wir in der Gegend. Wir ziehen ins Nachbardorf. In die Nähe der Tierarztpraxis.«

Erschrocken schaute Katie Jola an. Aber die blieb still. Er hatte nichts von Peru gesagt, noch nicht. Nur das Nachbardorf. Der Ginsterhof blieb so nah, dass sie hinradeln konnte. Trotzdem hätte sie heulen können.

Stefan tauschte einen Blick mit Helen. Sie stand auf und quetschte sich neben Jolas Vater auf die Bank. »Pass auf, Jan. Ich will dir nicht reinreden. Aber wir bieten dir an, in der Wohnung im Anbau zu bleiben. Gegen Bezahlung natürlich«, fügte sie schnell hinzu.

»Helen, danke. Aber Jola und ich …«

»Jola nicht«, sagte Jola schnell. Ihr Herz klopfte heftig, und sie wusste, sie musste es jetzt schaffen, ihren Vater zu überreden. Jetzt und hier, vor allen anderen. »Jola würde gern hierbleiben.«

Ihr Vater schüttelte den Kopf. »Das besprechen wir noch. Es geht nicht, dass wir euch …«

»Doch, Jan, das geht. Ich weiß, dass du an deiner Unabhängigkeit hängst. Aber wir – Helen, ich und die Kinder – wollen euch gern bei uns haben. Nicht nur als Vermieter. Auch als Familie.«

Jola konnte sehen, wie ihr Vater mit sich kämpfte.

Bitte, dachte sie. Bitte, bitte, lass uns bleiben. Tu es für mich. Ich bin auch noch da! Ich will bleiben, hier, an diesem Feuer, in diesem Haus, bei den Pferden. Bei Katie und dem weißen Hengst. Sogar ein bisschen bei Minnie.

»Über den Mietpreis werden wir uns schon einig«, fügte Helen hinzu. »Wir schenken euch nichts.«

Ihr Vater schaute Jola an und legte den Kopf schräg. Dann schloss er die Augen und seufzte. »In Ordnung. Aber erst mal nur für ein Jahr. Bis das Schuljahr zu Ende ist. Dann …«

Weiter kam er nicht. Jola sprang auf und stürzte ihm so heftig in die Arme, dass sie beinahe beide rückwärts von der Bank kippten.

»Danke«, flüsterte sie ihm ins Ohr. »Du bist der Beste!«

Lotte
1944

Draußen vor den Fenstern fiel der erste Schnee, und sie musste an die Nachbarn denken, die jetzt irgendwo auf der Straße unterwegs waren. Ob sie einen Platz zum Schlafen gefunden hatten? Auch für ihre Pferde? Sie konnte immer noch nicht glauben, dass sie fort waren. Alle.

Sie wollte nicht weg. Und wenn sie für drei arbeiten musste! Mit einem unguten Gefühl im Bauch lief sie in den Flur und zog ihre dicken Stiefel an.

Die Tür zum Wohnzimmer stand offen, und sie sah jemanden vor dem kalten Kamin sitzen, in dicke Decken gehüllt. Sie blieb stehen.

Es war Frau von Weyke, sie weinte leise vor sich hin. Vor einigen Wochen hatte es sie noch bestürzt, einen Erwachsenen weinen zu sehen. Dadurch hatte sie sich noch hilfloser gefühlt, denn wenn die Erwachsenen nicht mehr wussten, was zu tun war – wer wusste es dann?

»Sssscht«, kam es dunkel aus der Ecke des Raumes.

Rasch zog sie sich wieder hinter die Tür zurück. Herr von Weyke trat in ihr Blickfeld und ging vor seiner Frau auf die Knie. »Es ist eine Entscheidung, die wir treffen müssen. Und das haben wir getan.«

»Aber …«

»Nein«, fiel ihr Herr von Weyke barsch ins Wort. »Kein Aber. Wir haben nur diese beiden Möglichkeiten. Und wir haben uns entschieden zu bleiben.«

Ein Stein fiel ihr vom Herzen. Nein, kein Stein – eine ganze Felsenkolonie. Sie würden nicht weggehen! Die Angst war überall, in ihr und den von Weykes, um sie herum. Aber sie wollte nicht fort, sie wollte bleiben und warten. Warten, bis ihr Vater zurückkam. Bis Max zurückkam. Bis alles wieder so wurde wie zuvor.

Der Himmel glühte, als sie durch die Doppelflügeltür nach draußen trat. Gefechtsdonner grollte über ihr, schrecklich nah. Sie fühlte ihn mit ihrem ganzen Körper. Der Stall lag in Dunkelheit, die Pferde stampften in ihren Boxen. Keiner hier konnte mehr ruhig schlafen.

Nicht mehr lange, dachte sie und lief geduckt über den Hof. Kalter Wind blies ihr in den Kragen. Alle sagen das. Nicht mehr lange! Bald ist es vorbei. Bald wird alles wieder gut.

Sie erreichte das Stalltor und stockte kurz. Hatte sie die Tür nicht geschlossen? Sicher sogar, sie wollte verhindern, dass die Kälte in den Stall drang und das Wasser gefror. Ein seltsames Gefühl griff nach ihr. Unbehaglich sah sie sich um.

War da jemand?

Nein, aber der dunkle Hof lag voller Schatten. Es hätten ein Dutzend Gestalten Platz darin gehabt. Ohne weiter nachzudenken, riss sie das Tor auf und schlüpfte in den warmen Stall.

Alles schien wie immer: Die Reitpferde fraßen ihr abendliches Heu, die jungen Hengste liefen in ihren Boxen hin und her und wieherten bei jedem Donnerschlag. Sie lief den Gang entlang zur letzten Box. Zu Wolkenherz.

Wieder griff das unheimliche Gefühl nach ihr. Sie war nicht allein – jetzt spürte sie es deutlich. Panik erfasste sie. Wer versteckte sich hier im Stall? Hatten die Leute doch recht gehabt? Sie wollte laufen, ins Haus zurück, Herrn von Weyke holen, aber sie konnte es nicht.

Ihre Füße bewegten sich einfach nicht. Sie musste zu ihm, sie musste wissen, ob es Wolkenherz gut ging!

Auf Zehenspitzen schlich sie weiter. Der junge Hengst schlief nicht, er sah ihr entgegen und brummelte, wie er es immer tat. Erleichtert streckte sie die Hand aus. Wolkenherz würde nie und nimmer so ruhig hier stehen, wenn jemand in den Stall eingedrungen wäre.

»Mein Guter«, flüsterte sie und zog die Tür auf.

Und schrie vor Schreck auf.

Im Stall hockte jemand – ein zotteliger Umriss in lumpigen Fetzen, das Gesicht geschwärzt, nur die Augen, die Augen starrten zu ihr hoch, und diese Augen … sie kannte diese Augen …

»Lotte«, sagte der Eindringling sacht.

Wolkenherz berührte ihn liebevoll mit dem Maul. Und im nächsten Moment lag sie in seinen Armen.

»Max«, heulte sie und wollte ihn nie, niemals wieder loslassen. »Was ist passiert? Was ist mit dir geschehen?«

Entsetzt beäugte sie seine Erscheinung. Die zerschlissene, viel zu dünne Jacke. Er musste halb erfroren sein. Außerdem stieg ein Geruch von ihm auf, der ihr Angst machte – der Geruch nach Blut.

»Bist du verletzt?«, fragte sie erschrocken.

»Lotte, hör mir zu«, überging er ihre Frage und schob sie eine Armeslänge von sich. So weit, dass er ihr in die Augen sehen konnte.

Seine Augen, wenigstens seine Augen waren noch so, wie sie sie in Erinnerung hatte. Sie wollte weinen, aber sie riss sich zusammen und sah ihn aufmerksam an.

»Ihr müsst fort, Lotte. Packt zusammen, packt alles ein, was ihr tragen könnt. Aber macht schnell! Euch bleibt keine Zeit mehr!«

»Das geht nicht«, versuchte sie, ihm zu erklären, »wir bleiben hier. Deine Eltern haben es beschlossen, sie wollen die Pferde nicht …«

»Ihr MÜSST, Lotte! Noch heute Nacht! Nehmt die Pferde mit. Nimm Wolkenherz mit!«

»Was ist mit dir?« Sie klammerte sich an ihn. Wenn sie alle gingen, wenn sie zusammen flohen …

Er schüttelte den Kopf. »Zu gefährlich«, flüsterte er. Mit beiden Händen griff er nach ihrem Gesicht und sah ihr in die Augen. »Lotte«, flüsterte er.

Dann drehte er den Kopf und küsste Wolkenherz auf die Nase. Ihr Herz krampfte sich zusammen.

»Verabschiede dich nicht«, wisperte sie. »Bitte, tu das nicht!«

Max erhob sich. Er humpelte, es sah aus, als habe er Schmerzen. Am Stalltor sah er sich nach allen Seiten um und lauschte.

»Bring ihn in Sicherheit, Lotte«, sagte er eindringlich. »Und pass gut auf ihn auf.«

Er beugte sich zu ihr und küsste sie sacht. Dann verschwand er in der Dunkelheit.

Des Lösungs Rätsel

Der Hengst warf seinen Kopf hoch und galoppierte durch die Nacht. Sein Schweif flog hinter ihm her wie Sternenstaub. Er war groß und stark und frei. So frei, wie man als Pferd eben sein konnte.

»Jola?«

Sie fiel fast von dem Balken, als sich jemand hinter ihr aus dem Nebel schälte. Für einen Moment sah sie die geisterhafte Gestalt vor sich, die sie in einer ihrer ersten Nächte auf dem Ginsterhof beobachtet hatte. Damals hatte sie hier gesessen, an ziemlich genau dieser Stelle. Aber jetzt war es nur Katie, die ihre graue Kapuze bis tief in die Stirn gezogen hatte.

»Kannst du auch nicht schlafen?«

»Nee. Ich denke die ganze Zeit nach. Alles dreht sich, und sobald ich einschlafe, wecken mich meine verrückten Träume wieder auf.«

»Das kenne ich. Geht mir gerade genauso.« Katie kletterte auf den Balken und hockte sich neben Jola. »Warum schaust du mich so an?«

»Du erinnerst mich an jemanden.«

»Wen?«

»Einen … Geist.«

Katie starrte sie einen Moment lang an, dann prustete sie los. »Sehe ich so gruselig aus?«

»Ich hab dir doch erzählt, dass ich deinen Geist gesehen habe. Oder dass ich dachte, ihn gesehen zu haben. Das war in der Nacht, nachdem der Weiße aufgetaucht ist. Als er die erste Nacht hier draußen war.«

»Hm.«

»Dieser Geist hatte deinen Pulli an.«

Katie nickte langsam. »Sorry, Jola, aber ich fürchte, ich war der Geist.«

»Aber in deinem Zimmer brannte Licht! Und ich hab Musik gehört.«

»Das heißt nichts. Die lass ich oft an, wenn ich mich rausschleiche. Damit Mama denkt, ich bin brav oben und räume mein Zimmer auf.« Katie grinste.

»Oh.« Jola wusste nicht, ob sie enttäuscht oder erleichtert sein sollte. Irgendwie beides. Es löste ein Problem, das ihr schon den ganzen Abend Knoten im Gehirn verursachte.

»Einen Moment lang habe ich ja wirklich geglaubt, er wäre der Geist des toten Whisper, der zurückgekommen ist.« Katie lachte glucksend. »Du doch auch, oder?«

»Ja«, sagte Jola leise. Was war es? Der Gedanke war so nah, so logisch!

»Glaubst du immer noch an ihn?«

Für einen Moment war Jola zu verwirrt, um zu kapieren.

»An unseren Geist, meine ich. Wir haben ihn doch nicht mehr gefunden. Aber deshalb muss er ja nicht weg sein.«

Jola starrte sie an. Dann ließ sie sich vom Balken fallen und wanderte los, in die Koppel hinein. Der Hengst galoppierte immer noch mit den Nebelschwaden um die Wette. Als er Jola erblickte, blieb er stehen und wieherte laut.

Ich höre dich, dachte sie, und ihr Herz klopfte plötzlich wie verrückt. Ich weiß es, endlich weiß ich es!

Sie wirbelte herum, rannte die wenigen Schritte zu Katie zurück. Voller Aufregung packte sie die Beine ihrer neuen Freundin.

»Du hast mir doch erzählt, du hättest von ihm geträumt. Als Kind, als du klein warst. Richtig?«

»Es waren sogar ziemlich reale Träume. Wie man sie als Kind halt hat. Aber ich hab ihn nie vergessen. Er war irgendwie … immer da.«

»Und wenn er das tatsächlich war? Wenn er die ganze Zeit schon hier war?«

»Hä?«, machte Katie.

»Wenn du als Kind nicht geträumt, sondern wirklich ein weißes Pferd gesehen hast!«

»Das denken Kinder doch immer.« Katie rutschte ebenfalls vom Balken. »Dass alles, was sie sich vorstellen, real ist. Als Kind hab ich auch an Vampire geglaubt.«

»Keine Vorstellung, Katie, sondern ein wirkliches, echtes weißes Pferd! Aber weil du irgendwann groß geworden bist und nicht mehr so fest daran geglaubt hast, ist es eben irgendwann wieder … verschwunden.«

»Aha.«

»Und seitdem hat es in eurem Stall gelebt. Als Geist.«

Jetzt starrte Katie sie an. »Noch mal.«

»Der Geist in eurem Stall – das war er! Er lebt da schon ewig, seit du klein warst! Und er zeigt sich, weil er gesehen werden will. Aber niemand glaubt an ihn, nicht ernsthaft. Also kann ihn auch niemand wirklich sehen, sosehr er sich auch bemüht.« Als Katie nicht antwortete, fuhr sie fort: »Deine Schwester! Sie interessiert sich null für Pferde, reitet nicht, will nichts damit zu tun haben. Aber in das Video von ihrem heiß geliebten neuen Song baut sie dieses Pferd mit ein. Ist das nicht seltsam?«

»Du meinst …« Katie schluckte. Sie war auf einmal ziemlich blass um die Nase. »Du meinst, sie hat ihn auch gesehen? Als Kind?«

»Ja, warum nicht? Solange sie an ihn geglaubt hat, konnte sie ihn sehen.«

»Wow.« Katie ließ sich gegen den Holzzaun sinken. »Das würde ja bedeuten …«

»… dass er niemandem gehört. Oder dass wir seinen Besitzer auf andere Weise finden müssen. Nicht übers Radio oder durch die Polizei. Vielleicht ist sein Besitzer ja selber schon ein Geist.«

»Warte mal.« Katie schüttelte sich. »Bevor ich da nicht mehr mitkomme. Der Geist aus unserem Stall – das ist er? Aber wie kann das sein? Wie kann ein Geist plötzlich Wirklichkeit werden? Ein Pferd aus Fleisch und Blut?«

Jola überlegte ein paar Gedanken lang. »Kann ich dir nicht genau erklären. Vielleicht ist es so, weil … hm … weil erst jemand kommen musste, der fest genug an ihn geglaubt hat, damit er bleiben konnte. So fest, dass es auch für andere reicht?«

»Und derjenige bist du?«

Jola sah zu Boden. »Na ja. Ich habe ihn gefunden, an diesem Morgen nach der Heunacht. Mir hat er sich gezeigt.«

»Das wäre ja … puh.«

»Es passt alles zusammen!«

»Und – warum? Warum ist er hier? Warum treibt er sich überhaupt so lange in unserem Stall herum?

Jola überlegte. »Weißt du noch? Geister haben eine Mission.«

Sie zuckte mit den Schultern. »Wir müssen nur noch rausfinden, was das ist.«

»Klar, kein Problem. Fragen wir ihn doch einfach!«

Jola grinste. »Gute Idee! Aber nicht mehr heute. Du weißt, morgen ist Schule.«

»Haha.«

Sie sahen zu, wie der Hengst seine Runden drehte, eine nach der anderen. Ruhelos. In wilden Galoppsprüngen jagte er von einer Seite der Wiese zur anderen.

»Er braucht dringend Gesellschaft«, stellte Katie fest, »Geist hin oder her. Apropos … meinst du, dass Keira sich vor Geistern fürchtet?«

»Was?« Jola lachte. »Wie kommst du darauf?«

»Na, weil sie ihn so anspinnt. Sie reagiert extrem sensibel auf seine Nähe, sie haut sogar ab, und dann die Sache mit der Box …«

»Es könnte eine Erklärung sein. Warum sollen sich nur Menschen vor Geistern fürchten und Pferde nicht?«

»Ich muss da jetzt erst mal drüber schlafen«, gestand Katie und gähnte. »Morgen früh sage ich dir dann, ob ich deine verrückten Erklärungen glaube oder nicht.«

»Mach das.« Jola gähnte mit.

Zusammen kletterten sie über den Zaun zurück, drehten sich aber noch mal um.

»Eine Sache müssen wir noch klären«, meinte Katie.

»Welche?«

»Na, wie nennen wir ihn denn jetzt? Whisper fällt ja wohl raus.«

»Wie wäre es mit Shout?«

»Sehr witzig.«

»Dann mach du doch einen Vorschlag.«

»Bin zu müde«, gähnte Katie wieder. »Er kriegt morgen einen Namen.«

Jola schloss die Augen und fühlte den Wind, der über die Koppel rauschte. Leicht und sanft und kaum spürbar auf der Haut.

»Eigentlich«, raunte sie, »hat er schon einen Namen. Wir müssen ihn nur noch herausfinden.«

Mehr über Jola und das geheimnisvolle weiße Pferd erfährst du hier:

ISBN 978-3-7348-5411-8

ISBN 978-3-7348-4715-8

ISBN 978-3-7348-4716-5

Auf dem Ginsterhof taucht wie aus dem Nichts ein fremdes Pferd auf, das niemandem zu gehören scheint. Obwohl Jola bisher mit Pferden nichts am Hut hatte, zieht der weiße Hengst sie sofort in seinen Bann. Warum spürt sie eine so tiefe Verbindung zu ihm? Und wieso scheint es, als wäre er schon immer auf dem Ginsterhof zu Hause? Zusammen mit der pferdevernarrten Katie versucht Jola, das Rätsel um seine Herkunft zu lösen.

Natürlich magellan©

Hergestellt in Deutschland
Gedruckt auf FSC®-Papier
Lösungsmittelfreier Klebstoff
Drucklack auf Wasserbasis

1. Auflage 2020

Dieses Werk wurde vermittelt durch die Literatur Agentur Hanauer
Umschlaggestaltung: Christian Keller
unter Verwendung von Motiven von iStock / Ekaterina Romanova / Somogyvari
Lektorat: Marion Perko
Druck: CPI, Leck
ISBN 978-3-7348-5410-1

www.magellanverlag.de